귀신 보는 변호사

부제: K's Case

김주영(탄막) 장편소설

도서출판 디자인21

귀신 보는 변호사

(부제: K's Case)

내 의뢰인이 이상하다.

차례

프롤로그

후두두둑-.

쿠광쾅광-.

매섭게 몰아치는 비바람과 천둥소리가 창문을 뚫고 들어왔다.

이곳은 재계 서열 5위 성모 그룹이 소유한 려운대학병원 꼭대기 층의 VIP 병실.

침대에 누워 있던 환자의 몸에 연결된 심전도 모니터의 초록색 선이 직선으로 바뀌었다.

삐이이입-.

"성모 그룹 강의정 회장님 04시 30분 사망하셨습니다."

비바람 소리를 가르는 기계음에 고개를 푹 떨군 의사가 사망 선고를 한 뒤 곧바로 병실을 나갔다.

그러자 두 남자는 마치 잠든 것처럼 보이는 강의정 회장을 바라보며 대화를 나눴다.

"어떤가? 그 일이 정말로 가능하겠나?"

"네, 가능합니다. 지금부터 저번에 말씀드렸던 작업에 착수해주시면 됩니다. 첫 단추가 가장 중요합니다. 기한은 단 삼 일입니다."

"알겠네. 최대한 서두르지."

잠시 후 유족들이 병실로 들어왔을 때, 두 남자 중 한 명만이 병실에 남아 있었다.

- 강의정 회장 사후 100일. 성모 그룹 경영권 다툼 종결되나?

- [속보] '자동차 살인 사건' 피고인 1심에서 징역 8년 선고, 법정 구속돼.

세상에는 사건이 참 많이 일어난다. 그런데…

"왜 내 사건은 하나도 없는 거야?"

핸드폰으로 기사 제목을 훑어보던 한 여자가 체념한 표정으로 화면을 뒤집어 책상 위에 내려놓는다.

검은색 생머리에 동글동글한 인상을 중화시키려 얇은 무테안경을 쓴 이 여자의 이름은 유혜영, 직업은 변호사다.

로스쿨을 졸업하고 대형 법무법인에서 1년을 일한 뒤, 자신의 법률 사무소를 개업한 지 이제 삼 개월째.

개업을 축하한다며 선배들이 알음알음 주선해주던 간단한 사건도 동이 나버렸고, 지금 혜영이 맡고 있는 사건은 0, 하나도 없다.

새내기 변호사 주제에 덜컥 개업부터 해버린 게 실수였을까? 변호사 좋다는 것도 다 옛말. 이러다 진짜 손가락 빨다가 법률 사무소 문을 닫아야 할 판이다.

손가락만 빨고 있다고 돈이 안 나가느냐? 그것도 아니다.

임대한 사무실 월세부터 직원 월급에 로스쿨 학자금 대출 이자까지. 세상에서 밑이 제일 심하게 빠진 독도 이렇게 줄줄 새지는 않을 것 같다.

지하철역에 광고도 내보고, 급 떨어진다며 뜯어말리는 선배들의 충고에도 초조한 마음에 블로그에 홍보 글까지 올려봤지만, 별다른 수확은 없었다.

법률 상담을 받으러 두어 사람이 찾아오긴 했는데, 수임할 만한 사건이 아니었기에 생활 법률 상담만 하고 그대로 돌려보냈다.

오늘까지 아무 사건도 수임하지 못하면, 선배들한테 전화라도 돌려서 법률 서류 작성 알바라도 뛰어야겠다고 생각하던 차였다.

지이이잉, 지이이잉-.

책상 위에 뒤집어놓았던 핸드폰에서 진동이 울렸다.

진동 패턴을 들어보니 문자메시지는 아닌 것 같고, 전화가 온 모양이었다.

'이 시간에 누구지?'

왠지 곧 소나기라도 한바탕 쏟아질 것처럼 끄물끄물한 초여름의 평일 오후 5시.

분위기상 한잔하자는 친구의 연락은 아닐 것 같았다. 그렇다 해도 만나서 쓰는 돈이 부담스러워 못 나갈 판이기도 했고.

며칠 전까지 열심히 올린 블로그를 보고 오는 연락일까도 추측해봤지만, 블로그에는 혜영의 개인 번호를 적어두지 않았다.

혜영은 누군지 확인이나 해보자는 생각으로 핸드폰을 들어 발신 번호를 확인했다.

그런데 이게 웬걸? 화면에는 번호 대신 글자가 찍혀 있었다.

발신자 번호 표시 제한.

'끄응…'

괜히 소심해진 혜영은 전화를 거절할까 잠시 고민하다가, 혹시나 사건 수임에 도움이 될지도 모른다는 마음에 통화 버튼을 눌렀다.

"네, 유혜영입니다."

그러자 핸드폰 너머로 지금 날씨만큼이나 스산한 목소리의 한 남자가 대답했다.

- 유혜영 변호사님? 제가 맞게 걸었네요.

"네, 어떻게 전화 주셨나요?"

- 요즘 바쁘신가요? 안 바쁘셨으면 좋겠는데.

발신자 번호 표시 제한에, 웬 스토커스러운 첫마디까지. 혜영은 그대로 전화를 끊어버리고 싶은 충동을 꾹 눌러 참으며, 목소리를 낮춰 되물었다.

"많이 바쁘진 않습니다. 무슨 용건이신가요?"

- 다행이다. 제가 사건을 하나 의뢰하고 싶은데요.

사건이라니! 혜영의 목소리가 자신도 모르게 살짝 들떠버렸다.

"어떤 사건이신가요? 괜찮으시면 저희 사무실에 방문하셔서 상담 먼저 받아보시면 좋을 것 같아요."

- 아뇨. 제가 직접 만나긴 곤란한 사정이 있어서요, 전화로 의뢰하고 싶습니다.

점점 찜찜한 구석이 늘어가는 의뢰인이었지만, 혜영으로서는 사막의 목마른 방랑자에게 나타난 오아시스 같은 사건 수임의 기회를 차버릴 수는 없었다.

"아, 네. 그러시면 어떤 사건인지 말씀해주시겠어요? 전화로 상담 진행하도록 할게요."

'자동차 살인 사건' 알고 계신가요?

그 사건이라면 혜영도 익히 들어 알고 있었다. 뉴스에서 연일 보도되기도 했고, 혜영이 조금 전 읽던 기사에서도 그 사건을 다루고 있었으니까.

생각보다 큰 사건 규모에 혜영의 목소리가 살짝 떨려왔다.

"네, 들어봤습니다."

- 그 사건을 변호사님께서 맡아주셨으면 해요. 지금 용의자로 지목된 여자, 무죄 입증해주세요.

"네? 이미 1심 판결까지 나오지 않았나요? 선임된 변호인이 있을 텐데, 항소하시더라도 제가 중간에 맡기는 어려울 것 같아요."

- 국선변호인이 잘했으면 제가 유혜영 변호사님께 전화를 안 드렸겠죠. 수임료는 1억입니다.

생각지도 못한 액수에 혜영이 잘못 들은 건 아닌가 싶어 놀란 목소리로 되물었다.

"네? 얼마요?"

- 1억이요. 최종 무죄 판결 받아주시면 1억 더 드릴게요.

"죄송하지만, 형사 사건은 성공 보수를 받지 못하게 돼 있어서요. 수임료 1억만 주셔도 괜찮을 것 같긴 한데…"

- 괜찮을 것 같긴 한데요?

1억이면 남은 학자금 대출을 싹 갚고, 앞으로 1년 동안 사무실 운영비는 걱정 안 해도 되는 돈이었다.

다만, 걸리는 점이 있다면…

“솔직히 말씀드리면 제가 그렇게 큰 사건을, 그 정도 수임료를 받고 맡을 만큼 변호사로서의 역량이 되는지 잘 모르겠어요.”

- 저도 많이 알아보고 유혜영 변호사님 아니면 맡을 분이 없어서 전화드린 거예요. 당장 결정하기 어려우면 제가 한 시간 뒤에 다시 연락할게요. 그때 말씀해주세요.

“네, 알겠습니다. 그런데 의뢰인 분 성함이 어떻게 되시나요?”

제 이름이요?

이름은 의뢰인과 변호인 사이에 당연히 공유하는 정보였음에도, 핸드폰 너머의 남자는 한참을 망설이다가 겨우 대답했다.

- 그냥 케이라고 불러주세요.

“알파벳 K요?”

- 네. 그럼 한 시간 후에 다시 전화 드리겠습니다.

그 말을 끝으로 전화는 끊어졌다. 잠시 핸드폰 화면을 들여다보던 혜영은 A4 용지 한 장을 가져다 플러스펜을 들고 메모를 적어 내려갔다.

의뢰인 K, 자동차 살인 사건.

의뢰인 K가 혜영에게 허락한 건 단 한 시간. 그 안에 이 사건을 맡을지 결정해야 했다.

자신이 누구인지도 밝히지 않는 의뢰인, 사건의 엄청난 규모. 직관적인 판단으로는 수임하지 않는 게 좋을 것 같았다.

게다가 의뢰인이 원하는 건 이미 1심에서 실형을 선고받은 피고인의 무죄 입증. 법률적 난이도로 쳐도 극악이었다.

다만 혜영이 쉽게 결정을 내리지 못하는 까닭은 역시 사건 규모만큼이나 엄청난 액수의 수임료 때문이었다. 1억, 또 1억. 의뢰인 K가 했던 그 말이 계속 귀에서 맴돌았다.

똑똑-.

그때, 혜영의 사무실 문을 두드리는 노크 소리가 들려왔다.

"네, 들어오세요."

곧 혜영의 법률 사무소에서 사무 보조 겸 혜영이 직접 하기 어려운 일을 맡아서 처리해주는 형석원 실장이 들어왔다.

"석원씨, 무슨 일이세요?"

"아, 별일은 아니고요, 퇴근 시간이 다 돼서요."

휴-. 사건 수임을 고민하느라 시간이 가는 줄도 모르고 있었다.

"아, 네. 먼저 들어가세요."

"변호사님은 퇴근 안 하세요?"

"저는 해야 할 일이 조금 남아서요."

혜영의 법률 사무소에 일거리가 없다는 건 석원도 잘 알고 있었기에 의아한 표정으로 반문했다.

"그래요? 제가 도와드릴 건 없나요?"

"아니에요. 어려운 일 아니니 걱정하지 마시고 석원씨 먼저 퇴근하세요. 내일 봬요."

"그럼 먼저 들어가보겠습니다."

그렇게 석원을 돌려보낸 혜영은 인터넷 브라우저를 열어 '자동차 살인 사건'을 검색해보았다.

이 사건은 한 여성이 자신의 남자친구에게 수면제를 먹여 밀폐된 자동차 안에 가두고, 그 안에 번개탄을 피워 남자친구를 죽음에 이르게 한 사건이었다. 무척 치밀하고 계획적인 살인이었다.

최소한 대중에게 알려진 바는 그랬다. 만약에 혜영이 이 사건을 맡는다면, 남자친구를 죽인 게 그 여자가 아니라는 걸 밝혀내야 했다.

기사들을 쭉 둘러보니, 댓글 창은 용의자로 지목된 여자친구를 욕하는 글로 도배가 되어 있었다. 사이코패스라느니, 이번이 처음이 아닐 거라느니 등등.

여기서 혜영은 이 사건을 맡을 경우, 자기가 져야 할 리스크 한 가지를 더 발견했다. 여론의 뭇매를 맞고 있는 사람을 변호해야 한다. 성공한다면 다행이겠지만, 실패한다면 혜영도 그 소용돌이에 말려든다고 봐야 했다.

그러다 문득 의뢰인 K가 남겼던 다른 말이 떠올랐다. 이 사건을 맡을 사람이 혜영밖에 없다고 했다. 그건 무슨 뜻이었을까?

수임료 1억이면 맡겠다고 나설 변호사가 줄을 설 것이다. 요즘 개점 휴업 상태인 법률 사무소가 얼마나 많은가.

아니면 혜영이 작년까지 일했던 대형 로펌 같은 곳에 사건을 맡길 수도 있을 것이다.

그런데 왜 하필이면 이제 막 수습 딱지를 뗀 혜영이란 말인가?

혜영은 혹여나 자신이 자동차 살인 사건과 무슨 관련이 있는지 열심히 생각해보았지만 별다른 접점은 없었다.

그 사건의 피의자도, 피해자도 모르는 사람들이었으며, 여느 사람들처럼 언론을 통해서만 사건을 접했을 뿐이었다.

조금 전의 통화에서 미처 물어보지 못했지만, 생각해보니 이상한 점은 또 있었다.

의뢰인과 자동차 살인 사건의 피고인이 무슨 관계인지 듣지 못했던 것이다.

의뢰인 K가 피고인 본인은 아닐 것이다. 피고인은 여자고, 의뢰인 K의 목소리는 분명히 남자였으니까.

대체 누구길래 1억 또는 2억이라는 거금을 들여가면서까지 전 국민의 질타를 받는 자동차 살인 사건의 피고인을 도우려는 걸까?

의문은 의문을 낳았고, 혜영의 생각은 갈 길을 잃은 채 깊어져만 갔다.

그사이 의뢰인 K와 약속한 시간이 흘러버렸다. 혜영이 열심히 두드리던 키보드 옆에 놓인 핸드폰이 다시 진동음을 냈다.

지이이잉, 지이이잉-.

이번에는 화면이 보이도록 놓아두었기에, 한눈에 발신자를 확인할 수 있었다.

발신자 번호 표시 제한.

혜영이 조심스럽게 핸드폰을 들어 의뢰인 K가 걸었을 게 분명한 전화를 받았다.

"네, K님."

- ……여보세요?

그런데 의뢰인 K의 목소리와는 확연히 다른, 같은 남자지만 조금 더 생기 있는 목소리가 들려왔다. 순간 혜영의 심장이 덜컥 내려앉았다.

'이 사람은 의뢰인 K가 아니잖아.'

혜영은 의뢰인 K 외에 자신에게 발신자 번호 표시 제한으로 전화를 걸 만한 사람이 누구일지, 재빨리 머릿속을 스캔해봤지만 떠오르는 사람은 없었다.

친구들과는 주로 카톡으로 연락했다. 같이 사는 어머니랑은 통화를 자주 하긴 했어도, 어머니가 발신자 번호 표시 제한으로 전화를 한 적은 없었다.

조금 가볍게 접근해보려 술 마신 전 남친일까도 고민해봤지만, 지금 시간은 겨우 오후 6시가 조금 넘어가고 있었다.

설마 벌써 술에 취해서 혜영의 목소리가 듣고 싶다고 전화할 리도 없거니와, 전 남친과는 분명히 목소리도 달랐다.

그렇다면 여러모로 혜영이 아는 사람이 아닐 가능성이 크다는 건데.

무엇보다 의뢰인 K의 전화 직후에 걸려왔으니, 발신자 번호 표시 제한으로 전화를 거는 이 두 사람 사이에 어떤 연관성이 있다고 보는 편이 맞을 것 같았다.

두근. 혜영의 심장이 의뢰인 K의 전화를 받았을 때보다 더욱 거세게 뛰었다.

의뢰인 K가 언급했던 자동차 살인 사건부터, 연이어 걸려오는 의문의 발신자 번호 표시 제한 전화까지. 뭔가 심상치 않은 일이 벌어지고 있는 게 분명했다.

혜영이 일단 침착하자고 자신을 다독이고선, 떨리는 성대를 억지로 부여잡아 한 톤 낮춘 목소리로 핸드폰 너머의 남자에게 대답했다.

“제가 받기로 돼 있는 전화가 있어서 실수했습니다. 죄송합니다. 어떤 일로 전화 주셨나요?”

핸드폰 너머의 남자는 잠시 뜸을 들이는 듯하더니 짤막한 대답을 내뱉었다.

“아닙니다.”

그러더니 혜영이 다시 물을 틈도 주지 않고 그대로 전화를 끊어버렸다.

저쪽 번호를 모르니 다시 혜영이 전화를 다시 걸어볼 수도 없는 노릇이었다.

혜영이 얼떨떨한 얼굴로 허망하게 통화가 끊긴 핸드폰을 내려보고 있을 때, 손안에서 다시 진동이 느껴졌다.

이번에도 화면에는 어김없이 발신자 번호 표시 제한 문구가 떠 있었다.

조금 전에 당한 게 있었기에, 혜영은 조심스러운 손놀림으로 전화를 받았다.

발신자 번호 표시 제한으로 혜영에게 전화를 거는 사람이 의뢰인 K 한 명이 아니라는 것을 알았기에 첫마디도 조심스러웠다.

"네. 유혜영입니다."

- 저랑 통화한 지 얼마나 됐다고 전화를 그렇게 딱딱하게 받으세요?

어딘가 한구석이 무례한 말투에 생기 없이 스산한 목소리. 이번에는 의뢰인 K가 확실했다.

결코 정감이 간다고 할 수 없는 이 목소리에 안도감을 느낄 줄이야.

"아까 한 시간 후에 전화 주시겠다고 한 K님 맞으시죠?"

- 네, 네. 맞아요. 그런데 저랑 통화하기로 해놓고 다른 사람이랑 통화 중이시던데 누구였어요?

이걸로 혜영은 한번 더 확신했다. 의뢰인 K 말고도 수상한 사람이 최소한 한 명 더 있다고.

혜영이 K인 줄 알고 전화를 받자 그 사람은 별다른 말 없이 끊어버렸다.

혜영은 아직 두 사람이 어떤 관계인지 모른다. 그렇다면 굳이 의뢰인 K에게 그에 대해 이야기할 필요는 없었다.

혜영이 재빨리 재치 있게 둘러댈 말을 찾아냈다.

"스팸이었어요. 돈 빌려주겠다던데요? 무이자로 빌려줄 거냐고 물어봤더니 화내더라고요."

혜영이 아무렇지 않은 척, 일부러 장난기까지 담아 던진 말에 다행히 의뢰인 K는 별 의심 없이 지나갔다.

- 우리 변호사님 대출받을 생각 하셨던 거 보니, 돈이 필요하긴 한가보네. 그럼 제 사건 맡아주세요. 적은 돈 아니잖아요?

억이라는데 적은 돈은 아니지. 그런데 변호사인 혜영이 억 소리 나는 금액을 자주 듣는 분야가 있었다. 다름 아닌, 사기 사건.

억 단위의 돈에 사람들은 생각보다 쉽게 현혹되고, 판례를 공부하다보면 사기범들은 딱 그 정도 액수의 돈을 미끼로 활용하는 걸 좋아했다.

이 부분은 확실히 짚고 넘어갈 필요가 있었다.

"저, 그런데요, K님."

- 네, 변호사님. 듣고 있습니다. 말씀하세요.

"변호사 선임 비용은 원칙적으로 선불인 거 알고 계시죠?"

혜영은 여기서 자동차 살인 사건의 피고인을 만나면 주겠다든지, 항소 결정 후에 주겠다든지, 또는 무죄 판결을 받은 후에 입금하겠다든지 하는 헛소리가 나오면 바로 전화를 끊어버릴 생각이었다.

그리고 의뢰인 K든 또 다른 수상한 남자든, 발신자 번호 표시 제한으로 오는 전화는 앞으로 더이상 받지 않겠다고 마음을 다지는데, 의뢰인

K의 대답이 불쑥 튀어나왔다.

- 그럼요. 사건 맡아주시겠다고 하면 바로 드려요.

그래도 미팅은 하고 사건 개요를 들은 다음, 계약서도 쓰고 나서 수임료를 받을 생각이었던 혜영은 순간 자기 귀를 의심하며 되물었다.

"바로요?"

- 네, 바로 입금이요. 맡아주실 거죠?

얼떨결에 수임료 지급 시기까지 협의가 돼버렸고, 혜영은 의뢰인 K의 페이스에 말리는 느낌을 받으면서도 다른 대답은 할 수 없었다.

"맡겠습니다."

- 좋습니다, 잠시만요. 전화 끊지 말고 기다려주세요.

갑자기 뭘 기다리라는 것인지 의아해하던 혜영은 잠깐의 공백 뒤에 이어진 의뢰인 K의 말에 기겁하고 말았다.

- 변호사님 주거래 은행 계좌 확인해보세요. 1억원 입금돼 있을 거예요.

'뭐? 1억원을 한 번에? 그것도 내 개인 계좌로?'

"잠, 잠시만요."

혜영은 이 상황을 좀처럼 믿을 수가 없었다. 홀린 듯 서둘러 컴퓨터로 인터넷 뱅킹에 접속해 잔액을 조회해보았다.

일, 십, 백, 천, 만… 억. K의 말대로 정말 1억이었다.

- 확인하셨나요?

"네, 그런데 제 개인 계좌번호는 어떻게 아셨나요?"

생각해보니 개인 핸드폰 번호로 전화가 왔을 때부터 이상했었다. 하지만 의뢰인 K는 그 특유의 어딘가 무례한 말투로 즉답을 피해갔다.

- 비밀번호도 아니고, 계좌번호 아는 건데 그게 그렇게 이상한가요? 그럼 수임하신 걸로 알고, 앞으로 잘 부탁드립니다.

그 말을 끝으로 전화를 끊으려는 의뢰인 K를 혜영이 붙잡았다.

"잠깐만요, 수임 계약서도 작성하고, 사건에 대해 알고 계신 것도 말씀해주실 겸 저희 사무실에 한번 들러주세요!"

- 아까도 말씀드렸던 것 같은데, 제가 상황이 여의치 않아서 그건 어렵겠는데요?

"그럼 계약서 작성은 어떻게 하면 좋을까요?"

- 변호사님이시니까 아시지 않나요? 구두 계약도 법적 효력 있는 거. 저는 수임료 드렸고, 변호사님은 자동차 살인 사건 피고인 최종 무죄 판결받을 수 있게 최선을 다 해주세요.

혜영은 어쩐지 이 전화가 끊어지면 통장에 1억원이 생겼다는 꿈 같은 일이 없던 일로 될까 하는 노파심에 계속 K를 붙잡고 싶었다.

"혹시 맡겨주신 자동차 살인 사건에 대해서 알고 계신 게 있다면, 전화상으로라도 말씀해주세요. 사건 해결에 도움이 될 거예요."

- 너무 서두르지 마시고, 일단 오늘은 여기까지. 또 연락 드리겠습니다.

변호인보다 더 느긋한 의뢰인이라니. 혜영은 기가 막힐 노릇이었지만, 그는 혜영의 대답도 듣지 않고 그대로 전화를 끊어버렸다.

혜영이 잔뜩 헝클어져버린 머릿속을 달래려는 듯 핸드폰을 책상 위에 도로 내려놓고 한 손으로 이마를 짚었다.

수상한 의뢰인으로부터 엉겁결에 맡게 된, 난이도 별 다섯의 사건. 이제부터 뭘 해야 할지 감도 잡히지 않았다.

잠시 멍하게 책상의 나뭇결을 바라보던 혜영이 익숙하게 듣던 한마디를 떠올렸다.

'기본에 충실하자.'

혜영이 작년에 로펌에서 일할 때 사수가 늘 강조했던 말이었다. 아무리 어려운 사건을 만나더라도 우선은 변호인으로서 기본에 충실하라고 배웠다. 그러면 하나씩 풀릴 거라고.

변호인, 조금 더 풀어 쓰자면 수임받은 사건의 피고인 측 법률 대리인으로서, 혜영이 가장 먼저 해야 할 일은 정해져 있었다.

바로 피고인을 만나는 것.

피고인을 만나보면 의뢰인 K가 누군지도 알 수 있을 터였다. 자신을 위해 1억원을 선뜻 쓸 사람이 주위에 많지는 않을 테니까.

그다음으로 정식으로 선임계를 제출하면, 1심 판결문과 검찰이 재판부에 제출한 공소장, 그리고 그 안의 증거도 확인할 수 있을 것이다. 그러면 언론을 통해서 접하던 것보다 자동차 살인 사건에 대해서 훨씬 많은 정보를 얻을 수 있을 테다. 그럼 그 안에서 이번 사건을 해결할 열쇠를 찾을 수 있을 것이다.

이렇게 접근하니, 한껏 엉켜 있던 타래가 조금씩 풀리는 것 같았다.

"으라차차."

혜영은 두 손을 머리 위로 깍지끼고 기지개를 켰다. 하루 내내 앉아만 있느라 딱 붙어버린 뼈 마디마디에 약간의 간격을 준 후 의자에서 벌떡 일어났다.

처음 의뢰인 K의 전화를 받았을 때보다 한결 마음이 가벼워져 있었다.

게다가 당분간 돈 걱정은 안 해도 된다는 생각에 웃음이 절로 났다.

'1억원!'

혜영이 핸드폰 은행 앱을 켜서 한번 더 통장 잔고를 확인하더니 만면에 웃음을 지었다. 그대로 있는 잔고를 보자, 너무 큰 돈이라 순식간에 사라지면 어쩌나 하는 걱정이 녹아내렸다.

혜영은 기쁜 마음으로 사무실 불을 끄고 나와 집으로 향했다.

*

"우리 딸 왔어? 어이구, 고생 많았다."

혜영은 신발을 벗고 현관 안으로 들어서자마자, 어머니에게 폭 안겼다.

"엄마, 나 오늘 정말 힘들었어."

어머니가 품에 안긴 혜영의 등을 토닥이며 물었다.

"뭐가 그렇게 힘들었어? 오늘도 사건이 안 들어왔어?"

"아니, 그런 건 아닌데…"

혜영이 품에서 벗어나자, 어머니가 혜영의 양어깨를 잡고 눈을 맞추며 함박웃음을 지어 보였다. 짙은 눈썹 아래의 쌍꺼풀이 한층 더 깊어졌다.

"들어왔어? 드디어 들어왔구나!"

어머니의 웃음을 보자 쌓였던 피로가 녹아내리는 듯해 혜영도 마주 웃었다.

"응, 잘됐지? 이제 좀 일이 풀리려나봐."

"그럼, 변호사가 사건 수임했으면 잘된 거지. 얼른 씻고 나와. 밥 차려줄게. 저녁 아직이지?"

혜영은 파자마로 갈아입고 나와 김치찌개가 올려진 밥상을 앞에 두고 어머니와 마주앉았다.

"엄마는 오늘 어땠어?"

혜영의 물음에 어머니가 손사래를 쳤다.

"너한테 일복이 들어가려 그랬는가보더라. 엄마는 오늘 큰 굿 하나 취소됐어."

혜영의 어머니는 이름난 무속인이었다. 연화당 아랑 선녀 하면 이 근방에서 모르는 사람이 없었다. 그런 그녀에게 큰 굿이 취소됐다는 건 손님이 몇 명 줄어든 것과는 차원이 다른 큰 타격이었다.

"정말? 그럼 어떡해?"

하지만 어머니는 대수롭지 않다는 듯 그저 웃어넘겼다.

"호호, 얘 나가는 게 있어야 들어오는 게 있는 법이야. 그게 순리고 섭리다. 아무 걱정 하지 말고 어여 밥이나 먹어."

그 말에 혜영이 안심하며 고개를 끄덕이는 사이, 틀어둔 티브이에서 뉴스가 흘러나왔다.

- 자동차 살인 사건의 용의자에게 오늘 1심 재판부가 징역 8년의 실형을 선고했습니다.

그때였다. 갑자기 어머니의 얼굴에서 웃음기가 싹 사라지고, 공포에 질린 듯한 싸늘한 표정으로 바뀌었다.

심지어 어머니의 눈꼬리와 입술이 파르르 떨리기까지 하고 있었다. 게다가 숟가락을 쥔 손에는 얼마나 힘이 들어가 있는지 피가 통하지 않아

하얗게 질려 있었다.

어머니는 보통 사람이 느끼지 못하는 기운을 감지하고 이렇게 이상한 반응을 보이곤 했다. 그 모습에 익숙한 혜영이 급히 물었다.

“엄마? 왜 그래? 저 사건 알아?”

어머니가 이런 급작스러운 감정 변화를 보일 때는 정말 심상치 않은 일들이 일어나곤 했다.

혜영은 오늘 사무실에서 발신자 번호 표시 제한으로 걸려오는 전화들을 받으며 느꼈던 긴장감이 되살아나는 듯해 소름이 돋았다.

“저거, 저거, 기운이 아주 탁해.”

“왜? 뭔데? 엄마 아는 거 있으면 나한테 알려줘봐.”

“그냥 감이 그래. 정말이지 아주 안 좋아.”

그 감이라는 게, 서울에서 용하다고 소문 나서 정치인이고 기업인들이고 점집 문지방이 닳도록 드나든다는 유명 무속인 아랑 선녀의 감 아닌가?

혜영은 들고 있던 숟가락을 내려놓고 덜컥 밥 대신 겁을 집어먹은 얼굴이 되어 어머니에게 되물었다.

“그렇게 안 좋아? 나 사실 오늘 수임한 게 저 사건인데.”

“뭐?”

그 뒤로 어머니는 혜영이 밥그릇을 거의 다 비울 때까지 말을 잇지 않았다. 그리고 밥상을 치울 때가 돼서야 아주 조심스럽게 물었다.

“혜영아, 그 사건 안 맡으면 안 돼?”

자고로 어른 말을 잘 들으면 자다가도 떡이 나온다는 옛말이 있지만,

하물며 큰무당인 어머니가 하는 말이니 더욱 특별하게 들리지 않을 수 없었다.

그렇다고 이미 거액의 수임료까지 받아버린 사건을 무른다는 것도 변호사로서 할 짓은 아니었기에 혜영의 내적 갈등은 깊어져만 갔다.

"생각해볼게."

"꼭 잘 생각해봐. 가능하면 안 맡는 쪽으로. 알겠지?"

"응, 그럴게…"

"그래. 우리 딸 오늘 왜 힘들었는지 알겠다. 어여 들어가서 푹 자."

그날 밤 혜영은 잠들지 못하고 몇 시간째 이리저리 뒤척이기를 반복했다. 그러다 오한이 느껴져 이마를 짚어보니, 열까지 나고 있었다.

혜영은 안방에서 잠든 엄마를 깨우지 않으려 조심스럽게 거실로 나가 약상자에서 해열제를 꺼내 먹고 다시 이부자리로 돌아왔다.

그러고도 쉬이 잠들지 못한 혜영은 내일 피고인을 만나보면 다 알게 될 거라고, 이 사건을 계속 맡을지 말지 그때 결정하면 된다고, 스스로를 다독이고 나서야 겨우 선잠에 들었다.

그런데 혜영이 잠든 지 채 두 시간이 지나지 않았을 무렵이었다.

지이잉, 지이이잉. 머리맡에 놓아두었던 핸드폰이 울리기 시작했다.

깨어질 듯한 두통을 느끼며 실눈을 뜬 혜영이 핸드폰 화면을 확인하자, 어김없이 찍혀 있는 아홉 글자가 보였다.

발신자 번호 표시 제한.

살인 용의자, 허수지 (1)

그 아홉 글자를 보는 순간 겨우 들었던 잠이 확 깨며 혜영의 미간이 사정없이 찌푸려졌다. 핸드폰으로 시간을 확인하니 새벽 3시 20분.

'이 시간에 전화라니 너무한 거 아닌가?'

의뢰인 K가 아무리 거액의 수임료를 줬다고 하더라도 이렇게 심각하게 일과 삶의 경계를 무너뜨리는 것까지 용납할 수는 없었다. 잘 자야 힘내서 사건도 처리할 게 아닌가?

만약 의뢰인 K가 아니라, 다른 수상한 누군가라면 더더욱 혜영이 이 시간에 자다 깨서 전화를 받아야 할 이유는 없었다.

혜영은 통화 거절 버튼을 누른 뒤, 혹시 다시 전화가 걸려올 걸 대비해 핸드폰을 무음 모드로 전환하고 다시 눈을 감았다.

혜영은 또다시 눈만 감은 채 뒤척이며 한 시간 가까이 흘려보냈다. 그러다가 겨우 잠들었다고 생각한 지 얼마 지나지 않았을 때였다.

*

여느 꿈이 그렇듯 그 시작은 흐릿했다. 꿈속의 혜영은 법률 사무소의 상담실에서 한 남자와 마주앉아 있었다.

일반적인 법률 상담이라면 사건 개요를 듣고, 가능한 법률적 조치와 그에 따른 예상되는 결과를 말해준 다음, 선임 의사를 타진할 것이다.

그런데 왠지 모르게 한기가 도는 남자는 사건 개요를 설명하는 대신, 한 가지 말만 반복했다.

- 전화 왜 안 받았어요?

꿈의 시작이 분명하지 않으니, 이 말을 벌써 몇 번째 듣고 있는 것인지 알 수 없었다.

혜영은 용기를 내어 조곤조곤한 말투로 남자를 정상적인 법률 상담 과정으로 이끌려고 시도해보았다.

- 먼저 어떤 사건인지, 의뢰인 분께서 원하시는 법적 결과가 무엇인지 말씀해주셔야 제가 도울 수 있어요.

그런데도 남자의 대답은 달라지지 않았다.

- 전화 왜 안 받았냐고요.

참다못한 혜영은 고집불통인 이 남자에게 말려들 것을 직감하면서도, 반복되는 질문에 대답하고 말았다.

- 그 전화가 사건이랑 관련이 있었나요?

그 말을 듣자, 형체가 뚜렷하지 않은 남자의 얼굴에 어떤 표정이 나타났다. 어처구니없어하는 것 같았달까. 당연한 걸 왜 묻느냐는 것 같기도.

남자의 얇은 입술이 열리고 짧은 대답이 튀어나왔다.

- 그럼요.

혜영은 그래도 잘 것이 뻔한 새벽 3시가 넘은 시간에 전화해서 깨우는 건 아니지 않냐고 따져 물으려고 했다.

그 순간 눈앞이 빙그르르 돌았다. 그러고는 장면이 전환되며, 인터넷 뱅킹 페이지가 나타나더니, 혜영의 계좌에서 잔액이 줄어들기 시작했다.

1억이 넘던 계좌 잔고가 무서운 속도로 빠져나가고 있었다. 이러다가 곧 0이 되어버릴 것 같았다.

"안 돼!"

단말마의 비명과 함께 눈앞이 점점 밝아지더니, 이내 아무것도 보이지 않게 되었다.

*

'내가 눈을 감고 있었나?'

확인하는 방법은 간단했다. 눈을 떠보면 된다.

혜영이 접착제라도 붙여놓은 듯 잘 떨어지지 않는 눈꺼풀을 억지로 들어올리자, 창문을 통해 들어온 아침 햇살이 환했다. 어느새 날이 밝아 있었다.

눈이 부셔 미간을 좁힌 혜영이 돌연 뭔가 생각났다는 듯 부랴부랴 머리맡에 놓아두었던 핸드폰을 확인했다. 다행히 혜영의 걱정과는 다르게 부재중 전화는 남아 있지 않았다.

떨리는 마음으로 인터넷 뱅킹에 접속해 계좌 잔고가 그대로 있다는 것까지 확인하고 나서야 혜영은 안도의 한숨을 내쉴 수 있었다.

"휴-."

꿈이었다. 안도의 한숨을 내쉰 혜영은 그제야 자신의 온몸이 땀에 푹 절어 있다는 걸 깨달았다.

몸에 고치처럼 칭칭 감긴 이불을 젖히고, 목덜미를 덮은 머리카락을 걷어낸 후 다시 누우니, 그나마 몸에서 열기가 빠져나가며 밤새 느끼지 못했던 편안함이 찾아왔다.

하지만 그 편안함을 오래 누릴 여유는 없었다. 꿈에서까지 혜영을 괴롭혔던 자동차 살인 사건의 피고인을 만나러 가기로 한 날이니까.

혜영은 다시 핸드폰을 들어 시간을 확인해보았다. 아침 7시 4분이 곧 이어 7시 5분으로 바뀌며 기상 알람이 울렸다.

자신의 법률 사무소를 개업한 뒤로 늦게 출근한다고 뭐라고 할 사람은 없어졌지만, 그래도 나태해지지 말자고 다짐하며 매일 같은 시간에 일어나서 정시에 출근하던 혜영이었다.

*

혜영이 집에서 나간 얼마 뒤, 잠에서 깬 혜영의 어머니는 어제 비워뒀던 쓰레기통부터 확인해보았다. 예상대로 해열진통제 껍질이 버려져 있었다.

어머니는 걱정스러운 표정으로 혜영의 방에 들어가 이부자리를 살펴보았다.

역시 베개와 이불, 침대보 모두가 축축이 젖어 있었다. 자면서 얼마나 많은 땀을 흘렸는지, 손을 대보지 않아도 짙어진 색깔만으로 알 수 있었다.

혜영의 방에서 나온 어머니가 조심스럽게 닫은 문에 기대선 채 짧은 한숨을 내쉬었다.

“얘 또 신병(神病)에 시달리나보네.”

자신의 대에서 끊기길 바랐던 신내림이었지만, 혜영은 어렸을 때부터 자주 신기(神氣)를 보이곤 했다.

의사도 원인을 알 수 없다고 하는 열병에 곧잘 시달렸으며, 꿈에서 귀신을 봤다고 칭얼대기도 여러 번, 언젠가는 깨어나서 본 귀신에 까무러친 적도 있었다.

혜영의 어머니는 본인이 무당이었기에, 그 모든 것들이 신내림의 전조라는 걸 알고 있으면서도 차마 딸에게 무당이 되라고 말하지는 못했다.

이 일이 얼마나 힘든지 몸으로 알았기에, 딸만큼은 평범한 삶을 살아가길 바랐던 것이다.

그래서 혜영이 변호사가 되었을 때 그렇게 기뻐했는데, 개업한 지 얼마 되지도 않아 맡은 사건이 하필이면 귀신이 덕지덕지 붙어 있는 자동차 살인 사건이라니.

어머니로서는 정말 귀신이 곡이라도 할 노릇이었다. 결국 딸도 운명은 못 피해가나보다 하는 생각에 고개가 푹 떨궈졌다.

*

사무소 운영비도 쪼들리는 상황에 차까지 살 여유는 없었던 혜영은 지하철, 아니 지옥철을 뚫고 오늘도 출근에 성공했다.

사무소 문을 열고 들어가자, 먼저 출근해 있던 석원이 혜영을 반겼다.

"변호사님, 오셨어요?"

"석원씨, 일찍 나오셨네요. 별일 없었죠?"

"저도 이제 막 출근했는데요. 아직 별일 있을 시간이 없었어요. 그런데 변호사님 오늘 되게 피곤해 보이시는데 괜찮으세요?"

이런. 출근하기 전에 화장으로 열심히 가린다고 가렸는데, 어젯밤 제대로 자지 못해 남은 피곤기가 여전히 남아 있나보다.

혜영이 부끄러움을 감추려 고개를 살짝 돌리고 두 눈을 깜박이며 물었다.

"다크서클 보여요?"

석원은 뭐라고 대답해야 할지 몰라 잠시 망설이다가, 솔직함을 조금 많이 담아 대답해버렸다.

"네, 많이 진해지셨어요."

눈길을 둘 곳을 몰라 이리저리 방황하던 혜영의 눈이 석원과 마주쳐버렸다. 이내 민망해진 혜영은 얼른 화제를 돌렸다.

"화장 고쳐야겠네요. 알려주셔서 감사해요. 아, 그리고 석원씨."

석원도 화제가 돌아갈 낌새가 보이자 반가웠는지 얼른 대답했다.

"네, 변호사님."

"동부구치소에 자동차 살인 사건 피고인 면회 신청해주실 수 있으세요? 제 이름으로요."

"그 사건은 왜요? 수임하시게요?"

잠시 고민하던 혜영은 아직 자기도 잘 모르는 일을 석원한테 설명할 자신이 없어서 대답을 미뤘다. 어쩐지 의뢰인 K도 많은 사람이 이 일에 관여하는 걸 원하지 않을 것 같았다.

“아직 확실한 건 아닌데, 일단 좀 만나보고 싶어서요.”

“네, 접견 예약할게요. 면회 시간은 언제로 잡을까요?”

이 사건 외에 다른 일도 없었고, 사건의 내막이 궁금하기도 했기에 혜영의 대답은 금방 나왔다.

“가능하면 빨리요. 오늘중에 가능하면 더 좋고요.”

“네, 일정 잡히면 바로 말씀드릴게요.”

“고마워요.”

혜영은 석원과 아침 인사를 마무리하고, 사무실로 들어오자마자 책상에 앉아 화장을 고쳤다.

셀카 모드로 바꾼 핸드폰 카메라 속 얼굴에서 다크서클은 다행히 잘 감춰져 있었다.

안심한 표정으로 핸드폰을 책상 위에 내려놓은 혜영은 꺼진 화면을 물끄러미 바라보았다. 새벽에 혜영의 잠을 깨웠던 전화는 이후 다시 걸려오지 않았다.

혜영은 의뢰인 K에게 새벽에 전화한 게 그가 맞는지, 맞는다면 무슨 용건인지 물어보고 싶었지만 연락할 방법이 없었다. 매번 발신자 번호 표시 제한으로만 전화하는데다, 이메일 주소나 거주지까지 뭐 하나 아는 게 없었으니까.

똑똑. 어쩔 수 없이 지푸라기라도 잡아보자는 심정으로 자동차 살인 사건에 관해 새로 올라온 기사들을 훑어보던 중, 노크 소리가 들려왔다.

“네, 들어오세요.”

문을 열고 들어온 석원이 혜영의 다크서클이 가려진 걸 보고는 빙긋 웃더니, 용건을 꺼냈다.

"말씀하신 자동차 살인 사건 피의자 성함이 허수지님이시더라고요. 허수지님이랑 서울 동부구치소에서 오늘 오후 2시에 면회 잡았는데, 그때 괜찮으세요?"

"네, 빨리 처리됐네요. 감사해요."

혜영과 눈인사를 나눈 석원이 자기 자리로 돌아가려다가, 뭔가 생각났다는 듯 고개를 돌려 혜영에게 물었다.

"저도 같이 갈까요? 제 차로 데려다드릴게요."

혜영이 잠시 대답을 망설였다. 이 사건에 대해 아는 게 너무 없는 상황에서 지금은 최대한 조용히 움직이고 싶었다.

"아니에요. 오늘은 저 혼자 갔다 올게요. 혹시 사건 들어올지도 모르니까, 석원씨는 사무소 지켜주세요."

석원은 다시 한번 혜영을 향해 웃어 보였고, 고개를 꾸벅한 뒤 자기 자리로 돌아갔다.

"네, 혹시 무슨 일 생기면 전화 주시고요."

점심시간, 혜영은 이런저런 생각에 식사를 하는 둥 마는 둥 하다 서둘러 사무실을 나섰다. 서울 동부구치소 면회실에 도착한 혜영은 긴장되는 마음으로 자동차 살인 사건의 피고인 허수지를 기다렸다.

그녀를 만나면 그동안 궁금했던 점들이 풀리리라는 기대감 반, 앞으로의 무죄 변론을 어떻게 이끌어가야 하나 하는 걱정 반이 섞인 복잡한 심경이었다.

잠시 후, 교도관의 안내를 받아 면회실로 들어온 허수지가 축 늘어진 어깨로 혜영과 마주앉았다.

기사에서 모자이크 처리된 상태로만 접하다가, 실제로 처음 본 수지의 첫인상은 혜영에게 적잖은 충격으로 다가왔다.

특별히 얼굴에 이상한 점이 있어서가 아니라, 십대라고 해도 믿을 법한 너무나 어리고 순진해 보이기까지 하는 이 사람이 그렇게 주도면밀한 살인을 저질렀다고는 도저히 믿기지 않았다.

혜영이 명함을 내밀며 수지에게 인사를 건넸다.

"안녕하세요, 저는 변호사 유혜영이라고 해요."

살인 용의자, 허수지 (2)

혜영의 소개를 들은 수지가 받은 명함의 가장자리를 만지작거리며 어리둥절한 표정으로 되물었다.

"변호사님이요?"

"네, 앞으로 허수지님을 도와드릴 거예요."

"아, 새로 오신 국선변호인이신가요?"

"아니요, 사선(私選)변호인 자격으로 왔습니다."

혜영의 설명에 수지가 고개를 떨궜다.

"말씀은 감사한데, 저는 사선변호인을 선임할 돈이 없어요."

"수임료는 걱정 안 하셔도 괜찮아요."

혜영의 말에 수지가 반색하며 되물었다.

"무료 변론해주시는 건가요? 제가 정말 억울하게 갇혀 있는 건 맞는데…"

아무것도 모른다는 수지의 태도에 혜영이 자신도 모르게 입술을 씹었다.

자연스럽게 의뢰인 K가 수임료를 이미 냈다고 말하면서 그가 누구인지 물어볼 작정이었지만, 정작 수지는 누군가가 자신을 위해 거액의 수임료까지 지불하며 혜영에게 사건을 의뢰했다는 사실조차 모르고 있었다.

그래도 혹시나 하는 생각에 혜영이 의뢰인 K에 관해 운을 띄워보았다.

"무료 변론은 아니고요, 수임료는 이미 K라는 분이 내셨으니까 걱정하지 않으셔도 돼요."

하지만 수지도 혜영과 똑같이 도통 모르겠다는 표정이 되어 되물을 뿐이었다.

"K요?"

"네, 저한테 수지님 사건 의뢰하신 분은 그렇게만 말씀해주셨어요. 혹시 짐작 가시는 분 계세요? 이니셜이 'K'인 사람 중에 도와주실 만한 분이라든가요."

혜영의 질문을 들은 수지가 잠시 생각에 잠기더니, 이내 고개를 가로저었다.

"아는 사람 중에 이니셜이 'K'인 사람은 많은데, 그중에 이렇게 변호사님까지 보내주실 만한 사람이 누군지는 잘 모르겠어요."

하긴 한국인의 3분의 1을 차지한다는 김씨만 해도 벌써 이니셜이 'K'인 데다가 강씨, 고씨, 곽씨, 구씨 등등 다 이니셜로 치면 'K'다. 이것만 가지고 의뢰인 K가 누군지 추측하는 건 어불성설이었다.

혜영이 희망을 놓지 않으며 수지에게 다시 물었다.

"조금 이상하게 들릴 수도 있는데, 혹시 허수지님 아는 분 중에 돈 많은 분도 있나요?"

"아, K라는 분이 변호사님께 저 대신 수임료 내주셨다고 하셨죠."

수지가 다시 곰곰이 생각에 빠졌다. 조금 전에는 여러 사람을 떠올리는 듯한 표정이었다면, 이번에는 한 사람에 대해 깊이 생각하는 듯했다.

하지만 이번에도 그녀는 고개를 가로저었다.

"친했던 사람 중에 돈도 많고 이니셜도 K인 사람은 있는데, 그 사람은 이미 죽었어요."

예상치 못한 시점에 튀어나온 지인의 사망 이야기에 자신이 초면부터 수지의 아픈 기억을 건드렸다는 걸 깨달은 혜영이 급히 대화를 수습했다.

"죄송해요. 제가 괜한 말을 여쭸네요."

"아니에요, 괜찮아요."

혜영의 사과에 수지가 애써 입꼬리를 당기며 웃음을 지어 보였지만, 정말 떠올리고 싶지 않은 기억이었는지 두 눈은 여전히 슬픔에 젖어 있었다.

잠깐의 어색한 침묵이 지나가고, 혜영이 다시 입을 열었다.

"그러면 제가 허수지님을 도와드려도 될까요?"

"네, 제가 변호사님께 드린 것도 없는데 도와주시면 정말 정말 감사하죠. 저는 뭐부터 하면 좋을까요?"

조금 전 말실수로 수지한테 선임을 거절당하면 어쩌나 싶었던 혜영이 속으로 안도의 한숨을 내쉬었다.

"아까 억울하게 갇혀 있다고 하셨잖아요. 이번 사건이 어떻게 해서 일어났는지, 어쩌다가 누명을 쓰게 되셨는지 들을 수 있을까요? 허수지님 입장에서요."

"제 입장에서 말씀드려도 되나요? 1심 국선변호인님은 최대한 객관적으로 말하라고 하셨는데…"

"아니에요, 허수지님 입장에서 말씀해주셔야 제가 더 잘 도울 수 있어요. 그걸 객관적으로 표현하는 건 제 일이고요."

혜영의 말에 수지의 볼 위로 눈물 한 방울이 또르르 떨어졌다. 처음으로 자기 편에 서주는 사람을 만났다는 기쁨의 눈물이었다.

"감사해요, 변호사님. 그동안 제 말을 들어주는 사람이 아무도 없었어요. 검사님도, 판사님도… 다 제가 잘못했다고만 하시더라고요."

하얗고 작은 손으로 눈물을 훔쳐낸 수지가 다시 입을 열었다.

자동차 살인 사건이 발생한 그날, 수지는 사건의 피해자인 남자친구와 함께 교외로 드라이브를 나갔었다.

사건은 수지가 직접 싸 간 도시락을 남자친구와 나눠 먹으며 오붓한 시간을 보내고 나서 집으로 돌아온 뒤에 발생했다.

데이트할 때면 늘 그랬듯 남자친구는 자신의 차로 수지를 집 앞까지 데려다주었다.

차에서 내린 수지는 남자친구가 밝은 모습으로 인사하고 돌아가는 것까지 확인했다고 했다.

그런데 다음날, 남자친구는 수지와 행복한 드라이브를 즐겼던 바로 그 차 운전석에서 싸늘한 시체로 발견되었다.

사인은 일산화탄소 중독에 의한 질식사. 누군가 차를 밀폐하고 그 안에 번개탄을 피워 남자친구를 죽인 것이었다.

그 소식을 들었을 때까지만 해도 수지는 남자친구를 잃은 슬픔에 아무것도 하지 못하고 있었는데, 다음날 더 끔찍한 일이 찾아왔다. 수지의 집 문을 두드리고 들어온 경찰이 수지를 살인 용의자로 체포한 것이다.

수지는 '당신은 묵비권을 행사할 수 있고, 변호인을 선임할 권리가 있으며…' 하는 미란다원칙을 영화에서만 봤지, 자기가 직접 들을 거라고는 상상도 못했다고 한다.

그 뒤로는 일사천리였다. 며칠 지나지 않아 수지는 검찰에 기소 의견으로 송치되었다. 검사는 수지의 말을 들으려고도 하지 않고, 경찰에게서 넘겨받은 증거를 들이밀며 수지를 기소했다.

국선변호인도 증거가 확실하니, 수지에게 죄를 인정하고 반성하는 태도를 보여 감형을 노리는 게 좋겠다고만 했다.

수지의 말을 경청하던 혜영이 상처가 되지 않도록 최대한 조심스러운 어투로 물었다.

"검찰 쪽에서 무슨 증거를 갖고 왔는지 기억나시나요?"

혜영의 질문을 들은 수지가 다시 울먹이며 대답했다.

"여러 가지 있었는데, 제일 서러웠던 건 그날 제가 싸 간 도시락이 잘못됐대요."

"도시락이요?"

"네, 남자친구 혈액에서 수면제 성분이 검출됐는데, 그날 제가 싸 간 도시락에 들어 있었던 거래요."

"허수지님이 도시락에 수면제를 넣었다는 증거는요?"

"모르겠어요. 경찰에서 조사받을 때 제가 직접 싸 간 도시락을 나눠 먹을 정도로 남자친구랑 사이가 좋았다고 했는데, 그게 문제였던 것 같아요."

혜영은 일단 도시락에 수면제가 들어 있었다는 증거도, 설령 그런 증거가 있더라도 수지가 직접 넣었다는 증거는 없다는 걸 캐치해두고 질문을 이어갔다.

"혹시 검사가 제시한 다른 증거도 기억나시나요?"

수지가 떠올리고 싶지 않은 기억인 듯, 붉어진 눈시울로 눈물을 펑펑 흘리며 대답했다.

"남자친구 차에서 체모랑 체액이 다량 발견됐는데 그게 제 DNA랑 일치한대요."

그거야 당연히…

휴-. 혜영은 이미 경찰, 검찰, 법원을 거치며 수많은 신문을 받았을 수지에게 사건에 관해 더 묻는다는 건 할 짓이 못 된다고 판단했다.

검찰 쪽에서 제시한 증거라면 선임계를 제출한 뒤에 얼마든지 혜영이 직접 확인할 수 있었다.

혜영은 더이상 사건에 대해 캐묻는 대신 주체할 수 없을 만큼 눈물을 쏟는 수지에게 위로의 말을 건넸다.

"방금 말씀해주신 걸로 봤을 땐 허수지님이 범인이라는 증거가 불충분해 보여요. 항소심에서 반박해볼게요."

"감사합니다, 감사합니다. 변호사님. 그럼 저 여기서 나갈 수 있는 거죠?"

"최선을 다할게요."

혜영은 수지로부터 선임계에 지장(指章)을 받아 면회실에서 나왔다.

이 사건을 맡지 말라는 어머니의 당부가 마음에 걸리긴 했지만, 수지를 만나고 나니 꼭 의뢰인 K가 준 수임료 1억원 때문이 아니더라도, 수지를 돕지 않을 수가 없었다.

구치소를 나와 법률 사무소로 돌아가는 택시 안. 수지를 만나면서 흔들린 감정을 추스르며, 가방에서 무음 모드로 바꿔뒀던 핸드폰을 꺼내 확인해보았다.

부재중 전화가 한 통 찍혀 있었다. 발신인은, 벌써 익숙해져버린, '발신자 번호 표시 제한'.

익숙해진 만큼 언제 또 전화가 걸려 올까 조바심이 들지는 않았다. 용건이 있으면 다시 전화하겠거니 생각할 뿐.

혜영은 이 부재중 전화를 남겼을 의뢰인 K에 대해 다시 떠올려보았다.

도저히 정감 간다고 보기엔 어려운 성격과 말투지만, 어려움에 처한 수지를 돕겠다고 나선 걸 보면 의외로 좋은 사람일지도 몰랐다. 그래도 힘든 처지에 있는 사람 돕는다고 선뜻 쓰기에 1억원은 너무 많지 않나 싶기도.

그렇게 의뢰인 K에 대한 생각이 꼬리에 꼬리를 물며 이어지는 동안, 혜영을 태운 택시는 법률 사무소 앞에서 멈춰 섰다. 혜영이 택시에서 내리려던 찰나 마침 핸드폰이 다시 울리며, 화면에 '발신자 번호 표시 제한' 문구가 떠 올랐다.

"끄응-."

사무실 안에 도착했을 때 걸려왔으면 좋으련만, 꼭 불편하게 이럴 때 걸려오다니. 하지만 받지 않을 수는 없었다. 전화가 끊어지면 혜영이 다시 연락할 방법이 없었기 때문이다.

새벽에 한 번, 수지를 만날 때 또 한 번, 두 번이나 놓쳤으니 이제 받을 때가 되기도 했고.

혜영은 서둘러 택시에서 내려서며 전화를 받았다.

“네, 유혜영입니다.”

- 왜 전화 안 받으세요?

목소리도, 저 시건방진 말투도 역시 의뢰인 K였다.

“의뢰하신 사건 피고인 접견중이었어요.”

- 아니, 무슨 접견을 새벽 3시 넘어서 합니까?

조금 전의 전화가 아니라, 새벽에 건 전화를 말하는 모양이었다.

“오늘 새벽에 전화하신 거 K님이었요?”

- 네, 저였어요. 전화 일부러 끊으셨던데 전화 잘 좀 받으세요.

“저기, K님! 아무리…”

혜영은 안 자고 있었던 게 아니라, 그 전화 때문에 자다가 깼다고, 아무리 의뢰인이라도 기본적인 매너는 지켜달라고 한마디 쏘아붙이려 했지만, 의뢰인 K가 말을 딱 잘랐다.

- 그때 전화를 받으셨어야 할 수 있는 일이 있어서 전화 드린 거예요. 변호사님이랑 수다 떨려고 전화하는 거 아니니까 사건 해결하고 싶으시면 제 전화 꼭 받으세요.

혜영이 이럴 거면 다른 변호사 알아보라고 쏘아붙이려다가, 이미 수임료도, 선임계도 받아버렸다는 사실을 떠올리며 화를 꾹 눌러 참았다.

“무슨 일이셨는데요?”

- 아, 됐어요. 그 기회 이미 지나갔어요. 다음에는 무조건 제 전화 받으시는 겁니다.

여기서 반박해봤자 같은 말만 반복될 게 뻔했기에, 혜영이 화제를 돌렸다.

"새벽에는 그랬다고 치고, 조금 전에는 왜 전화하셨는데요?"

언제요?

"한 시간 전쯤에요. 제가 허수지님 만나고 있을 때 발신자 번호 표시 제한으로 부재중 전화 남아 있던데요."

- 그거 저 아닌데요. 변호사님한테 제 번호로 전화하는 사람이 또 있어요? 언제부터요?

참 나, 발신자 번호 표시 제한이 자기 번호라니, 혜영은 기가 찼다.

"K님이 전화 주신 바로 그날부터요. 아는 사람이에요?"

- 그런 일이 있으면 미리 말씀을 하셨어야죠. 그 전화 받지 마세요.

어이가 없어진 혜영이 되물었다.

"그럼 K님이 거시는 전화는 어떻게 받나요?"

- 아, 그렇네. 제가 좀 이따 제 번호 알려드릴 테니까, 그 번호로 오는 전화만 받으세요.

번호를 알려줄 거면 처음부터 그러든가 아님 지금 당장 알려주든가, 좀 이따는 대체 뭐야. 도무지 속내를 짐작할 수 없는 의뢰인이었다.

"알았어요. 그럼…"

띠링-.

혜영의 대답을 들었으니, 그걸로 됐다는 듯 K는 또 일방적으로 전화를 끊어버렸다.

"그 번호로 내가 먼저 연락할 수 있는 건지 물어봐야 했는데. 뭐, 번호 준댔으니까 받아서 전화해보면 알겠지."

수지의 신용카드

혜영은 어느새 이 특이한 의뢰인에게 점점 익숙해져가고 있었다.

혜영이 엘리베이터에서 내려 법률 사무소로 들어오자, 석원이 자리에서 일어서서 인사를 건넸다.

"변호사님, 오셨어요? 오래 걸리셨네요."

"네, 이야기하다 보니까 길어졌네요. 왔다갔다하는 데 시간도 꽤 걸렸고요."

"허수지님은 잘 만나셨고요?"

혜영은 석원에게 어디까지 말해야 하나 잠시 고민했지만, 선임계까지 받아와서 수임을 확정한 이상 같은 사무소 직원에게 더 숨기는 것도 이상했다. 일이 진행되면 석원도 자연스럽게 알게 될 테고, 그럼 지금 말해두는 게 좋을 것 같았다.

"네, 자동차 살인 사건 저희 사무소에서 수임하기로 했어요."

석원이 놀란 눈을 하며 되물었다.

"그렇게 큰 사건을요? 피해자 측 대리죠?"

역시 석원도 설마 혜영이 수지를 변호할 거라고는 생각지 못했던 모양이었다.

"아니요. 석원씨가 면회 잡아주셨던 자동차 살인 사건 피고인 허수지님 저희가 변호할 거예요."

떠오르는 말이 너무 많아 뭐부터 물어봐야 할지 모르겠다는 듯 잠시 멍한 얼굴이 된 석원이 얼른 표정을 갈무리하며 대답했다.

"어쨌든 사건 들어온 거네요. 잘 됐어요."

이미 1심에서 실형으로 유죄 판결까지 나온 피의자를 변호하는 일이 앞으로 얼마나 고될지 혜영이 더 잘 알고 있었다. 그래서 긴말 대신 오히려 웃음과 함께 짤막한 인사말을 건넸다.

"석원씨가 해주셔야 할 일도 많을 거예요. 제가 큰일 치고 온 것 같은데, 잘 부탁드려요."

혜영은 석원이 이 말을 듣고 도망이라도 가면 어쩌나 걱정했지만, 다행히 석원도 혜영에게 마주 웃어 보였다.

"네! 뭐부터 할까요?"

그때, 의뢰인 K와 통화를 마치고 손에 들고 있던 혜영의 핸드폰에서 진동이 울렸다. 혜영이 흘깃 시선을 아래로 내려 확인해보니, 문자메시지 하나가 도착해 있었다.

- 이 번호입니다. K.

석원이 할 일을 물어오던 차에 마침 딱 잘됐다 싶었다.

"석원씨, 전화번호 하나만 뒷조사해주실래요?"

뒷조사라는 말에 전직 형사 석원은 그 일이야말로 자기 거라는 듯 자신감 넘치는 표정으로 대답했다.

"네, 번호 알려주세요."

"010-8901-****이요."

혜영이 핸드폰 화면을 보며 불러준 번호를 받아 적은 석원이 되물었다.

“이 번호 쓰는 사람에 대해서 대강이라도 아시는 거 있으세요?”

혜영이 의뢰인 K에 대해 아는 것이라곤, 무례하고 쌀쌀맞다는 것 외에 방금 석원한테 불러준 번호가 전부였다.

“아무것도 모른다고 치고 제로 베이스에서 조사해주실 수 있으세요?”

“네, 그렇게 할게요. 다른 유의 사항도 있을까요? 번호 주인과 직접 접촉하면 안 된다거나 불법적인 방법은 동원하면 안 된다거나.”

“방금 말씀하신 두 가지 다요.”

혜영의 대답을 듣자, 석원의 표정에서 자신감이 조금 지워졌다.

“그럼 시간이 걸리고, 알아낼 수 있는 게 많지 않을 거예요.”

“네, 그래도 괜찮아요. 알 수 있는 데까지만 최대한 조사해주세요.”

“네, 그럴게요.”

*

며칠 뒤, 혜영은 사무실에서 머리를 감싸쥔 채 미궁에 빠져 있었다.

의뢰인 K의 번호를 조사한 석원은 대포폰이라는 것 외에는 아무것도 알아낼 수 없었다며 두 손을 들었다. K는 대포폰을 만드느라 그렇게 시간을 끌었던 것이다.

설상가상으로 전화를 해봐도 도통 받지를 않았다. 혹시나 싶어 메시지를 보내 봐도, 아예 수신을 못 하는 건지 답장은 없었다.

문제는 비단 베일에 싸인 의뢰인 K의 정체뿐만이 아니었다. 자동차 살인 사건 역시 난관에 봉착해 있었다.

수지의 이야기를 들을 때까지만 해도 검찰의 무리한 기소와 여론에 떠밀린 법원의 유죄 판결로 보였다. 그러나 정작 서류를 까보니, 도저히 수지의 무죄를 주장할 만한 구석이 보이지 않았다.

책상 위에 나란히 놓인 1심 재판부의 판결문과 검찰의 공소장을 본 혜영이 깊은 한숨을 내쉬었다.

이 서류에는 수지가 말했던 대로 남자친구랑 같이 먹었던 도시락과 차에서 발견된 수지의 체모, 체액이 증거로 제시돼 있었다.

그런데 그건 정황 증거일 뿐이었다. 검찰이 제시하고 재판부가 인정한 핵심 증거는 따로 있었다.

죽은 남자친구의 차에서 시체와 함께 발견된 신용카드 영수증이었다.

그 영수증에는 사건 발생 이틀 전 약국에서 수면제를, 구멍가게에서 번개탄을 산 기록이 찍혀 있었다.

그리고 그 신용카드는 허수지의 이름으로 돼 있었다.

상식적으로 생각해보면, 어떤 멍청한 범인이 신용카드로 범행 도구를 구입하며 사건 현장에 그 영수증을 남기겠냐 싶었지만, 공소장에는 매우 친절하게도 수지의 정신 감정서까지 첨부돼 있었다.

자신의 범행을 드러내서 자랑하고 싶어하는, 연쇄살인범들에게서 주로 관찰되는 사이코패스 기질이 보인다나.

경찰과 검찰로까지 이어진 조사 과정 내내 수지는 꽤나 감정적인 태도로 자신이 남자친구를 정말 사랑했고 그래서 범행 동기가 없다고 주장했다.

하지만 국선변호인이 평소 남자친구로부터 데이트 폭력을 당해왔다고 주장하면서 일관되지 않은 진술로 받아들여졌고, 결국 판결에 반영되지 않았다.

수지에게 왜 사선변호인이 필요한지 알 만한 대목이었달까.

현장에 남겨진 영수증에서 수상한 냄새가 났다. 혜영이 직접 만난 수지는 그렇게까지 멍청해 보이지도 않았고, 자신의 범죄를 떠벌리고 싶어하는 사이코패스로는 더더욱 생각되지 않았기 때문이다.

하지만 혜영의 개인적인 인상을 근거로 항소심을 진행할 수는 없었다.

형사 재판은 1심 판결 이후 일주일 내에 항소해야 했기에 혜영은 서둘러 항소장을 제출해두었다. 앞으로 열릴 2심 법정에서 수지의 무죄를 주장하려면, 핵심 증거인 수지의 신용카드 영수증이 조작됐다는 사실을 밝혀야 했다.

이것만 밝혀낼 수 있다면 항소는 물론, 증거 불충분으로 무죄 판결을 받는 것도 어렵지 않았다. 또, 보석(保釋)을 청구해 항소심 재판이 끝나기 전이라도 구치소에 갇혀 있는 수지를 빠른 시일 내에 석방하는 것도 가능했다.

"그런데 그 증거를 어디 가서 찾냐고."

실제 구매자가 수지가 아니라는 것만 밝혀지면 가장 간단하겠지만, 같이 받아본 경찰의 수사 기록을 보니 수면제를 구입한 약국과 번개탄의 판매처로 찍혀 있는 잡화점 둘 다 규모가 작은 곳이라 시시티브이는 설치되어 있지 않았다.

수면제 구매자에 대한 약국 약사의 증언이 확보되긴 했는데 마스크에 선글라스까지 끼고 후드를 뒤집어쓰고 있어서 젊은 여자인 것만 기억나지, 누구인지 특정할 수는 없었다고도 적혀 있었다.

구매 시각 수지의 알리바이도 불분명했다. 영수증에 카드 결제 시간으로 기록되어 있는 오후 8시 36분과 49분에 수지는 늘 그렇듯 집에 있었고, 그날은 티브이로 영화를 봤다고 진술했다.

이걸 수지가 범인이라는 정황 증거로 봐야 할까, 아니면 수지의 생활패턴까지 파악한 치밀한 사건 조작의 흔적으로 봐야 할까? 심증만 있는 상태에서 서류를 들여다볼수록 혜영의 혼란은 더욱 깊어졌다.

혜영이 생각을 정리하느라 너무 오래 움켜쥐고 있어 산발이 되어버린 머리를 쓸어내렸다.

'기본에 충실하자.'

수지의 신용카드니까 본인한테 직접 물어보는 게 순리였다. 혜영은 수지가 수감 되어 있는 서울 동부구치소에 전화를 걸어 수지와의 통화를 요청했다.

수지의 법률 대리인이라고 밝혔기 때문인지, 통화가 연결되는 데에는 오래 걸리지 않았다.

"안녕하세요. 저번 면회 때 뵈었던 변호사 유혜영이에요. 허수지님, 잘 지내시죠?"

혜영의 이름을 들은 수지가 반가운 목소리로 얼른 대답했다.

- 안녕하세요, 변호사님. 여기서 지내는 게 편하진 않은데, 저번에 변호사님이 증거 불충분으로 무죄 판결받을 수 있다고 하셔서 참고 견디고 있어요.

혜영은 자기가 수지에게 헛된 기대를 심어주었을지도 모른다는 사실을 깨달았다. 아직 경험이 부족한 새내기 변호사인 자신이 원망스러웠다.

물론 그 심정을 드러낼 수는 없었기에 애써 밝은 척 목소리를 높이며 되물었다.

"1심 관련 서류 검토 마쳤는데요. 허수지님 신용카드 결제 영수증이 증거로 제출돼 있더라고요. 수면제랑 번개탄 직접 구매한 거 맞으세요?"

그 말을 듣자 수지의 목소리에 다시 물기가 배어났다.

- 그거 경찰관 분들이랑 검사님께도 계속 말씀드렸는데… 저는 그런 거 산 기억이 없어요.

혜영은 순간 주먹을 불끈 쥐었다. 역시 이게 이번 사건에서 다퉈야 할 포인트였다.

"혹시 신용카드 잃어버리거나 도난당한 적은 없으시고요?"

- 몇 번 있긴 한데, 제가 그때마다 바로바로 분실 신고했었어요.

혜영의 주먹에서 금세 힘이 풀렸다. 사건의 중요한 지점이었지만, 여기에서 수지에게 유리한 증거를 찾기란 쉽지 않아 보였다.

"네, 그렇군요. 제가 조금 더 알아보고 다시 전화 드려도 괜찮을까요?"

- 네, 변호사님이 전화 주시면 저야 좋죠. 여기 있으면 바깥에 있는 사람들 얼굴이랑 목소리가 되게 그리워요.

이런 사람을 사이코패스로 몰아서 살인범을 만들었다니, 혜영으로서는 아무리 생각해도 납득이 가지 않았다.

"네, 틈날 때마다 전화 드릴게요."

- 정말 감사합니다, 변호사님.

수지와의 통화를 마치고, 혜영이 신용카드 영수증이 조작된 증거를 찾으려면 어디서부터 접근해야 할지 고민에 빠져 있을 때였다.

책상에 올려두었던 핸드폰에서 진동음을 울렸다. 화면을 확인해보니 반가운 이름이 찍혀 있었다.

의뢰인 K.

혜영은 처음으로 K와 통화하던 날, 그가 자신의 개인 핸드폰 번호와 계좌번호까지 알고 있었다는 사실을 떠올렸다.

아직도 어떻게 알아냈는지는 의문이었지만 그가 일반적이지 않은 방법으로 뭔가 알아내는 능력이 있다면, 수지의 신용카드 영수증이 조작됐다는 증거를 찾을 실마리를 줄 수 있을지도 몰랐다.

혜영이 희망찬 얼굴로 전화를 받았다.

"K님, 안녕하세요?"

- 사건은 어떻게 돼가고 있어요?

"솔직하게 말씀드리면, 항소하고 1심 서류 검토까지 마쳤는데, 앞으로 어떻게 변론해야 할지 막막해요."

- 왜요?

"그게요…"

혜영이 하루종일 골머리를 앓던 수지의 신용카드 영수증에 관한 고민을 그에게 털어놓았다.

- 그러니까, 그 영수증 때문에 수지가 살인범으로 몰리게 됐으니까, 그 영수증이 조작됐다는 증거를 찾아야 된다고요? 그것만 찾으면 돼요?

내심 의뢰인 K가 또 벽창호처럼 말을 못 알아먹으면 어쩌나 걱정하던 혜영이 밝은 목소리로 대답했다.

"네! 그것만 찾으면 2심 저희한테 유리하게 끌어갈 수 있고요, 판결 전에라도 보석 청구해서 허수지님 구치소에서 나오게 할 수 있어요. 혹시 찾을 방법이 없을까요?"

하지만 혜영의 기대와는 다르게 의뢰인 K의 대답은 심드렁했다.

- 내가 어떻게 알아요? 사건 담당하시는 변호사님이 아셔야지. 이야기 들어보니까 중요한 것 같은데 열심히 찾으세요.

아오, 이걸 콱! 이러다 의뢰인 K와 미운 정이라도 들까 싶어진 혜영이 마음을 다스리며 다른 용건을 꺼냈다.

"만약에 조작 증거를 못 찾게 된다면요, K님."

- 못 찾으면 안 될 것 같은데. 아무튼, 네. 못 찾으면요?

"무죄 대신에 감형 쪽으로 변론 방향을 바꿔보면 어떨까요?"

8년 선고받았던데, 감형이면 얼마나요? 집행유예로 나오는 것도 가능해요?

"양형 기준 따져봤을 때, 이 사건은 유죄 판결 나는 경우에 집행유예는 어려울 것 같고요, 감형 목적으로 항소심 변론 진행하면 3년은 줄여볼 수 있을 거예요."

- 어떻게 3년이나 줄여요?

혜영은 계속해서 틱틱거리는 K의 말투에 치밀어오르는 짜증을 간신히 억누르며 침착하게 답변했다.

"양형 부당으로 항소했을 때 대부분 형량 감경이 이루어지기도 하고요, 1심 공판 기록 보니까 허수지님이 사건 피해자이신 남자친구한테 데이트 폭력을 당했다는 주장이 있더라고요."

그 순간 K가 혜영의 설명을 탁 잘랐다.

- 네? 데이트 폭력이요? 누가 그런 헛소리를 해요?

"일단은 허수지님 진술이라고 기록돼 있긴 한데, 제 생각에는 1심 맡으셨던 변호사님이 억지로 끼워넣은 것 같아요."

진정시키려는 혜영의 노력에도 불구하고 핸드폰 너머 K의 목소리는 높아져만 갔다.

- 그 국선변호인 자식 진짜, 사사건건 마음에 안 드네. 절대 아닙니다. 절, 대, 로. 항소심 가서 데이트 폭력이라는 그 말 입에 올리지도 마세요.

아니면 아닌 거지 뭐 이렇게 화를 버럭버럭 내나 싶었다. 혜영은 이 통화를 계속하다간 심력이 바닥날 것 같아 이만 전화를 끊으려 했다.

"네, 그렇게 할게요. 그럼 무죄 취지로 변론 진행해달라는 말씀이신 걸로 알고, 저는 신용카드 영수증이 위조됐다는 증거 계속 열심히 찾아보겠습니다."

- 전화 끊으시게요?

"더 하실 말씀 없으시면, 이만."

- 제가 전화 걸었는데, 지금까지 쭉 변호사님 용건만 이야기하셨잖아요.

그러고 보니 먼저 전화를 건 쪽은 의뢰인 K였는데 계속 혜영이 필요한 이야기만 하긴 했었다.

"아, 그랬네요. 전화는 무슨 일로 하신 건가요?"

- 사건 현장 가보셨어요?

혜영은 순간 현장에 직접 가볼 생각을 하지 못한 자신이 잘못한 건가, 이제라도 가봐야 하는 건가, 하는 생각이 들어 뜨끔했다.

하지만 로스쿨을 다니는 동안, 또 실무를 맡으면서, 감식반도 아닌 변호사가 현장에 나가봐야 한다는 이야기는 들은 적이 없었다.

사건이 변호사한테 올 때쯤엔 발생 이후로 시간이 상당히 지난 경우가 대부분이기 때문에, 현장에 나가본들 변호사가 할 수 있는 것도 딱히 없었다.

혜영이 불쑥 튀어나온 의뢰인 K의 질문에 침착하게 대답했다.

"아니요. 현장까지는 못 가봤어요."

- 그럼 오늘, 아니 정확히 해야지, 내일 새벽 3시에 가보세요. 어딘지는 알고 계시죠?

사건 위치야 외우고 있는 건 아니었지만, 공소장을 보면 적혀 있을 것이다.

"네, 한번 가볼게요. 그런데 꼭 그렇게 야심한 시각에 가야 하나요? 어두워서 잘 보이지도 않을 것 같은데."

- 네, 시간이 중요해요. 꼭 기억하세요. 오늘에서 내일로 넘어가는 새벽 3시입니다.

"그 시간에 현장에 가서 제가 뭘 하면 되죠?"

- 가보시면 알 거예요. 그게 제가 유혜영 변호사님한테 이 사건을 맡긴 이유니까.

혜영도 온전히 변호사로서의 역량으로만 친다면 자신이 이런 사건을 맡을 수 없다는 사실을 잘 알고 있었다. 그러니 의뢰인 K가 이렇게까지 나오는데 무작정 거절하기도 어려웠다.

"알았어요. 생각해볼게요."

- 생각해보시는 게 아니라 꼭 가셔야 돼요. 저번에 제 전화 안 받으셔서 놓친 기회 오늘 잡으시는 겁니다.

그러고 보니 그가 새벽에 전화해서 혜영의 잠을 깨웠을 때도 새벽 3시 경이었다. 그때도 사건 현장에 나가보라고 전화했었던 건가. 도대체 새벽 3시에 사건 현장에서는 무슨 일이 일어나는 걸까?

"네, 알겠어요. 그런데 K님도 오시는 건가요?"

- 저는 상황 봐서요. 가게 되면 인사할게요.

"네, 꼭 뵀으면 좋겠네요."

드디어 의뢰인 K를 보게 되는 건가 하는 기대감과 함께 통화를 마친 혜영은 앞에 놓인 공소장을 열어 사건 현장이 어디인지 확인해보았다.

길 찾기 앱을 열어 공소장에 적힌 주소를 입력해 거리 뷰 사진도 열어 보았다.

살인 사건이 일어난 곳답게 차도 많이 다니지 않는 데다 주변에 인가도 드문 후미진 지역의 2차선 도로 위였다.

서울 근방에 저런 곳이 있다는 게 신기할 정도로, 햇빛이 쨍쨍한 낮에 찍힌 사진인데도, 분위기가 흉흉해 보였다. 꼭 유령이라도 숨어 있을 것 같달까.

서류로만 볼 때는 별 감흥이 없었는데 막상 저곳에 밤늦은 시간에 가야 한다고 생각하니 벌써 팔에 오소소 소름이 일어나며 사무실 안에 있는데도 한기가 느껴졌다.

그렇게 한번 불길한 느낌이 엄습해오자, 자극된 두려움이 혜영의 가슴 안에서 날뛰기 시작했다.

'정말 사건 때문에 오라고 하는 건 맞을까? 갔는데 아무것도 없으면 차라리 다행이겠는데…'

똑똑-.

공포가 불러온 부정적인 생각이 꼬리에 꼬리를 물고 이어질 때, 혜영의 사무실 문을 두드리는 노크 소리가 들려왔다.

그 순간 혜영은 자신이 벌써 사건 현장에 가 있기라도 한 것처럼, 가슴 안의 두려운 생각이 덩어리져 철렁 내려앉는 느낌을 받았다.

혜영은 식도에 뭔가 얹혀버린 기분에 가슴을 쓸어내리며, 자신은 아직 자동차 살인 사건의 현장이 아니라 사무실 안에 있다고, 사무실 문을 두드릴 사람은 한 명밖에 없다고 스스로를 다독이며 겨우 침착한 목소리로 대답했다.

"네, 들어오세요."

문이 열리는 그 찰나의 순간, 혜영은 자신이 생각하지 못한 사람 또는 자신이 예상하지 못한 '것'이 들어올까봐 가슴을 졸였다.

물론 문이 열리고 들어온 건 석원이었다. 매일 보는 석원의 얼굴이었지만, 이 순간만큼은 이 이상 안도가 될 수 없을 정도로 따뜻하게 느껴졌다.

"변호사님."

혜영이 자신도 모르게 만면에 함박웃음을 띠며 대답했다.

"네, 석원씨. 무슨 일이세요?"

평소와는 뭔가 다른 혜영의 모습에 석원이 잠깐 머뭇거리다가 말을 이었다.

"저 이만 퇴근해도 될까요?"

사무실 벽에 걸린 시계를 보니 어느새 퇴근 시간이 지나 있었다. 혜영은 습관대로 퇴근하라고 하려다가, 급히 말을 삼키고 다른 말을 꺼냈다.

"저, 석원씨."

"네, 변호사님. 더 할 일 있나요?"

"오늘 야근 가능하세요?"

혜영의 사무실에 들어온 뒤로 야근은 단 한 번도 한 적이 없었기에, 석원이 의아한 표정으로 되물었다.

"야근이요? 퇴근하고 별다른 약속도 없고, 괜찮긴 한데 어떤 일로 그러세요?"

"아, 그게요, 지금 하실 일은 아니고요. 진짜 늦은 밤에 하는 야근이요."

"네? 밤에 무슨 일을…?"

석원은 점점 알 수 없다는 얼굴이 되어버렸다. 하지만 혜영의 머릿속에는 그 늦은 시간에 음습함이 감도는 사건 현장에 혼자 나갈 수 없다는 생각만 가득했다. 누구라도 손 내밀 사람이 필요했는데, 지금으로서는 석원 외에는 아무도 없었다.

"밤에 무슨 일을 하셔야 되냐면요."

혜영이 그렇게 말하며 자신도 모르는 사이에 숙여진 고개를 들어 석원을 바라보았다. 전혀 예상치도 못하게 석원의 입가에는 시원하고 환한 미소가 걸려 있었다.

"네! 변호사님. 저 저녁 약속도 없고, 밤에도 한가해요."

아뿔싸. 혜영은 자신이 얘기한 '늦은 밤에 할 일'을 자신과 성별이 다른 석원이 완전히 오해해버렸다는 걸 깨닫고 허둥지둥 사태를 수습했다.

"아, 제가 오늘밤에 사건 현장에 나가봐야 할 것 같은데요, 혹시 같이 가주실 수 있으신가 하고요. 운전도 해주시면 더 좋고요."

그제야 혜영이 말한 바를 바르게 파악한 석원이 조금은 실망한 눈빛으로 되물었다.

"같이 가드리는 건 상관없는데, 꼭 밤에 가셔야 돼요? 사건 현장이면 내일 아침 일찍이나 차라리 지금 가시는 게 좋지 않을까요?"

그렇다. 혜영이 의뢰인 K한테 하고 싶은 말이 바로 이거였다. 그런데 무조건 새벽 3시에 가야 한다고 하니, 또 그게 혜영한테 이 사건을 맡긴 이유라고 하니 무슨 수가 있나?

혜영은 시원하게 답하지 못한 채 대충 말을 둘러댔다.

"꼭 밤에 가야 할 이유가 있어서요. 일단 지금은 퇴근하시고 이따 자정 지나 다시 나오세요."

"밤 12시요? 그렇게 늦게요? 어두워서 뭘 보기 어려울 텐데… 아, 현장에 야광 도료 같은 게 뿌려져 있는지 확인하시게요?"

"아니요, 그런 건 아니고요. 새벽 3시까지 사건 현장에 나가봐야 하거든요."

그냥 밤도 아닌 새벽 3시라는 구체적인 시간이 특정되자, 석원은 자신의 추측이 틀렸다는 걸 깨달으며 고개를 끄덕였다.

“집에 들어가면 다시 나오기 귀찮을 것 같은데 그냥 여기서 기다릴게요. 저녁밥은 사주실 거죠?”

휴-. 석원이 아니면 누구한테 같이 가자고 해야 하나, 엄마라도 불러야 하나, 마음을 졸이던 혜영이 밝게 웃었다.

“네! 당연하죠. 석원씨 드시고 싶은 걸로 사드릴게요. 야식도 먹고 싶으시면 말씀하세요.”

“좋습니다, 든든하게 먹고 이따 안전 운전으로 현장까지 모실게요!”

그날 저녁 혜영은 석원과 함께 법률 사무소 근처의 패밀리 레스토랑에서 채끝 스테이크를 썰고, 조금 이른 야식으로 족발까지 시켜 먹었다. 두 사람은 석원의 차를 타고 자동차 살인 사건의 현장에 도착했다.

*

조수석에 앉은 채 시계를 보니, 2시 59분이었다. 의뢰인 K가 말한 시간까지 1분밖에 남지 않은 시점이었다. 혜영이 시계에 시선을 고정하고 있는 사이 남은 1분이 지나갔고, 숫자는 3으로 바뀌었다.

곧 정면으로 고개를 돌린 혜영의 눈에 조금 전까지는 보이지 않던 장면이 포착되었다.

어디서 어떻게 왔는지 모를 한 할아버지가 뒷짐을 지고 차 앞을 서성이고 있었던 것이다. 그 모습을 보고 식겁한 혜영은 엉겁결에 소리를 지르고 말았다.

"으아악, 석원씨!"

"변호사님, 왜 그러세요?"

"저, 저기…"

혜영이 앞으로 내민 손가락과 새파랗게 질린 얼굴을 번갈아 보던 석원은 당최 뭐가 문제인지 모르겠다는 표정으로 되물었다.

"어디요? 뭐가요?"

"저기 차 앞에요!"

혜영의 말에 석원이 핸들의 레버를 움직여 상향등을 켰다가 다시 하향등으로 바꾸기를 몇 번 반복했다. 흰빛이 위아래로 방향을 바꾸어 쏟아졌다.

"아무것도 없는 것 같은데요?"

하지만 상향등이 켜질 때마다 할아버지가 눈이 부시다는 듯 한 손으로 이마를 가리는 모습이 혜영에게는 틀림없이 보였다. 석원의 말에 혜영은 상황을 파악하고는 스스로를 다독였다.

'침착하자.'

어머니가 걱정하실까봐 혼자만의 비밀로 해왔지만, 어렸을 때부터 다른 사람들의 눈에는 안 보이는 것들이 혜영에게만 보이는 일은 자주 있었다.

시간이 흐름에 따라 혜영은 그런 상황에 익숙해졌고, 결국 자신에게 특별한 능력이 있다는 걸 어느 정도 인정하게 되었다.

의뢰인 K가 말했던, 굳이 혜영을 이번 사건의 변호사로 선임한 이유가 바로 이것 때문인지도 모른다.

"석원씨, 여기서 잠시만 기다리세요. 저 잠깐 나갔다 올게요."

“네? 변호사님 혼자 어디를요? 저도 같이 가요.”

혜영이 다시 손가락을 들어 할아버지가 보이는 곳을 가리켜 보였다.

“아니에요. 요 앞에 보이는 데에 있을 거예요. 석원씨는 안에 있다가 제가 손짓하면 바로 나와주세요.”

“알겠습니다. 어두우니까 조심하세요.”

딸깍-.

혜영은 만약을 대비해 차문에 잠금장치를 걸어두고 차에서 내렸다. 무슨 일이 생긴다면 뭔가 보이는 자신보다는, 아무것도 보지 못하는 석원이 더 위험할 테니까.

혜영은 두려움에 목구멍 안으로 기어들어가는 목소리를 억지로 끄집어냈다.

“저기, 할아버지.”

인시寅時의 목격자 (2)

혜영의 부름에 할아버지는 이마부터 정수리까지 벗어진 머리를 돌리며 냅다 고함을 내질렀다.

〈뭐여?〉

주위를 둘러보았지만 혜영의 눈에 의뢰인 K의 모습은 보이지 않았다. 하지만 그가 무조건 오늘 새벽 3시에 이곳에 나와야 한다고 말한 이유가 저 할아버지 때문이라는 사실만은 파악할 수 있었다. 혜영은 냉큼 허리를 굽혀 인사했다.

"안녕하세요. 저는 변호사 유혜영이라고 합니다."

그런데 할아버지의 반응이…

〈뭣이여? 변호사? 이년이 어디서 어른을 놀려?〉

예상을 한참이나 벗어난 할아버지의 반응에 혜영은 받고 나서 딱히 꺼낼 일이 많지 않았던 변호사 자격증이라도 보여드려야 하나 잠시 고민했다. 하지만 눈치 빠르게 그게 포인트가 아니라는 걸 금세 알아챘다.

할아버지 세대에는 여자가, 그것도 이제 서른이 갓 넘었을까 말까 해 보이는 젊은 여자가 변호사라는 게 쉬이 납득되지 않는 일일 터였다.

"죄송해요, 할아버지. 그냥 혜영이라고 불러주세요."

할아버지는 그제야 점잖은 척 헛기침을 몇 번 하고는 질문을 해왔다.

〈크흠, 그래. 처자 이름이 혜영이라고? 여긴 어쩐 일인고?〉

“여기서 일어났던 일에 관심이 조금 있어서요.”

〈그래? 여기 사정이라면 내가 처자 신수마냥 훤한데, 뭐가 궁금한고?〉

자신의 붙임성이 통했다는 생각에 자신감을 얻은 혜영은 바로 궁금했던 걸 물었다.

“할아버지, 3달쯤 전에 여기서 차에 갇혀서 죽은 젊은이 기억하세요?”

〈그거라면, 내가 똑똑히 봤지. 글쎄, 어떤 녀석이 차에 사람을 가둬놓고 그 안에 불을 피워서 죽이더구먼.〉

차 안에 갇힌 사람, 그 안에 피워진 번개탄. 할아버지의 말은 자동차 살인 사건의 개요와 정확히 일치했다.

“혹시 누가 불을 피웠는지 아세요?”

〈그놈이 누군지야 나야 모르지. 죽은 청년이 참으로 안됐더구먼. 처자마냥 신수가 훤한 젊은이였는데 말이야.〉

순간 혜영은 공소장에 첨부된 사진을 통해 보았던 피해자의 모습과 자신 사이에 무슨 공통점이 있나 생각해보다가 이내 고개를 흔들었다. 지금은 그게 중요한 게 아니었다.

“죽은 사람 말고, 죽인 사람에 대해서 기억나는 건 없으세요?”

〈글쎄, 그놈이 누군지 나는 모른다니께?〉

할아버지의 말을 들은 혜영이 예리하게 행간을 짚어냈다. 조금 전 처음 만났을 때 할아버지는 분명 혜영을 ‘이년’이라고 불렀다. 그리고 지금 살인범에 대해 ‘그놈’이라고 지칭하고 있었다.

그렇다면 할아버지는 ‘놈’과 ‘년’을 성별을 명확히 구분해서 사용하고 계시다는 건데.

"그 죽인 사람이 남자였어요?"

〈그럼 남자니께 놈이라고 하지, 여자한테 놈이라고 하는 사람도 있남?〉

혜영의 예상이 딱 들어맞았다. 이걸로 한 가지는 확실해졌다. 수지는 자동차 살인 사건의 범인이 될 수 없었다. 지금껏 혜영은 수지가 범인이 아닐 거라고 혼자만의 심증으로 추측했을 뿐이다. 그런데 사건의 목격자가 범인은 남자라고 말하고 있었다.

혜영은 범인의 인상착의나 옷차림 등을 더 묻고 싶었다. 하지만 범인에 대해 모른다는 말만 재차 반복하고 있는 할아버지에게 더 물어봤자 역정만 들을 것 같았기에 다른 궁금했던 걸 묻기로 했다.

"그럼요, 할아버지. K라는 사람도 혹시 아세요?"

〈뭣이여? 개, 뭐?〉

"개가 아니라, 케, 이, 요. 케, 이!"

혜영이 일부러 한 음절, 한 음절을 띄어 말하며 다시 물었다.

〈으응, 들어보니께 양이(洋夷)들 말이구먼. 몰러, 우리 때는 왜놈들 말이나 배웠지, 양놈들 말은 못 알아들어.〉

휴-. 혜영은 할아버지의 나이가 겉으로 보기보다도 훨씬 더 많다는 걸 깨달았다.

새벽 3시에 여기까지 와서 의뢰인 K가 만나라는 사람을 만났건만, 정작 그 사람이 'K'를 못 알아들어서 누구인지 물어볼 수 없다니. 혜영은 이게 무슨 아이러니한 상황인가 하는 생각이 들었다.

의뢰인 K에 대해 어떻게 설명해야 할아버지가 알아들을지 아무리 고민해봐도, 혜영 역시 의뢰인 K에 대해 알고 있는 게 너무 없었다.

아는 게 없으니까 더 물어봐야 하는 건데, 이름조차 소통이 안 되니 이거 참, 난감하기 그지없는 일이었다.

그때였다. 할아버지의 시선이 홱 돌아가며 혜영이 나왔던 차 뒤쪽을 향했다.

〈처자가 말했던 청년 저기 오네그려.〉

*

한편 차 안에서 대기하며 혜영의 행동을 유심히 관찰하던 석원은 도대체 이게 무슨 일인가 싶어 극도의 혼란을 겪고 있었다.

평소에 법률 사무소에서 혜영은 주로 침착하고 차분한 모습만을 보여왔다. 그런데 오늘은 어찌된 일인지 이해할 수 없는 모습의 연속이었다. 새벽 3시에 사건 현장에 가야 한다는 이해할 수 없는 이야기를 해서 막상 데려왔더니만, 허공에 대고 손짓을 하며 혼잣말을 하고 있는 게 아닌가?

그것도 마치 앞에 대화 상대라도 있는 것처럼 듣기도 하고 답하기도 하는 등의 제스처를 취하고 있었다.

게다가 조금 전엔 마치 헤드셋을 끼고 입 모양으로 말을 전하는 게임이라도 하는 사람처럼, 과장되게 입을 크게 벌려가며 보이지 않는 누군가에게 뭔가를 납득시키려 하는 게 아닌가?

과연 그동안 석원이 알던 혜영과 지금 눈앞의 혜영이 동일 인물인지 의심이 들 정도였다.

혜영이 차에서 나서면서 자기가 손짓하면 나와달라고 당부했기에 이렇게 지켜만 보고 있지만, 마음 같아서는 당장이라도 나가 혜영을 뜯어말리고 싶었다.

그때 누군가가 가리키는 지점을 바라보듯 혜영의 고개가 석원이 있는 차 쪽을 향해 홱 젖혀졌다.

석원은 혜영이 자신을 바라보는 줄 알고 지금이 타이밍인가 하여, 곧바로 뛰쳐나가려 차 문고리를 꽉 붙잡았다.

그런데 혜영의 시선이 향하는 곳을 자세히 보니, 석원이 있는 차 안쪽이 아니었다. 차 뒤쪽에서 다가오는 누군가를 바라보는 것처럼 혜영의 시선은 먼 곳에 떨어지고 있었다.

석원은 뒤에서 누군가 다가오는 줄 알고 급히 룸미러와 사이드미러를 살폈지만, 그곳에는 컴컴한 새벽의 어둠만이 맺혀 있을 뿐이었다.

혹여 차량에 장착된 거울로는 보이지 않는 사각지대에 수상한 사람이 접근한 게 아닌가 하여 직접 맨눈으로 확인하려고 뒤를 돌아보기도 했지만, 이번에도 역시나 보이는 건 없었다.

순간 석원은 밖에서 보기에 자신이 차 안에서 원맨쇼를 하는 것처럼 보일지도 모른다는 것을 깨닫고는 급히 혜영을 바라보았다. 마침 혜영도 그때 석원을 떠올리며 차 안을 바라보았고, 드디어 석원과 혜영의 눈이 마주쳤다.

석원은 '지금 나갈까요?'라는 메시지가 제발 혜영에게 닿으라는 기원을 담아 미간을 찌푸렸다.

하지만 혜영은 그런 석원을 보고 괜찮다고 말하듯 배시시 웃어 보였다.

어쨌든 혜영이 위험에 처한 건 아닌 것처럼 보였기에, 석원은 차 안에서 조금 더 사태를 관망하기로 했다.

*

혜영이 할아버지를 따라 바라보고 있는 곳에서 긴 팔다리의 남자가 휘적휘적 걸어오고 있었다. 한눈에 봐도 시건방져 보이는 게, 아직 소개받지 않았는데도 누군지 알 것 같았다.

'상황 봐서 온다더니, 결국 왔네. 저렇게 생겼었구나. 낯이 익은 것 같기도…?'

혜영과 할아버지가 서 있는 곳까지 걸어온 남자는 혜영을 건너뛰고 바로 할아버지에게 말을 걸었다. 혜영은 이 사람이라면 그럴 만하다는 생각에 잠자코 대화를 나누는 두 사람을 지켜보았다.

〈영감님, 오랜만이네요.〉

〈이 녀석아, 열이틀 전에도 봤으면서 오랜만은 무슨.〉

할아버지의 툴툴거림에 청년이 의외로 붙임성 있는 모습을 보였다.

〈영감님 보니까 반가워서 그렇죠. 우리 변호사님이랑은 재밌게 얘기 나누셨어요?〉

청년의 말에 할아버지가 놀란 눈으로 옆에 서 있던 혜영을 쓰윽 훑어봤다.

〈뭣이여? 이 처자가 참말로 변호사여?〉

〈그럼요. 제 사건을 맡아준 분이에요.〉

청년이 혜영의 자격을 확인해주자, 할아버지는 민망한 듯 먼 곳을 바라보다가 헛기침까지 하고 나서야 혜영에게 사과했다.

〈크흠. 처자, 아까는 못 알아봐서 미안했네. 요즘은 세상이 많이 바뀐 듯허이.〉

혜영이 조용히 웃으며 할아버지의 사과를 받았다.

"괜찮아요, 할아버지."

두 사람의 대화를 듣고 있던 청년이 핀잔 한마디를 얹었다.

〈영감님, 항상 여기에만 계시니까 세상 바뀌는 것도 모르시죠.〉

청년의 말에 할아버지가 버럭 화를 냈다.

〈이 녀석아! 누구는 여기에만 있고 싶어서 있나? 나도 딴 데 좀 가보고 싶다고. 이놈이 맘대로 돌아다닐 수 있다고 다른 귀신들도 다 그런 줄 아네.〉

여기서 청년이 한마디 더 받아쳤다간, 괜히 싸움이라도 날 것 같았기에 혜영이 급히 중재에 나섰다.

"할아버지 진정하세요. 이분이 원래 철딱서니가 없어요."

그러면서 보기 좋게 청년에게 한 방을 먹였다. 혜영의 말 한마디에 얼떨결에 철딱서니가 없는 귀신이 되어버린 청년이 떨떠름한 표정으로 되물었다.

〈변호사님, 저 누군지 아세요?〉

"그럼요. 당연히 알죠. 오늘 여기서 저랑 만나기로 한 분 딱 한 명밖에 없는걸요? 상황 봐서 나오시겠다더니, 드디어 이렇게 뵙네요. K님, 맞으시죠?"

그때 할아버지가 청년과 혜영 사이에 불쑥 끼어들었다.

〈뭣이여? 아까 말한 개, 뭐시기가 이놈 말하는 것이었어? 희한하게 부르길래 난 또 뭔 소린가 했네. 부모님이 지어주신 멀쩡한 이름 놔두고 왜 양이 말로 부른디야?〉

청년, 아니, 의뢰인 K가 어쩔 수 없다는 듯 두 손을 들어 보였다.

〈맞아요. 제가 K예요.〉

귀신, 둘 (1)

만나면 주먹 꽉 쥐고 꼭 한 대 때려주고 싶었던 의뢰인 K였지만, 주먹질이 통하지 않는다는 걸 알았기에 혜영이 쥐었던 손을 풀고 물었다.

"직접 뵙는 건 처음이네요. 그쪽도 여기 계신 할아버지처럼 귀신인가봐요?"

할아버지는 자기가 귀신인 걸 들켰다는 게 민망했는지 머쓱한 표정을 지어 보였고, 의뢰인 K가 혜영의 손을 슬쩍 내려보며 대답했다.

〈그렇죠. 그러니까 손에 힘 빼요. 저희 귀신들은 산 사람한테 맞아도 안 아파요.〉

말을 끝내며 의뢰인 K는 할아버지 쪽을 슬쩍 바라보았고, 할아버지는 그 말이 맞는다며 연신 고개를 끄덕였다.

혜영은 머쓱한 표정으로 두 손을 정장 바지 주머니에 넣으며 다시 물었다.

〈저를 선임한 이유가 이거였어요? K님이 귀신이어서?〉

"맞아요. 귀신이랑 통화할 수 있고, 이렇게 만나서 이야기할 수 있는 변호사는 유혜영 변호사님이 유일하더라고요."

실제로 만난 의뢰인 K는 전화 통화를 할 때보다 상당히 편안하게 다가왔다. 덕분에 혜영은 그간 궁금했던 걸 물을 수 있었다.

"이렇게 멀쩡하게 얼굴 보고도 이야기할 수 있으면서 그동안은 왜 그렇게 꼭꼭 숨어 계셨어요?"

〈제가 숨긴요? 지금 변호사님 앞에 떡하니 나타나 있는데.〉

혜영이 쌓아두었던 답답함을 뿜어내듯 목소리를 높였다.

"제가 저희 법률 사무소 방문해달라고 할 때마다 한사코 거절하셨잖아요."

하지만 의뢰인 K는 너무나 당연한 걸 왜 묻느냐는 투로 혜영의 말을 가볍게 받아쳤다.

〈제가 변호사님이랑 통화한 첫날 여기서 이렇게 셋이 보려고 했는데 변호사님이 전화 안 받으셨잖아요.〉

전화 한 번 안 받은 거 갖고 진짜 오지게도 우려먹는다. 발끈한 혜영이 바로 대꾸했다.

"그땐 자고 있었다니까요? 발신자 번호 표시 제한으로 전화가 와서 K님인지 확실하지도 않았고요."

혜영은 이번에야말로 밤중에 전화한 건 의뢰인 K의 잘못이라고 확실히 못박아두려고 했지만, 그가 단번에 혜영의 말을 잘랐다.

〈알았어요. 그 얘기 또 해요? 그리고 변호사님 사무실로 자꾸 오라고 하시는데, 그렇게 산 사람 많은 데에 그것도 대낮에 귀신이 어떻게 가요? 우리도 지켜야 되는 규칙이 있어요.〉

의아함에 가득찬 표정이 된 혜영이 재차 캐물었다.

"귀신이 산 사람 많은 데 가면 어떻게 되는데요?"

그러자 의뢰인 K가 할아버지 쪽을 슬쩍 바라보며 대답했다.

〈이 할아버지처럼 돼요.〉

할아버지는 의뢰인 K의 눈길이 심히 못마땅한지 버럭 역정을 냈다.

〈예끼! 이 녀석아, 나는 규칙을 안 지켜서 이렇게 된 게 아니라 죽은 지 오래돼서 그런 거잖나! 변호사님 앞에서 누굴 규칙 안 지키는 귀신으로 만들고 있어?〉

혜영이 자기는 귀신들 규칙은 잘 모르니 상관없다고 할아버지를 진정시키려고 했을 때, 의뢰인 K가 설명을 이었다.

〈아무튼 저승 규칙을 안 지키면 귀신으로 이승에 머무를 수 있는 시간이 점점 줄어들고, 그 시간이 적을수록 이승에서 활동할 수 있는 시간과 공간이 제약돼요. 이 할아버지는 인일(寅日)[1] 인시(寅時)[2]에, 딱 여기에만 이승에 계실 수 있어요. 흔히들 지박령이라고 하죠? 그래서 꼭 이 시간에 여기로 나오라고 했던 거예요. 영감님이 저승 규칙을 어기신 건지, 돌아가신 지 오래되어 그런 건지 나는 잘 모르겠지만.〉

"그 규칙 중에는 낮에 살아 있는 사람 많은 데에 가지 말라는 것도 있고요?"

〈정확히는 산 사람이랑 접촉을 최소화하라는 건데, 그게 그거죠.〉

그래서 귀신이 낮에 안 나오고 밤에 자주 나오는 건가 생각하던 혜영이 이해되지 않는 게 있다는 듯, 다시 한번 고개를 갸우뚱하며 물었다.

"그럼 이렇게 저를 만나는 건 괜찮으세요? 저랑 통화도 여러 번 하셨잖아요."

〈괜찮으니까 제가 유혜영 변호사님을 선임했죠. 이승 사람이라고 다 만

1) 간지로 따져 첫번째로 맞는 범의 날.
2) 새벽 3시~5시.

나면 안 되는 건 아니고, 접촉해도 괜찮은 사람이 있어요.〉

"제가 귀신들이 만나도 괜찮은 사람이에요? 그건 어떻게 아셨어요?"

계속해서 이어지는 혜영의 질문에 의뢰인 K가 슬슬 싫증을 느낀다는 듯 건성건성한 말투로 돌아가 대답했다.

〈변호사님 저희들 사이에서 유명해요. 보통은 귀신이랑 접촉이 허용된 사람은 무당을 하는데 변호사를 하신다고.〉

혜영은 어렸을 때부터 남들이 못 보는 걸 많이 보며 자란 이유가 뭐였는지 깨달았다. 아무래도 용한 무당인 어머니한테서 물려받은 내력인 것 같았다.

그러다 문득 의뢰인 K를 만나면 꼭 묻고 싶었던 게 기억났다. 의뢰인 K는 슬슬 다른 화제로 넘어갔으면 하는 눈치였지만, 이걸 안 물어보면 두고두고 생각나 숙면에 방해를 받을 것 같았다.

"그런데요, K님. 제 핸드폰 번호랑 계좌번호는 어떻게 아셨어요? 그리고 K님은 왜 대포폰 쓰세요?"

의뢰인 K는 이것도 별거 아니라는 듯 무심하게 대답했다.

〈저희들 사이에 산 사람들 정보 캐내주는 흥신소가 있어요. 아까도 말했잖아요. 변호사님 저희 귀신들 사이에서 제법 유명하다고. 제가 변호사님 정보 물어보니까 조사도 안 하고 바로 폰 번호랑 계좌번호 알려주던데요? 제 전화도 거기서 뚫은 건데, 대포폰밖에 안 된다는 걸 어떡해요?〉

갑자기 의뢰인 K의 말을 들은 할아버지가 웃음을 터뜨렸다.

〈자네 흥신소랑 거래했나? 그거 저승 규칙 위반인 거 모르나? 그러다 나처럼 돼.〉

의뢰인 K는 그제야 혜영과 대화를 나누느라 할아버지를 미처 생각지 못한 걸 깨닫고는 그쪽을 쓰윽 돌아보았다.

〈저 신고하진 않으실 거죠…?〉

〈내가 신고해서 뭐 할라고. 아무튼지간에 자네도 나처럼 지박령 됐다가 저승으로 강제 소환되기 싫으면 조심은 하게나. 여기 변호사님도 앞에 계신데 말야, 규칙 어긴 이야기를 그렇게 막 하면 쓰나?〉

〈조심할게요, 영감님! 이번 한 번만 눈감아주세요.〉

할아버지는 의뢰인 K의 대답을 들으며 슬쩍 혜영의 눈치를 봤다. 혜영은 지금이 기회다 싶어 얼른 해명했다.

"저는 이승 법만 알고, 저승 규칙은 전혀 몰라요. 어디에 신고해야 하는지도 모르는걸요? 그러니까 편히 말씀하세요."

그 말을 들은 의뢰인 K가 괜히 틱틱댔다.

〈어디에 신고할지 알면 저를 신고하려고요?〉

의뢰인 K랑 얘기할 때면 매번 이렇게 삼천포로 빠지려 했다. 혜영은 얼른 화제를 돌렸다.

"그런데 K님은 어쩌다가 죽은 거예요? 겉모습 보니까, 나이도 그렇게 많지 않아 보이는데. 아, 혹시 귀신 분들한테 이런 거 여쭤보면 실례인가요? 제가 저승 예의는 잘 몰라서…"

질문을 받은 의뢰인 K가 한숨을 푹 쉬고 나서야 대답했다.

〈실례인지 아닌지는 나도 아직 죽은 지 얼마 안 돼서 잘 모르겠고. 변호사님이 맡고 있는 그 사건 때문에 죽었어요.〉

혜영은 문득 의뢰인 K가 처음 나타나서 할아버지랑 대화할 때 혜영이

'제 사건'을 맡고 있다고 말했던 게 떠올랐다. 하지만 그의 말이 무슨 뜻인지 이해하는 데에 잠깐 머리를 굴릴 시간이 필요했다.

지금 혜영이 맡고 있는 사건은 자동차 살인 사건 단 하나. 그 사건에서 죽은 사람은 수지의 남자친구. 그런데 의뢰인 K가 혜영이 맡고 있는 그 사건 때문에 죽었다면…?

가능한 결론은 하나였다. 의뢰인 K는 자동차 살인 사건에서 살해당한 수지의 남자친구였다.

혜영이 눈을 동그랗게 뜨고 너무 놀라 잘 나오지 않는 말을 어버버거렸다.

"K님, 서, 설마…"

〈네, 변호사님이 하고 계신 생각 맞아요.〉

그래서 수지와 남자친구 사이에 데이트 폭력이 있었다는 루머를 듣고는 그렇게 버럭 화냈던 거구나. 자기가 폭행 누명을 뒤집어쓴 당사자였으니까.

그리고 저 얼굴 처음 볼 때부터 낯이 익다 싶었는데, 누군지 알고 보니 어디에서 봤는지도 분명하게 기억났다. 공소장에 첨부된 피해자의 사진에서 본 얼굴과 일치했다.

사진 속 피해자의 얼굴이 일산화탄소 중독 시신에서 관찰되는 선홍색 시반(屍斑)에 가득 덮여 있어서 처음 봤을 때 기억이 안 났던 것이다.

'이렇게 보니까 나름 준수하게 생긴 것 같기도?'

그렇게 생각하다 혜영은 고개를 세차게 저었다. 지금은 이런 생각을 하고 있을 때가 아니었다. 혜영은 살인 사건의 피해자로부터 직접 진술을 들을 수 있는 엄청난 기회를 눈앞에 두고 있었다.

"저기, K님. 그럼 K님은 허수지님이 범인 아니라는 거 확실히 알고 계시는 거네요?"

의뢰인 K가 그걸 말이라고 물어보냐는 듯 콧방귀와 함께 대답했다.

〈당연하죠. 그러니까 제가 수지 무죄 판결받게 해달라고 사건 맡긴 거 아닙니까? 돈 줄 테니까 죄 있는 사람 억지로 감옥에서 빼내 달라고 한 게 아니라고요.〉

혜영이 참을성 있게 다음 질문을 이어갔다.

"그럼 진범이 누군지도 아세요? 진범을 잡으면 허수지님은 자연스럽게 무죄로 풀려날 수 있어요."

〈그래요, 진범. 잡아야죠. 제가 그 얘기 하자고 변호사님 여기로 오라고 한 거예요. 나는 수면제 먹고 나서 죽을 때까지는 기억이 없으니까. 직접 목격하신 영감님이 하시는 이야기도 같이 들려드릴 겸 해서.〉

이럴 줄 알았으면 의뢰인 K한테 처음 전화를 받은 날 새벽에 나와볼 걸, 하는 후회가 들었지만 어쨌든 지금도 늦진 않았다.

혜영은 K가 내뱉는 단어 하나하나를 놓치지 않으려 귀를 쫑긋 세우고 질문을 던졌다.

"제가 허수지님한테 두 분이 사고 차량으로 데이트하시고, K님이 허수지님 집까지 바래다주셨다는 데까지는 들었는데요. 그다음부터 어떻게 된 건지 말씀해주실 수 있으세요?"

여자친구 수지의 이름이 반복적으로 나오자, 의뢰인 K는 좀처럼 그 얼굴로 지을 것 같지 않던 우수에 찬 표정으로 그날 있었던 일을 풀어냈다.

〈거기까지는 변호사님이 수지한테 들으신 대로가 맞아요. 수지랑 헤어지고 나서 발신자 번호 표시 제한으로 전화가 오더라고요. 제가 처음 전화 드린 날 변호사님한테 발신자 번호 표시 제한으로 전화한 사람 또 있었다고 하셨죠? 같은 사람일 거예요.〉

"그 전화 받으셨나요?"

〈안 받을 이유도 없었으니까요. 그런데 그 전화를 받지 말았어야 했나 봅니다.〉

"어떤 전화였어요? 전화를 건 사람은 누구였나요?"

의뢰인 K가 보채지 말고 잘 들으라는 듯, 혜영을 보고 한번 웃어 보인 뒤 설명을 이어갔다.

전화를 건 사람이 누구인지는 받고 난 뒤에도 알 수 없었다. 그는 다만 의뢰인 K의 아버지와 관련해서 할말이 있으니, 잠깐 만나자고만 했다.

의뢰인 K는 아버지가 돌아가시고 난 후 장례를 치른 지 얼마 되지 않은 상황이었기에 차마 그 남자를 만나지 않을 수가 없었다고 했다.

"그 남자가 K님을 죽인 거예요?"

〈더 들어봐요.〉

혜영은 자신이 너무 앞서나갔다는 걸 깨닫고는 다시 경청 모드에 돌입했다.

귀신, 둘 (2)

의뢰인 K는 결국 전화를 건 그 남자를 만났다. 남자가 할 이야기가 길지는 않다고 하여, 그가 있는 곳으로 직접 차를 몰고 가서 조수석에 태웠다.

그 남자는 여기까지 와줘서 고맙다며 K에게 캔 커피 하나를 건넸다. 의뢰인 K는 처음 보는 사람이 건넨 것이었지만 대수롭지 않게 생각하고 그대로 들이켰다. 누군가 연 흔적이 없는, 새 캔에 들어 있던 음료였기에 별다른 의심을 할 여지가 없기도 했다.

하지만 그러고 나서 아버지에게 무슨 일이 있는지 물어보려던 순간, 정신이 아찔해지는가 싶더니 이내 깊은 잠에 빠져들었다.

여기까지가 의뢰인 K가 기억하는 사건 내용의 전부였다. 나머지 일은 잠든 사이에 일어났으니, 혜영에게 해줄 수 있는 말도 많지는 않았다.

마지막으로 기억나는 거라면, 잠들지 않으려 기를 쓰고 있을 때 그 남자가 차 안의 내비게이션을 떼는 모습을 봤다는 것 정도.

내비게이션 이야기를 들은 혜영이 한숨을 푹 내쉬었다.

"그 내비게이션이요, 검찰이 재판부에 제출한 증거 목록 중에 있었는데, 허수지님 집에서 여기 사건 현장으로 바로 온 걸로 돼 있었어요."

그 이야기를 들은 의뢰인 K가 황당하다는 표정으로 되물었다.

〈내비게이션에 찍힌 이동 경로도 조작이 돼요?〉

"글쎄요. 저는 그쪽 전문가는 아니라 모르지만, 수지씨 신용카드 사용 영수증까지 조작한 사람들이니 가능하지 않을까요?"

순간 그의 얼굴은 험악한 욕이라도 한 바가지 내뱉으려는 표정이 되었다가 이내 입안에서 말을 바꾸었다.

〈참, 뭣 같네요.〉

"일단은 방금 K님이 말씀하신 그 남자가 진범으로는 제일 유력해 보이는데, 인상착의 기억나세요?"

〈그게 변호사님한테 여기서 보자고 했던 이유인데요, 제가 기억하는 그 남자의 인상착의랑 영감님이 실제로 살해 현장에서 봤던 범인의 인상착의가 전혀 달라요.〉

의뢰인 K의 말에 잠시 대화에서 소외돼 있던 할아버지가 거들고 나섰다.

〈내가 생각해봐도 그게 다른 사람일 수가 없지 싶은데, 곡할 노릇일세, 그려.〉

혜영은 일단 이번 기회에 최대한 많은 정보를 수집해 가야겠다는 생각에 의뢰인 K와 할아버지에게 동시에 물었다.

"두 분이 보신 남자의 인상착의 좀 말씀해주세요."

먼저 대답한 건 의뢰인 K였다.

〈제가 만난 남자는 키는 저보다 크고 덩치는 저랑 할아버지 합친 것 정도 되는 사람이었어요. 싸움이라도 했다가는 한 방에 훅 갈 것 같더라고요.〉

뒤이어 할아버지도 대답했다.

〈아니, 글쎄 내가 본 놈 키는 자네 가슴팍에나 올까 싶을 정도였고, 어찌나 삐쩍 말랐는지 귀신인 나보다도 더 못 먹고 다니나 싶더라니께? 그리고 걔는 얼굴에 칼자국도 큼지막하게 나 있어서 다른 사람이랑 착각할래야 착각할 수가 없어.〉

〈저한테 커피 준 그 남자는 얼굴에 칼자국도 없었어요.〉

의뢰인 K와 할아버지의 말이 끝나자 혜영도 같이 미궁 속에 빠져버렸다.

"어쨌든 두 분 다 말씀하신 남자의 이름이나 핸드폰 번호 같은 건 모르시는 거죠?"

〈네, 이게 전부예요.〉

〈그렇지, 내가 알 길이 있나?〉

휴-. 의뢰인 K한테 수면제를 먹인 사람과 번개탄에 불을 붙여 실제로 살해한 사람이 다르다는 건 흥미로운 지점이었지만, 어쨌든 용의자를 특정할 수 없다면 당장 쓸모있는 정보는 아니었다.

"그럼 진범을 잡는 건 역시 힘들겠네요."

혜영의 말에 의뢰인 K가 잔뜩 실망한 표정을 지으며 되물었다.

〈진범을 못 잡으면, 수지를 나오게 할 방법도 없어요? 저 때문에 누명 쓰고 갇혀 있는 거 너무 미안한데.〉

"방법이라면 지금으로서는 지난 통화 때 말씀드렸던 대로, 허수지님 신용카드 영수증이 조작됐다는 걸 밝히는 게 제일 쉬워 보여요."

자신의 증언이 큰 도움이 되지 못한 게 못내 아쉬웠는지, 할아버지가 꿍얼거렸다.

〈그런 것이야, 산 사람들 일이지, 우리가 어떻게 할 수 있나?〉

조금 전 의뢰인 K와 할아버지로부터 귀신들에 대한 이야기를 듣고 나서, 혜영이 희망을 걸고 있는 부분이 하나 있긴 했다.

"저, 아까 제 핸드폰 번호랑 계좌번호 알아내셨다는 흥신소 말인데요, 거기 통해서 허수지님 신용카드 사용 내역 조회해보면 어떨까요?"

하지만 혜영의 기대와는 달리 할아버지는 고개를 가로저었고, 의뢰인 K는 즉각 반박했다.

〈그게 가능하면 제가 벌써 했겠죠. 흥신소가 부담 없이 알아낼 수 있는 건 살아 있는 사람들 사이에서 공개된 정보뿐이에요. 저도 변호사님 계좌번호는 알았어도, 비밀번호는 몰랐잖아요. 비공개 정보를 알아내려면, 산 사람들이랑 접촉이 커지고, 그러면 흥신소 사람들도 이승에서 활동할 수 있는 폭이 좁아지니까, 그렇게까지 잘 안 해주려고 해요.〉

"잘 안 해주려고 한다는 건 할 수는 있다는 뜻인가요?"

〈최소한 제가 하게 만들 방법은 없다는 뜻입니다. 그 사람들이 뭘 요구할 줄 알고.〉

귀신들 사이의 일이 그렇게 처리된다는데, 산 사람인 혜영이 거기에 토를 달기도 어려웠다. 혜영은 잠시 입을 다물었다.

그런데 그때, 할아버지의 모습이 점차 희미해지기 시작했다. 마치 전파가 잘 수신되지 않는 티브이 화면처럼 가물거리며 흐릿해지더니 할아버지가 급하게 인사말을 남겼다.

〈이런, 벌써 인시가 끝났나보네그려. 처자, 오늘 즐거웠네. 다음에 또 보세.〉

의뢰인 K는 그 모습이 익숙한지, 꾸벅 허리를 숙여 인사한 뒤 할아버지의 모습이 완전히 사라지자 기지개를 켰다.

〈우리도 이만 가죠. 저기 저 남자 변호사님 기다리고 있는 거 맞죠? 아까부터 자네요.〉

혜영이 의뢰인 K가 가리킨 곳을 돌아보자, 차 안에서 핸들을 베고 잠든 석원이 보였다.

"어머, 벌써 시간이…"

혜영은 귀신들과 이야기를 나누느라 잠시 석원을 잊고 있었음을 깨달았다.

〈들어가봐요. 나도 갈 테니까. 무슨 일 있으면 전화할게요. 영수증 위조 증거 꼭 찾아주시고요.〉

"네, 노력할게요."

혜영의 대답을 들은 의뢰인 K는 올 때 그랬던 것처럼 긴 팔다리를 휘적휘적 저으며 석원의 차 반대편으로 걸어갔다.

여기까지 따라와준 석원을 너무 오래 기다리게 했다는 미안한 마음에 혜영은 조용히 조수석 문을 열고 차 안으로 들어가 조심스럽게 석원을 깨웠다.

"저기, 석원씨."

혜영의 부름에 석원이 핸들에서 이마를 떼고 잘 떠지지 않는 눈을 끔벅였다.

"어, 변호사님. 오셨네요. 별일 없으셨죠? 위험해 보이면 제가 바로 나가려고 했는데…"

그 말에 혜영은 새어나오려는 웃음을 참았다. 조금 전까지 자고 있었으면서.

“네, 덕분에 아무 일 없었어요. 저희 돌아가볼까요?”

“네, 돌아가야죠. 그런데 저 변호사님이 이상한 행동 하시는 걸 본 것 같은데… 허공에 대고 혼잣말하고, 헛것을 봤는지 얼굴이 질리시고, 그러시던데요?”

혜영은 뒤늦게 석원의 눈에 자신의 모습이 어떻게 보였는지 깨닫고는 얼굴이 달아올라버리고 말았다.

“그럴 리가요. 꿈에서 보신 거 아니에요? 방금까지 주무시고 계셨잖아요.”

“아닌데… 그때까지는 분명히 깨어 있었는데요.”

궁여지책이라도 쓰자고 다짐한 혜영이 검지와 중지를 석원의 눈앞으로 가져가 탁 튕겼다.

“레드 선! 깨어나세요. 나쁜 꿈이었을 거예요. 그만 다 잊으세요!”

석원은 지금껏 몰랐던 혜영의 새로운 모습을 보며 웃음을 터뜨렸다.

“변호사님께서 이런 장난을 치실 때도 다 있네요. 집으로 모실까요? 사무소로 돌아가긴 너무 피곤하시죠?”

차 안의 시계를 보니 새벽 5시가 조금 넘어 있었다. 집에 가서 잠을 자기도, 이대로 출근하기도 애매한 시간이었다.

잠시 고민하던 혜영이 결정을 내렸다.

“석원씨, 저희.”

“네, 변호사님.”

"오늘 하루 쉬어가죠."

온갖 궂은일이 다 있어도 자영업자에게 좋은 점이 딱 하나 있다면, 필요한 날 하루 정도는 다른 사람 허락 안 받고 쉬어도 된다는 거 아닐까?

혜영의 제안에 석원은 입이 귀에 걸린 웃음을 지어 보였다.

"오늘 저희 휴무인가요?"

"네! 오늘 금요일이니까 토요일, 일요일까지 푹 쉬고 월요일에 봬요."

"감사합니다, 변호사님!"

"아, 저 집까지만 데려다주세요. 여기 택시도 안 오는 것 같아서요."

"네, 당연하죠. 내비게이션에 집 주소 한 번만 찍어주실래요?"

"올 때도, 갈 때도 석원씨가 운전해주셔서 덕분에 든든하네요."

*

집 앞에 도착한 혜영이 크게 심호흡을 한 번 한 뒤 조심스럽게 도어락 비밀번호를 눌렀다.

하지만 그런다고 소리가 작게 나는 건 아닌지라, 삑삑 선명하게 소리가 울릴 때마다 가슴이 철렁철렁 내려앉는 듯했다.

혜영이 집에 들어가면서 이렇게 가슴을 졸이는 이유는, 오는 길에 확인한 핸드폰에 어머니가 남긴 부재중 전화가 10통이나 찍혀 있었기 때문이었다.

사건 현장에 나가기 전에 많이 늦을 거라고 미리 이야기했어야 했는데, 그동안 딱히 외박할 일이 없어서 그만 깜박하고 말았던 것이다.

들어오는 소리에 어머니가 깨지는 않을까 조마조마해하면서 현관문을 열자, 커다란 그림자가 혜영의 눈앞에 드리워졌다.

어머니가 바로 문 앞에 서 있었다. 어릴 때 돌아가신 아버지를 닮아 뼈대가 얇고 호리호리한 혜영과는 달리, 어머니는 원래 풍채가 좋은 편이었다. 하지만 오늘따라 어머니는 유독 우람해 보였다.

외박한 다음날 아침 집에 들어갈 때 부모님이 깨어 계시면 무섭다는 말을 친구들로부터 들은 적은 있었지만, 막상 실제로 겪어보니 이야기로는 전해지지 않던 강력한 포스가 느껴졌다.

어디까지나 일을 하다 온 거라든가, 클럽이나 술집 같은 데는 근처에도 안 갔다든가 여러 변명이 떠올랐지만, 모두 목구멍을 빠져나오지 못했다. 결국 혜영이 할 수 있는 말은 하나밖에 없었다.

"어, 엄마. 아직 안 잔 거야?"

"어디 갔다 오니?"

이럴 때는 솔직한 게 최고라고 했는데, 과연 솔직하게 말한다고 해서 어머니가 믿어줄까 하는 생각이 들었다.

그렇다고 수임한 사건 현장에 들러 조사하고 오는 길인데 놀다 왔다고 거짓말을 하는 것도 이상하지 않은가?

갈팡질팡하던 혜영이 정직이 최고라는 금언을 믿어보기로 했다.

"요즘 맡고 있는 사건 현장에 좀 다녀 왔어요."

검사도, 형사도 아닌 변호사가 이렇게 늦은 시간까지 사건 현장에 있었다는 게 혜영이 생각해봐도 말이 잘 안 되는 것 같았다. 혜영은 곧 어머니로부터 구박 한 무더기를 뒤집어쓸 각오를 하고 조심스럽게 눈치를 보았다.

그런데 어머니의 표정이 생각보다 훨씬 안 좋아 보였다. 연락도 없이 늦게 들어온 딸한테 화가 난 게 아니라, 혹여라도 딸에게 무슨 일이 생길까봐 심하게 두려워하는 것 같았달까?

어머니는 혜영이 민망해질 정도로 한참 동안 그녀를 바라보고만 서 있었다. 그러다 질문을 몇 단계나 건너뛰어 혜영이 전혀 예상하지 못했던 걸 물어왔다.

"자동차 살인 사건 결국 네가 맡기로 했니?"

의뢰인 K한테 처음 전화를 받았던 날, 어머니가 그 사건을 맡지 말라고 당부했던 게 떠오른 혜영은 기어들어가는 목소리로 겨우 대답했다.

"응, 엄마…"

"지금 그 사건 현장에 갔다 온 거고?"

"응… 맞아요…"

그 뒤로도 어머니는 할말은 많지만, 뭐부터 꺼내야 할지 모르겠다는 얼굴로 한참을 더 혜영의 눈만 들여다보았다.

"일단 자고 일어나서 얘기하자. 피곤해 보인다."

"응, 엄마도 아직까지 안 자고 있었으면 졸릴 텐데 빨리 자. 나 안 들어와서 기다린 거야?"

"그래. 알면 일찍일찍 다니고, 전화도 좀 받고. 자기 전에 샤워부터 꼭 해라. 지저분한 게 많이 보인다."

그러지 않아도 자고 나서 씻을까, 씻고 나서 잘까 고민하던 혜영은 어머니가 대신 내려준 결정에 고개를 끄덕였다.

"응. 그럴게."

바로 욕실로 들어온 혜영은 지저분한 게 묻어 있다는 어머니의 말에, 따뜻한 물을 틀어놓고 뽀득뽀득 소리가 날 정도로 몸을 닦았다.

무당인 어머니한테 보이는 지저분한 것들이라면 이렇게 비누로 열심히 닦는다고 해서 닦일 것 같지는 않았지만.

욕실에서 나와 이부자리로 들어온 혜영은 베개를 베고 이불을 덮자마자 잠에 빠졌다. 어제에 이어 오늘까지 너무나 피곤한 나날의 연속이었다.

그런데 잠든 지 몇 시간이 지나기도 전에 혜영은 비 오듯 땀을 흘리고 새우 자세로 몸을 웅크린 채 바들바들 떨기 시작했다.

'추워. 너무 추워.'

밖에서 오는 추위가 아니라, 몸안에서부터 뿜어져 나오는 것 같은 냉기를 견디기가 너무나 힘들었다.

말도 안 되는 생각이었지만, 혹시 얼굴이 이불 밖으로 나와 있어서 이렇게 추운 걸까 싶어 머리 꼭대기까지 이불을 끌어올리려고 할 때였다.

혜영의 이마에 따뜻하면서도 포근한 기운이 느껴졌다. 어렸을 때부터 혜영이 열병에 시달릴 때면 이마를 짚어주던 어머니의 손길이었다.

너무 무거워 잘 떠지지 않는 눈꺼풀을 억지로 들어올리자 희미했던 어머니의 모습이 점점 또렷하게 보였다.

"엄마… 나 추워…"

"오늘은 일 못 가겠다. 하루 쉬면 안 돼?"

"응, 오늘 사무소 다 쉬기로 했어."

"다행이다, 마침 잘됐네."

혜영의 상태를 확인한 어머니가 이마에서 손을 떼려고 하자, 혜영이 어머니의 손목을 꼭 붙잡았다.

"엄마, 나 너무 추워. 왜 이러지? 병원 가봐야 되나?"

"병원에 가야 하긴 할 텐데, 의사 선생님이 낫게 해줄 병은 아니야."

병원에 가도 낫지 않을 병이라니. 무슨 말인지 바로 알아들은 혜영의 두 눈에 너무 서러워 눈물이 그렁그렁 맺히기 시작했다.

"그럼 나 어떡하지?"

"집에 있는 해열제로는 안 될 것 같으니까, 일단 병원 갔다 와서 열은 떨어뜨리고 새벽에 못다한 얘기 좀 하자."

"알았어. 엄마."

*

잠시 후, 병원에 갔다 와서 약을 먹은 뒤로도 냉기가 가시지 않은 혜영이 한겨울용 패딩 점퍼까지 꺼내 입고 어머니와 마주앉았다.

어머니가 걱정스러운 얼굴로 물었다.

"의사 선생님이 뭐래?"

"목이나 코도 안 붓고 청진음도 깔끔해서 이상하다고 하던데. 검사 더 해볼까 물어보길래, 그냥 해열제만 받아서 왔어."

"그래, 의사 선생님도 그렇게 말씀하셨으면 감기는 아닐 거 같다. 신열(神熱)에 해열제가 잘 안 듣긴 하는데, 어떡하냐, 그거라도 먹어야지."

혜영이 어머니와 똑같이 걱정스러운 표정이 되어 물었다.

"나 진짜 신병 걸린 거야?"

"엄마 생각에는 거의 백 프로."

그런데 그 말을 들은 혜영이 피식 웃어버렸다.

"백 프로?"

"얘 봐라. 백 프로 신병이라는데, 뭐가 재밌다고 웃어?"

"아니, 그냥. 엄마나 나나, 직업상 '백 프로'라는 말 잘 안 하는 사람들이잖아. 엄마랑 얘기하는데 그 단어 나온 게 웃겨서."

듣고 보니 그럴듯한 말이었기에, 어머니도 같이 웃어버렸다.

"그렇네. 그래도 이렇게 웃는 거 보니 이제 좀 살 만한가보다?"

"응, 해열제 기운 도나봐. 아까보다 조금 덜 추운 것 같아."

어머니는 괜찮아졌다는 혜영의 말에 얼굴에서 걱정스러운 기색을 조금 거두며 물었다.

"그런데 혜영아. 너 요즘 하는 일 정말 괜찮아?"

어머니의 질문이 모호했던데다, 혜영도 지금 진행중인 자동차 살인 사건이 도대체 어떻게 흘러가는 건지 감도 안 잡혔기에 잠시 뜸을 들였다가 대답했다.

"사실 나도 잘 모르겠어. 그런데 일단 맡은 일이니까, 힘들어도 끝까지 완수는 하려고."

"어제는 무슨 일이 있었길래, 그 새벽까지 사건 현장에 가 있었던 거야?"

혜영은 어머니가 결국 이걸 묻고 싶어서 새벽부터 계속 기다렸다는 걸 알았다. 굳이 어머니한테 거짓말을 할 이유도 없었거니와, 거짓말을 한다고 해도 금방 들통날 것 같았기에 사실대로 털어놓았다.

처음 의뢰인 K한테 전화를 받았던 일부터, 수지가 얼마나 안타까운 상황에 처해 있는지, 그리고 어제 알게 된 의뢰인 K의 정체까지.

"진짜 웃기지? 살인 사건 피해자가 피의자를 구제해달라고 변호사를 선임했어."

그런데 혜영의 말을 듣던 어머니가 사건과는 조금 다른 포인트를 짚어 냈다.

"진짜 별일이긴 하네. 그런데 혜영아, 그럼 너 오늘 새벽에 귀신을 두 위(位)나 만나고 온 거야?"

"응, 귀신 된 의뢰인 K랑 사건 목격자 할아버지 귀신."

어머니는 그제야 왜 이 사달이 났는지 알 것 같다는 표정으로 혜영을 노려보았다.

"으이구, 깜냥도 안 되면서 한 번에 귀신을 둘씩이나 만나면 어떡해? 그러니까 이렇게 신열이 나지."

혜영이 무슨 말인지 모르겠다는 눈으로 되물었다.

"귀신 만나는 데도 깜냥이 있어야 돼?"

어머니가 말하기 싫어하는 눈치를 보이며 한숨을 푹 내쉬더니, 어쩔 수 없다는 듯 입을 열었다.

"내가 진짜 너한테 이런 거 안 가르치려고 했는데… 산 사람이 귀신을 만나면 양기를 뺏겨. 그래서 전문적으로 접신하는 무당들도 한 번에 둘씩 만나지는 못해. 그랬다간 양기 다 빨리고 지금 너처럼 앓게 되니까. 그래서 보통 자기랑 친한 귀신 하나랑만 계속 붙어 있지."

혜영은 그제야 뭔가 알겠다는 듯 고개를 끄덕였다.

"아, 그래서 어떤 무당은 동자신 모신다, 다른 무당은 관우신 모신다, 그렇게 말하는 거야?"

"그렇지. 엄마가 보니까, 지금 네가 맡은 그 사건에는 귀신들이 아주

덕지덕지 붙어 있어. 그래서 끝날 때까지 귀신 만나지 말란 소리는 못하겠는데 그렇다고 절대로 둘 이상씩 한 번에 만나지는 마. 그리고 딱 지금 맡은 것까지만 하고 더 손대지는 말고."

"알았어, 엄마."

혜영의 대답에 어머니가 조금은 안심한 표정으로 말을 이었다.

"인시 내내 셋이서 그러고 있었댔지? 그렇게 길게 귀신 둘이랑 붙어 있었는데도 이렇게 말도 하고 걸어도 다니는 거 보니까 네가 내 딸은 맞나 보다. 다른 사람 같으면 그 자리에서 까무러쳤을 텐데."

그러다 문득 궁금한 게 더 생긴 혜영이 호기심 가득한 눈으로 물었다.

"엄마는 한 번에 얼마나 만날 수 있어?"

"최고 기록은 다섯. 그건 왜?"

"우와, 우리 엄마 엄청 대단한 사람이었네. 나는 고작 둘 만나고도 이렇게 뻗었는데. 만나고 나서 안 힘들었어?"

때아니게 딸에게 듣는 칭찬에 어머니가 피식 웃음을 터뜨렸다.

"이제 알았어? 그때 다섯 위 한번에 접신하고 나서 다음날부터 내리 이틀인가 잤어. 쉬운 일 아니더라."

"그럼 있잖아, 엄마 나 조금만 도와줄 수 있어?"

무당인 자신이 변호사 업무를 어떻게 도와주냐고 퇴짜를 놓으려던 어머니가, 이번 사건이라면 도와줄 게 있을 것도 같다는 생각으로 반문했다.

"어떻게 도와줄까? 괴롭히는 귀신 있어? 혼내줘?"

순간 혜영은 어머니한테 부탁해서 자신은 절대 못 쥐어박는 의뢰인 K를 혼내달라고 하면 어떨까 생각해보았다. 하지만 일단은 중요한 것부터 해결하자 싶어 오래 고민해둔 말부터 꺼냈다.

"아니, 지금 혼내줄 귀신은 없어서 괜찮아. 그런데 엄마 혹시 흥신소라고 알아?"

"흥신소? 너 지금 설마 귀신들 드나드는 흥신소 말하는 거야?"

"응, 귀신들이 살아 있는 사람들에 대한 정보를 얻는 곳이라던데?"

"얘가, 얘가 진짜 몰라도 될, 별걸 다 알고 있네. 거기 무서운 데야."

의뢰인 K한테 들을 바에 따르면 흥신소는 친절한 귀신들이 모여 있는 곳 같다는 인상을 받았기에 혜영이 궁금증 가득한 눈으로 반문했다.

"그래? 그럼 거기랑 거래하면 안 돼? 나 그 사람들, 아니 귀신들이 찾아줬으면 하는 정보가 하나 있는데. 살아 있는 사람 거래는 안 받아주나?"

혜영의 질문에 어머니가 짐짓 화난 표정을 지어 보이며 대답했다.

"너, 꿈에라도 흥신소랑 직접 거래할 생각은 절대로 하지도 말고, 뭐가 필요한데? 들어나보자."

혜영은 조금 전 어머니에게 들려줬던 자동차 살인 사건의 개요 중 수지의 신용카드 영수증 부분에 조금 더 살을 붙여, 그 영수증이 조작됐다는 증거를 찾아야 한다고 이야기했다.

"너무 어려운가? 이런 건 흥신소 귀신들도 못하겠지?"

팔짱을 낀 채 혜영의 이야기를 듣던 어머니가 확인하듯 한마디를 더 물었다.

"그러니까 수지라는 그 아이가 쓰던 신용카드 회사 내부 정보가 필요하다고?"

"응, 조작된 건 맞는 것 같으니까 카드 회사 자료 뒤지면 증거가 나오겠지? 조작 증거만 찾을 수 있으면 다른 방법도 괜찮고.”

어머니가 여전히 꺼림칙하다는 눈으로 한번 더 물었다.

“그럼 뉴스에서 나오는 것처럼 압수수색영장인가, 그런 거 받아서 카드사 뒤져보면 안 돼?”

“에이, 엄마도 참. 내가 검사가 아닌데 압수수색영장을 어떻게 청구해. 그리고 지금은 피의자 주장이랑 법정에서 쓰지도 못할 귀신들 진술밖에 없어서 영장 신청해도 무조건 기각이야.”

“무슨 말인지 잘 모르겠는데, 아무튼 인간 세상 법으로는 방법이 없다는 거지?”

혜영은 잠시 자기가 좀더 유능한 변호사였다면 방법을 찾을 수 있었을까 고민해보았다. 하지만 그런 감상보다는 일을 해결하는 게 중요하다는 생각에 고개를 끄덕였다.

“응, 귀신들한테는 방법이 있을까?”

어머니가 이 말만은 하기 싫었다는 듯 한숨을 쉬며 대답했다.

“휴. 걔네들이야 뭐, 없는 정보 아닌 이상에야 찾으려면 다 찾지.”

어머니의 답변에 혜영이 반색하며 되물었다.

“정말? 그럼 신용카드 영수증 위조 증거도 찾아 줄 수 있어?”

“찾을 수 있긴 할 텐데… 혜영아.”

“응.”

“엄마랑 약속해. 이거 도와주면, 절대로 더 깊이 안 들어가고 딱 지금 맡은 것만 처리하고 손떼는 거다?”

“알았어, 엄마.”

귀신들의 흥신소 (1)

다음날 이른 아침, 혜영은 어릴 적에 가고 싶다고 몇 번이고 졸랐던 어머니의 점집에 처음으로 들어가보게 되었다. 끝내 허락을 받지 못해서 늘 상상으로만 그리던 곳이었다.

어머니는 이번에도 자기 혼자 할 테니 혜영은 따라오지 말라고 극구 말렸다. 하지만 귀신들의 흥신소에 부탁할 게 있는 사람은 다름 아닌 혜영 자신이라는 말로 겨우 어머니를 설득할 수 있었다.

어머니의 점집 연화당은 단층 한옥으로, 비밀스럽고 신비한 분위기를 풍겼다. 나무로 된 대문을 열고 마당을 지나서 건물 안으로 들어가니 가끔 드라마에서나 보던 신당(神堂) 내부가 나왔다.

벽에는 벽지 대신 신령님, 부처님, 요괴 등으로 보이는 동양화가 그려져 있었고, 나무로 짠 미닫이문에는 창호지가 발라져 있었다.

점집을 방문한 손님들이 차례를 기다리는 대기실, 수금과 예약 등의 사무를 맡아보는 상담실을 지나 조금 더 깊이 들어가자, 어머니가 점을 치고 귀신을 만나는 방이 나타났다.

한쪽 벽에는 모형으로 만든 떡과 각종 과일, 초 등이 놓인 커다란 상이 차려져 있었고, 그 앞에는 낮고 폭이 좁지만, 길이는 한 발 정도로 꽤 긴 앉은뱅이 탁자가 놓여 있었다.

반대편 벽에는 징과 꽹과리, 요령 등의 여러 무구(巫具)들이 가지런히 정리돼 있었는데, 혜영이 그중 하나에 가까이 다가가 섰다.

"엄마, 이건 뭐할 때 쓰는 거야?"

엄마가 일하는 곳에 놀러 온 어린아이처럼 혜영은 방 한구석에 놓인 작두 손잡이를 만지며 물었다. 그러자 어머니가 심드렁한 표정으로 대꾸했다.

"쇼할 때 쓰는 작두."

"쇼? 무당이 쇼도 해?"

되물음과 함께, 작두 손잡이에서 서서히 날로 향하는 혜영의 손끝을 어머니가 재빨리 낚아챘다.

"우리가 하는 일 절반이 쇼지 뭐. 쇼할 때 쓰는 거여도, 날은 진짜야. 함부로 손대지 마. 베인다."

"진짜 날 서 있는 작두로 쇼를 해? 위험하지 않아?"

"굿할 때 맨발로 거기 한번 올라타줘야지 사람들이 신기가 있는 무당이라고 믿어. 그런 거 좋아하는 귀신들이 있기도 하고. 작두날은 진짠데, 누구나 균형 잡는 연습만 하면 탈 수 있어."

"아, 그래? 사람들이랑 귀신들 둘 다 보라고 하는 쇼네. 여기 있는 방울이나 부채 같은 것도 다 그런 거야?"

"대부분은 그렇지. 무당들이 쓰는 물건 중에 진짜 모시기 힘든 신을 불러 내리는 신물(神物)도 있는데 거기 있는 것들은 아니야. 그냥 공장제."

"아하."

어머니가 혜영에게 설명하며 귀신들의 흥신소와 거래할 준비를 하느라 잠시 한눈을 판 사이, 혜영의 한 발이 은근슬쩍 작두 위로 향했다.

"혜영아!"

예상치 못한 고함에 놀란 혜영이 퍼렇게 서 있는 작두날 위에서 발을 떼지도 못하고 어머니를 마주보았다.

"헤헤."

"얘가, 얘가, 뭘 들은 거야? 날은 진짜로 서 있는 거라니까?"

"누구나 탈 수 있다고 해서."

어머니가 한쪽으로 고개를 돌리며 한숨을 푹 내쉬었다.

"연습을 아주 많이 해야 탈 수 있다고. 얼른 발 안 떼?"

"알았어."

평소의 포근한 모습과는 달리 점집에 오자 어딘지 모르게 날카로워진 어머니의 모습에 혜영이 주춤하며 작두 위에서 발을 거두었다.

펄럭-. 혜영이 슬쩍 벗어두었던 한쪽 양말을 신는 동안, 빨간 바탕에 흰 줄로 장식돼 있는 두루마기를 걸치며 어머니가 물었다.

"이제 흥신소 소장 양반 보러 갈 건데, 진짜로 같이 있을 거야?"

혜영이 고개를 끄덕였다.

"응. 내가 맡은 사건이잖아."

어머니가 어쩔 수 없다는 듯 한숨을 한 번 쉬었다.

"휴. 그래. 그래도 조심은 해. 네가 어제 만나고 왔던 귀신들은 착한 애들 같던데, 이 양반은 만만치 않을 거야."

혜영은 그동안 어머니가 걱정할까 싶어 시시콜콜 말하지는 않았지만, 변호사로 일하면서 만만치 않은 사람들이야 실컷 상대해봤다.

게다가 혜영은 귀신이랑 통화도 하고 직접 만나서 두 시간이나 대화를 나눠보기도 했다. 아무리 흥신소 소장이 까다로운 귀신이라고 해도, 그다지 대수롭지 않게 생각한 혜영이 가볍게 대답했다.

"알겠어. 그런데 어디 가? 여기서 만나는 거 아니었어?"

"여기서 불러도 되는데, 기왕 차려놓은 상이 있으니까 뒷마당에 가서 보지, 뭐."

혜영은 지금까지 둘러본 연화당의 앞마당과 신당 안쪽만 해도 굉장히 넓다고 생각하던 차였기에, 살짝 놀란 표정으로 되물었다.

"뒷마당이 또 있어?"

"응. 주로 굿할 때 써."

길거리를 지나다니다 보이는 점집은 대부분 골방 한 칸 정도던데, 이렇게 넓은 공간을 쓰는 걸 보니 어머니가 정말 잘나가는 무당이라는 게 새삼 느껴졌다.

어머니를 따라 뒷문을 열고 나가보니 뒷마당에는 어마어마한 크기의 굿상이 차려져 있었다. 겉보기에는 얼추 신당 안에서도 봤던 음식 모형이 올라가 있던 상이랑 비슷했지만, 쌓인 음식의 높이가 혜영의 키를 훌쩍 넘어섰다.

게다가 자세히 들여다보니, 여기에 차려져 있는 음식은 모형이 아니라 진짜 먹을 수 있는 것들이었다. 눈이 휘둥그레진 혜영이 앞서 걷던 어머니에게 물었다.

"엄마, 이런 거 차리려면 돈 많이 들지 않아?"

"그 상차림 값만 500만원 넘게 들었어."

"진짜? 그 돈 아까워서 어떡해? 내가 민사로 청구해볼까? 받을 수 있을 것 같은데."

"미리 받아둔 선금으로 차린 거니까 괜찮아. 굿하러 온 사람한테 소송 걸었다는 소문 돌면 손님 다 떨어져 나갈라."

어머니의 말에 혜영이 고개를 끄덕이며 질문을 이어갔다.

"그것도 그렇네. 흥신소 소장을 부르려면 이 정도는 차려야 되는 거야?"

풋-.

혜영의 순진하고 귀여운 물음에 어머니가 살짝 웃으며 대답했다.

"아니. 사실 귀신들은 대부분 이런 격식 별로 신경 안 써. 작두 타고 쇼하는 거랑 비슷하게 굿 보는 사람들 보기 좋으라고 차리는 거지. 이건 흥신소 소장 만나려고 차린 건 아니고, 얼마 전에 큰 굿 하나 취소됐다고 했잖아."

"아, 그때 차려놓은 거야? 이렇게까지 준비했는데 취소하고, 그 사람도 너무하네."

"그러게 말이다. 그래도 기왕 차려놓은 거 아까우니까 이렇게라도 쓰지, 뭐."

어머니는 이쯤 해서 문답을 마치려고 했지만, 혜영은 들으면 들을수록 궁금한 게 점점 늘어갔다.

"그런데 이렇게 큰상을 차려놓으면 귀신들이 더 잘 와? 와서 부탁도 더 잘 들어주고?"

혜영을 슬쩍 바라본 어머니의 얼굴에, 무당 일에 대해서 딸에게 깊이 알려주고 싶지 않은 탐탁지 않음이 슬쩍 묻어났다.

"친구들 집으로 초대하는 거랑 비슷해. 그냥 차 한 잔씩 놓고 수다 떨어도 되는데, 날 잡아서 맛있는 음식 준비해놓고 부르면 친구들도 거절하기 어렵고 더 즐겁게 놀 수도 있잖아. 혹시 친구한테 부탁할 일 있으면 말 꺼내기도 조금은 쉽고."

물론 귀신을 친구처럼 여기는 건 혜영의 어머니 같은 뛰어난 영력(靈力)을 지닌 무당이나 가능했고, 대부분은 까마득하게 높은 직장 상사처럼 대하기 어려운 존재였다.

어쨌든 어머니의 적절한 비유에 혜영이 산 사람이나 죽은 사람이나 인간관계는 역시 거기서 거기구나 싶어져 고개를 끄덕였다.

"아하, 그렇게 생각하니까 이해하기가 쉽네."

"자, 이제 그만 물어보고 할 일 하자."

"응. 흥신소 소장이라는 귀신 부르는 거지?"

"그래. 뒤로 조금만 비켜 있을래?"

혜영이 크게 한 발 물러나자 어머니가 양팔을 쫙 벌려 두루마기 자락을 너풀거리더니, 다시 팔을 움직여 쫙 편 양손으로 하늘을 가리켰다.

휘이잉-.

잠잠하던 하늘에서 어딘가 자연스럽지 않은 바람이 불기 시작하더니 혜영의 머리카락 끝이 나풀거렸다. 동시에 어머니의 두루마기 자락도 휘날리는가 싶더니 하늘을 찌르고 있던 손끝이 파르르 떨렸다.

뒷모습만을 보고 있어서 혜영은 알아차리지 못했지만, 어머니의 감은 눈꺼풀과 두 뺨도 파르르 떨리고 있었다. 어제 새벽에 귀신을 둘씩이나 동시에 만나면서도 혜영은 보인 적 없는 모습이었다.

그러다 잠시 후, 혜영의 눈앞에 사극에서나 볼 법한 한 중년의 남자가 모습을 드러냈다. 구한말 단발령(斷髮令)이 내려지기 전에 죽은 귀신인지, 상투를 틀고 도포를 입은 차림이었다.

저 사람, 아니 귀신이 오늘 만나야 하는 귀신들의 흥신소 소장이었다.

〈불렀나?〉

소장이 혜영의 어머니에게 한마디를 툭 던졌다. 외모에서도 느껴졌던 거만한 태도가 말투에서도 고스란히 전달됐다.

두 팔을 내린 어머니가 익숙하다는 듯 별다른 불쾌한 내색 없이 대답했다.

"네."

〈그래, 이번에는 어떤 귀신이 우리한테 맡길 일이 있다고 하던가?〉

"오늘은 귀신이 아니라, 제가 직접 의뢰할 일이 있어서 모셨습니다."

혜영의 어머니는 충분히 예의를 갖추고 있었음에도 흥신소 소장은 콧방귀를 뀌었다.

〈우리는 산 사람이랑 거래 안 하는 거 모르나? 산 사람한테는 받을 게 없거든. 나한테 거래 대가로 이승 체류 기간을 주려고 죽기라도 할 작정인가?〉

어머니와 소장의 이야기를 듣던 혜영의 귀가 '이승 체류 기간'이라는 말에 쫑긋해졌다. 어제 의뢰인 K와 목격자 할아버지 귀신을 만날 때도 비슷한 이야기를 들었었다.

사람이 죽어서 귀신이 되면 죽기 전에 쌓은 공덕에 따라 이승에 체류 할 수 있는 기간이 주어진다.

그 때문에 시간이 흐름에 따라 귀신이 이승에서 활동할 수 있는 영역은 점점 좁아지고, 얼마 남지 않았을 때는 할아버지 귀신처럼 죽은 장소에서 벗어나지 못하는 지박령이 된다.

그러고도 시간이 더 지나 이승 체류 기간이 완전히 소진되면 저승으로 강제 소환당한다.

다만, 귀신들은 자신의 남은 이승 체류 기간을 다른 귀신에게 줄 수 있는데, 이게 귀신들 사이에서 일종의 화폐처럼 거래되고 있었다.

소장은 아주 오래전, 흥신소를 설립해 다른 귀신들에게 필요한 정보를 구해주거나, 대포폰 개통 같은 일반 귀신들이 하기 힘든 업무를 대신해주면서 그 대가로 이승 체류 기간을 받아왔다. 그 덕분에 다른 귀신들보다 훨씬 더 오래, 수백 년 동안 이승에서 자유롭게 활동하고 있었다.

하지만 산 사람은 본디 이승에 있는 존재이고, 별도의 이승 체류 허가 기간을 갖고 있지 않으니 소장이 모으는 이승 체류 기간을 줄 수도 없다. 소장은 방금 이 점을 지적한 것이었다.

혜영의 어머니가 차분한 목소리로 소장에게 반박했다.

"아뇨. 저는 아직 죽어서 귀신이 될 생각이 없네요."

소장이 상투 아래로 이마를 잔뜩 찌푸렸다.

〈그럼 나한테 줄 수 있는 게 없지 않은가? 그런데도 우리 흥신소에 뭘 의뢰하겠다고? 내가 들어줄 거라고 생각한 건가?〉

소장의 말은 점점 고압적으로 변해 윽박지르는 투에 가까워졌지만, 혜영의 어머니는 이 귀신을 어떻게 다루어야 하는지 안다는 듯, 능글맞은 웃음과 함께 대답했다.

"당연히 들어주실 거라고 생각했어요. 제가 안 죽어도 소장님은 저한테 받으실 게 있으니까."

그때, 소장의 눈길이 어머니의 뒤에 서 있던 혜영을 향했다.

〈오호라. 나한테 줄 게 저 아이인가?〉

소장과 눈을 마주치게 된 혜영이 눈꺼풀을 몇 번 깜박였다.

"저를 드릴 수도 있나요?"

혜영이 소장의 말을 잘 이해하지 못하고 묻자 그가 설명을 덧붙였다.

〈그럼. 지금 죽어서 네 이승 체류 기간을 나한테 넘기면 되지.〉

겁이 난 혜영은 몸을 떨었다. 흥신소 소장이 무서운 귀신이라더니 이런 의미였나보다. 자신의 목적인 이승 체류 기간을 확보하기 위해서라면 무슨 짓이든 할 것 같았다.

딸을 죽이겠다는 어처구니없는 소장의 말에 혜영의 어머니가 버럭 화를 내며 끼어들었다.

"혜영아, 너는 가만히 있어."

혜영은 그 말에 한 발 더 뒤로 물러났다.

"소장님, 얘는 제 딸이고 절대로 소장님한테 드릴 생각이 없습니다. 아무리 소장님이 연장자셔도 말씀 너무 함부로 하시지는 맙시다."

자신의 말이 지나쳤다는 걸 알았으면 사과라도 한마디 할 법하건만, 혜영과 어머니를 번갈아 보던 소장은 심드렁한 표정으로 대꾸할 뿐이었다.

〈그럼 나한테 주겠다는 게 뭔가?〉

"저랑 소장님이 하루이틀 알고 지낸 사이도 아니잖아요?"

〈맞지. 그런데? 설마 지금까지 알고 지낸 옛정을 봐서 공짜로 부탁을 들어달라는 건가?〉

혜영의 어머니가 방긋 웃으며 고개를 가로저었다.

"아뇨. 그럴 리가요. 소장님이 어떤 분이신지 제가 모르는 것도 아닌데. 이미 지나간 날들 말고, 앞으로 올 날을 생각하시라는 거죠. 근자에 사업을 크게 확장하셨다면서요?"

〈그랬지. 대포폰을 개설해달라는 요구는 점점 늘어나고, 핸드폰이랑 노트북 비밀번호를 풀 수 없도록 조치를 취해달라는 등, 탈 없이 재산을 처분해달라는 둥 뭐 예전에는 잘 없던 요구를 해오는 귀신들도 많아져서… 생전에 그쪽 방면에서 일하던 귀신들 몇을 더 채용했는데, 그게 뭐 어땠다고?〉

소장의 말을 듣고 나자 혜영과 어머니는 동시에 빙긋 웃고 말았다. 혜영은 문득 생각나는 귀신이 하나 있어서, 어머니는 자신의 말이 먹혀들어가고 있음을 직감해서였다.

혜영의 어머니가 이래도 거절하겠냐는 듯, 한결 여유롭고 당당해진 목소리로 대답했다.

"그 새로 뽑은 귀신들이 공짜로 일해주지는 않을 테고, 이승 체류 기간을 나눠주셔야 할 텐데, 제가 앞으로 소장님 흥신소에 소개해드리는 귀신들이 줄어들면 점점 곤란해지시지 않겠어요? 소장님 사업 잘되는 거 소문 다 나서 자기도 흥신소 한번 차려볼 생각인데, 저한테 도와줄 수 있겠냐고 물어보는 귀신도 있다고요. 어떻게, 새로 들어오는 건 그쪽으로 소개 넘길까요?"

끄응-. 그제야 소장은 자기가 혜영의 어머니가 쳐놓은 덫에 걸려들었다는 걸 알고 난감한 표정을 지어 보이며 한숨을 쉬었다.

소장이 대꾸할 말을 고르는 사이에 혜영이 침묵을 깨고 물었다.

"안녕하세요. 소장님. 인사가 늦었네요. 저는 유혜영이라고 해요."

혜영이 소개를 마치자마자 귀신들의 흥신소랑 직접 거래해서는 안 된다고 그렇게 신신당부했던 어머니의 따가운 눈총이 쏘아져 왔다. 동시에 고압적인 태도가 습관이 되어 인사를 어떻게 받아야 할지 모르겠다는 듯한 소장의 뚱한 눈빛도 전해져왔다.

"혜영아!"

〈이름은 유혜영. 그런데?〉

혜영은 어머니의 만류를 뿌리치고 소장에게 할말을 이어갔다. 어쨌든 지금 소장한테 받아낼 게 있는 건 혜영 자신이었기에, 멀뚱멀뚱 서 있기보다는 어떻게라도 도움이 되고 싶었다.

"네, 그리고 제 직업은 변호사예요."

소장이 흥미가 돈다는 듯 시선의 초점을 어머니에서 혜영으로 옮겼다.

〈그래? 이름이랑 직업 소개하려고 어른들 말씀 나누는데 끼어든 건 아닌 것 같은데, 계속 얘기해보거라.〉

혜영은 지금까지 소장을 지켜보며 그가 체면 세우기를 좋아하는 성격이라는 걸 파악했다. 그래서 손을 앞으로 모으고 허리까지 굽혀가며 공손하게 인사했다.

"네, 이야기하는 걸 허락해주셔서 감사합니다."

예상대로 고압적이던 소장의 표정이 한결 누그러졌다.

〈그래, 그래. 요즘 젊어서 죽은 귀신들은 영 싹수가 노랗던데, 예의 바르고 좋네.〉

소장이 의뢰인 K를 염두에 두고 말하는 것 같다는 직감이 팍팍 왔지만, 혜영은 뒷담화는 잠시 미뤄 두기로 하고 훨씬 더 중요한 본론을 꺼냈다.

“소장님이 운영하시는 흥신소에서 최근에 대포폰 개통이나 재산 처분 의뢰를 많이 받는다고 하셨잖아요.”

〈맞아. 그렇지.〉

“물론 흥신소 직원분들이 어련히 잘하시겠지만, 산 사람들의 일이니까 가끔은 이승의 변호사인 제가 도움이 될 때도 있지 않을까 해서요. 이번에 저를 도와주신다면, 다음에는 제가 소장님의 일을 도와드릴게요. 어떠세요?”

혜영의 제안을 들은 소장이 지금까지의 태도와는 어울리지 않게 두 여자의 눈치를 번갈아가며 살폈다.

혜영의 말은 일종의 신용 거래를 하자는 셈인데, 이걸 거절하면 귀신들과 이렇게 자연스럽게 의사소통이 가능한 이승의 변호사와 더이상 연을 맺을 수 없게 된다.

짐짓 겉으로는 아닌 척하고 있었지만, 최근에 흥신소에서 처리한 사건 중에도 이승의 변호사의 도움이 있었으면 훨씬 간단하게 정리될 수 있었던 일이 분명히 있었다.

이번 거래를 거절할 시 피해는 그뿐만이 아니었다, 지금까지 혜영의 어머니가 소개해주던 귀신들의 의뢰까지 끊길 가능성이 크다. 게다가 그녀가 경쟁사를 돕기라도 한다면 사업은 더 어려워질 터였다.

아무리 소장이 후불로 대가를 받는 걸 싫어해도, 이쯤 되니 혜영과 어머니의 제안을 거절하기가 쉽지는 않았다. 어쨌든 그는 손익을 가장 중요시하는 장사꾼이었던 것이다.

〈그래. 내가 해줬으면 하는 일이 뭔지 들어나 보지.〉

사실상 승낙이나 다름없는 소장의 말에 어머니와 혜영이 마주보고 웃음 지었다.

'함부로 나서지 말래두.'

'그래도 잘된 것 같은데?'

'그래. 우리 딸 이런 모습 처음 보는데, 역시 내 딸이야. 장하다.'

어머니는 그동안 혜영을 너무 품 안의 어린아이처럼 여겼다고 생각하며 자신이 흥신소 소장에게 하려던 설명을 혜영에게 넘겼다.

어머니의 눈짓을 받은 혜영이 흥신소 소장에게 자동차 살인 사건의 대략적인 개요를 설명하고 필요한 걸 부탁했다.

"그래서 제가 지금 변론하고 있는 허수지라는 분의 위조되지 않은 신용카드 사용 기록이 필요한데, 구할 수 있을까요?"

의뢰인 K한테도, 어머니한테도 귀신들의 흥신소가 정보를 구하는 데에는 탁월하다고 들었기에 혜영은 기대에 찬 눈으로 소장을 바라보았다.

길지는 않지만, 지금까지 혜영이 해왔던 사회생활 경험에 비추어봐도 소장처럼 남들이 자신을 우러러봐주길 바라는 사람은 으레 무슨 일을 할 수 있냐고 물었을 때, 아니라고 하는 경우가 거의 없기도 했고.

그런데 다음 순간 소장의 입에서 나온 말은 혜영의 예상을 아득히 벗어났다.

〈아니.〉

혜영이 동그래진 눈으로 다급해져서 다시 물었다.

"소장님이 직접 하시기 어려우면 제가 허수지씨 신용카드 사용 기록의 원본을 구할 수 있는 방법이라도 알려주세요!"

혜영의 어머니도 한마디 거들었다.

"옛날에는 잘 뽑아주셨잖아요?"

소장이 다시 한번 고개를 가로저었다.

〈우리 흥신소가 그 일을 못한다는 게 아니라, 그 허수지라는 여자의 신용카드 사용 기록을 구해도 아무짝에도 쓸모없을 거라는 말이야.〉

"네? 그게 있어야, 허수지씨 무죄 입증이 가능하고, 그래야 제 의뢰인이 바라는 허수지씨 석방도 할 수 있다고요!"

소장이 오래전의 일을 반추하여 정리하는 듯 잠시 고개를 까닥거리다가 말을 이었다.

〈그게 한 20년 전쯤이었을 거야. 갑자기 사람들이 너도나도 신용카드라는 걸 쓰기 시작했거든. 신용카드를 긁는다는 게 빚을 지는 건데 그것도 잘 모르고 말이야. 그러다가 그 빚을 못 갚는 바람에 죽어서 귀신이 된 사람들이 꽤 있었어. 자살하기도 하고, 빚을 갚으려고 또 빚을 지다가 영 안 좋게 죽은 사람들도 있었고.〉

혜영의 어머니도 그 시기를 떠올리는 듯 고개를 끄덕거렸다.

"그때가 혜영이 너 초등학생 때였으니까 이제 진짜 오래됐다. 그때 제가 소장님한테 귀신들 많이 연결해드렸죠?"

〈맞아. 그랬지. 아무튼, 그때 나한테 온 귀신 중에는 자기 신용카드로 쓴 금액이 아닌데 갚으라고 청구받아서 억울하다는 귀신들도 많았단 말이야. 그때도 똑같은 요청을 여러 번 받았었지.〉

혜영은 기억도 잘 나지 않는 어렸을 때의 이야기를 이해하려 머릿속에 들어오는 정보들을 차근차근 정리하며 물었다.

“신용카드 사용 기록 원본 찾아 달라는 요청이요?”

〈응.〉

사건 해결의 실마리가 보이는 듯하여 혜영이 기대감에 잔뜩 부풀어 재차 물었다.

“그때는 찾아주셨나요?”

소장이 고개를 위아래로 한 번 크게 끄덕였다.

〈찾았지. 이승 체류 기간을 몽땅 다 주겠다는데, 의뢰를 안 받을 이유도 없었고, 의뢰한 귀신이 필요한 정보를 다 알고 있는 본인 명의의 신용카드라 그렇게 어려운 일도 아니었거든.〉

“그럼 이번에도 그렇게 해주시면…”

소장의 고개가 다시 한번 움직였다. 이번에는 안타깝게도 혜영의 바람과는 반대로 좌우로 여러 번돌아갔다.

〈문제는 그다음이었어.〉

“무슨 문제가 있었나요?”

〈신용카드 사용 기록 원본을 열어봤는데, 안 썼다고 얘기했던 금액이 그대로 찍혀 있었어.〉

어머니는 그들을 죽음으로까지 몰고 간 억울한 사정을 아는지 고개를 떨어뜨렸고, 혜영은 놀란 눈으로 이어질 이야기를 재촉했다.

“어떻게 그럴 수가 있죠?”

〈신용카드라는 거, 복제가 아주 쉬운 물건이더군. 그런 걸 함부로 만들어서 들고 다니다니, 산 사람들도 조심성이 참 없지.〉

그때 스스로 목숨을 끊은 사람들이 꼭 지금 신용카드 사용 내역 때문에 억울하게 감옥에 갇혀 있는 수지와 같은 심정이 아니었을까 하는 생각에 혜영의 눈가가 촉촉해졌다.

"복제된 카드에 당한 걸 알고 나서 그 사람들, 아니 귀신들은 어떻게 됐어요?"

〈어떻게 되긴. 우리 흥신소에 남은 이승 체류 기간 몽땅 넘겼으니, 저승으로 강제 소환돼서 땅을 치고 후회했지.〉

그렇게 억울한 의뢰인의 사정을 알았으면 이승 체류 기간을 조금이라도 에누리해줄 법도 하건만, 소장은 역시 장사꾼이었다.

결국 혜영은 점집 뒷마당 바닥에 고여 있던 눈물을 떨어뜨리고 말았다.

"너무 불쌍해."

다시 어린 자식을 품는 마음으로 어머니가 혜영의 어깨를 감쌌다.

"혜영아, 세상이 이렇게 험한 곳이다."

양손으로 빨개진 눈을 꾹꾹 눌러 닦은 혜영이 소장에게 다시 물었다.

"그럼 이번 사건도 허수지씨 신용카드가 복제돼서 사용됐을 가능성이 크겠네요?"

〈자네 이야기를 듣고 내가 내린 결론은 그거 하나야. 아직도 신용카드 사용 기록 원본이 필요한가?〉

"…"

지금까지 가장 확실한 증거라고 생각했던 자료가 쓸모없는 자료일 가능성이 크다니.

이게 아니라면 어디에서 사건 해결의 실마리를 찾아야 한다는 말일까?

진실을 날조하려는 것도 아니고, 없는 죄를 만들어 누군가를 처벌하려는 것도 아니다.

그저 죄 없이 억울하게 감옥에 있는 사람을 나오게 하려는 것이다. 그런데 그게 이렇게 힘들다니.

혜영은 깊은 좌절감에 아무런 말도 떠오르지 않았다.

혜영의 침묵이 길어지자, 흥신소 소장이 한마디를 덧붙였다.

〈우리가 하기로 한 것도 일종의 신용 거래인데, 나는 신용 거래라고 하면 서로한테 이익이 돼야 한다고 생각하네만.〉

"네. 소장님. 저도 같은 생각이에요."

〈그런데 지금 내가 그 기록 원본을 찾아주는 게 지금 자네한테 도움이 안 될 것 같거든? 그냥 체류 기간 받고 원하는 거 찾아주는 단발성 거래라면 모를까, 장기적으로 서로 잘되자고 하는 신용 거래에서 그렇게 하는 건 나도 썩 내키지 않는단 말야.〉

혜영의 눈이 다시 땅을 향했다.

"네, 소장님. 의뢰 드려봤자 소용없는 일이었는데 제가 아까운 소장님 상담 시간만 잔뜩 잡아먹었네요. 죄송해요."

그런데 그때, 뒷마당에 나타난 뒤로 줄곧 뚱한 표정을 짓고 있던 소장의 얼굴에 처음으로 웃음이 번졌다.

〈아니, 나는 이 시간이 전혀 아까웠다는 생각이 안 드는데? 의뢰는 없던 걸로 하겠지만, 이제 서로 무슨 일을 하는지 알았으니 곧 좋은 인연으로 다시 만나지 않겠어? 이렇게 좋은 거래처 하나 확보하는 데 이 정도 시간 들였으면 충분하지.〉

"그랬으면 정말 좋겠어요."

어느새 바로 옆까지 다가온 흥신소 소장이 혜영의 눈을 지그시 바라보았다.

〈신용카드 복제 증거야 우리가 찾아볼 수도 있겠지만, 그 허수지라는 여자가 죽은 것도 아니고, 아직은 완전한 이승의 일로 보여. 우리 귀신들 흥신소보다는 변호사가 해결해야 할 일인 것 같다는 거지. 그래도 혹시 필요하면 다시 부르게나.〉

"네, 감사합니다."

잠시 후, 흥신소 소장의 모습이 서서히 희미해졌다. 그는 혜영의 어머니에게 눈웃음까지 짓고서 올 때처럼 자연스럽지 않은 바람과 함께 사라졌다.

소장이 사라진 자리를 바라보던 어머니가 웃음을 지어 보였다.

"소장 그 양반이 너 어지간히 마음에 들었나보더라."

뒷마당에서 신당으로 걸어 돌아가며 혜영은 어머니의 말에 질색했다.

"으에엑! 나 그런 아저씨 싫어. 엄마가 좋다고 해도 나는 절대 반대야."

바람을 맞아 빨개진 혜영의 볼을 어루만지며 어머니가 대답했다.

"그렇게 마음에 들었다는 게 아니라, 사업 파트너로 점찍은 것 같다고. 나랑은 몇십 년 거래하면서도 신용이니, 상호 이익이니 하는 얘기 코빼기도 안 꺼내더니만. 나는 저 양반한테 저런 면이 있는 줄도 오늘 처음 알았네. 자기 사람은 잘 챙긴다고 소문 자자한 양반이니까, 앞으로 필요한 거 있으면 많이 빼먹어."

어머니의 말을 듣자, 혜영은 앞으로의 변호사 생활에 왠지 든든한 우군이 생겼다는 생각에 얼굴이 한껏 밝아졌다.

"알았어. 그런데 엄마, 귀신은 어떻게 부르는 거야? 나중에 흥신소 소장 아저씨한테 뭐 물어보려면 나도 부를 줄 알아야 할 것 같아서. 매번 엄마한테 불러달라고 할 수는 없잖아."

점집에 혜영과 같이 오기 전까지만 해도 어머니는 이런 질문을 들으면 질색했을 것이다. 하지만 오늘 혜영은 귀신과 온전히 의사소통을 했을 뿐만 아니라, 웬만한 무당들도 상대하기 어려워하는 흥신소 소장과 아주 훌륭히 딜을 해냈다.

아직 혜영이 자신과 같은 길을 걷는 걸 마음속 깊이 받아들이지는 못했어도, 최소한 자신이 핏줄을 통해 물려준 능력이 변호사로서의 앞길에 해가 되지는 않을 거라고 생각한 어머니가 한결 나긋나긋해진 목소리로 대답했다.

"서로 아는 사이인 귀신을 부르는 방법은 간단해. 그냥 그 귀신을 떠올리고 여기에 와줬으면 좋겠다고 생각하면 돼."

"그럼 아까 엄마가 두루마기 입고 손 번쩍 든 건 왜 그런 거야?"

"퍼포먼스라고나 할까. 굿할 때 오버액션하는 건 주로 귀신보다는 사람들 보라고 하는 건데, 그 소장 아저씨가 유독 그런 걸 좋아하더라고. 그렇게 불러주면 자기가 하늘에서 내려오는 대단한 신이라도 된 것 같다나?"

푸-. 그 아저씨 체면 차리는 거 어지간히 좋아하는가보다 싶어 혜영이 웃음을 흘렸다.

"지금 나도 귀신 한번 불러볼까?"

혜영의 물음에 어머니가 고개를 끄덕였다. 기왕 첫 실습이라면 혜영 혼자 있을 때보다는 자기가 같이 있을 때, 그리고 다른 곳보다는 이곳 신당에서 하는 게 나았다.

"어떤 귀신 부르게?"

혜영이 아는 귀신이라고 해봤자, 별로 없었다.

흥신소 소장은 방금 돌아갔으니 또 부르기 민망하고, 도로변 할아버지 귀신은 인일 인시에 죽은 자리에서만 나타날 수 있는 지박령이라고 했으니까 불러도 못 오실 테고. 그럼 남은 건…

"의뢰인 K를 불러볼까?"

"너한테 사건 의뢰했다는 그 남자 귀신?"

"응."

"엄마 생각에 걔는 불러도 안 올 것 같은데?"

혜영이 궁금증 가득한 목소리로 되물었다.

"왜? 그냥 여기 와줬으면 좋겠다고 생각하면 된다며. 의뢰인 K가 엄청 높은 귀신이어서 어려운 건가?"

순진한 혜영의 질문에 어머니가 웃음을 터뜨리고서 대답했다.

"죽은 지 며칠 되지도 않은 애가 높은 귀신은 무슨. 한번 불러나 봐봐. 오는 지, 안 오는 지, 엄마도 궁금하다."

"알았어. 한번 해볼게."

혜영이 눈을 감고 조금 전에 배운 대로 의뢰인 K의 모습을 떠올린 뒤 이곳으로 왔으면 좋겠다고 생각했다.

'K님, 지금 여기, 제가 있는 점집으로 와주세요.'

잠시 후 눈을 뜬 혜영에게 어머니가 물었다.

"불렀어?"

"응. 왔어?"

"엄마 눈에는 안 보이는데?"

혜영이 주위를 휙휙 둘러보다가 대답했다.

"나도 안 보여. 이렇게 하는 게 아닌가? 다시 해볼까?"

"처음이라 잘 안 될 수도 있어. 너무 실망하지 말고 천천히 해봐."

지이이잉-. 그런데 그때 혜영의 핸드폰이 울렸다.

-왜 불러요?

의뢰인 K가 보낸 문자메시지였다. 혜영이 핸드폰 화면을 어머니에게 보여주었다.

"내가 잘못 부른 게 아니라, 의뢰인 K가 오기 싫은 거였나봐."

쯧쯧-.

어머니가 혀를 차며 말했다.

"자기가 오기 싫으면 어쩔 수 없는 건데, 걔도 어지간히 나쁜 남자 스타일인가보다."

혜영은 또 금방 답장하지 않았다고 K에게 구박을 받을까봐 서둘러 문자메시지를 보냈다.

- 별일 아니에요.

- 뭐예요? 심심하다고 막 부르다가 정들어요.

- 심심해서 부른 건 아니고, 의뢰해주신 사건 해결의 실마리를 찾은 것 같은데, 지금은 오시기 힘든 것 같으니까 제가 조금 더 정리되면 다시 말씀드릴게요.

혜영이 의뢰인 K와 문자를 나누며 어머니에게 대답했다.

"아니야. 의뢰인 K 그래도 되게 착해. 자기 때문에 감옥에 있는 전 여자친구 구해준다고 1억원이나 썼다니까?"

혜영은 어머니가 말한 '나쁜 남자'라는 의미를 전혀 이해하지 못한 듯했다. 어머니는 그런 혜영의 연애 생활에 걱정이 앞섰지만, 귀신을 두고 연애 이야기를 꺼내기도 이상했기에 말을 돌렸다.

"오늘 오랜만에 엄마랑 너랑 둘 다 쉬는 날인데, 뭐 먹고 싶은 거 없어?"

죽은 사람은 누릴 수 없는 산 사람들의 기쁨, 맛있는 것을 먹을 권리.

어머니는 오늘 흥신소 소장과의 만남을 시작으로 앞으로 귀신들과 숱한 갈등 때로는 싸움까지 겪게 될 혜영에게 위로를 건네고 싶었다.

그런 어머니의 마음을 눈치챘는지 혜영이 함박웃음을 지으며 대답했다.

"나는 연어. 안 구운 걸로. 초밥이면 더 좋고. 있잖아, 내가 며칠 전에 우리 사무실 형석원 실장한테 저녁으로 연어 먹자고 하니까, 자기는 족발 먹고 싶다고 하는 거 있지? 내가 양 적을까봐 둘이 먹을 건데 3인분 시켜준다고 했는데도."

"그래서 결국 뭐 먹었어?"

혜영이 입안에 공기를 가득 불어넣어 볼을 탱탱 부풀렸다.

"족발."

"걔는 안 되겠다. 여자가 먹고 싶다고 신호를 주는데도 그렇게 무신경하고 말야. 엄마가 연어 사줄게. 안 구운 걸로. 회랑 초밥 둘 다. 가자!"

"응! 엄마."

*

다음날 월요일, 혜영은 법률 사무소가 아닌 동부 구치소로 출근했다.

"안녕하세요. 허수지님."

본디 여린 심성 탓이었을까. 수지는 면회실에서 마주한 혜영을 보자마자 또르르 눈물을 흘렸다.

"안녕하세요. 변호사님. 전화도 해주시고 이렇게 자주 찾아와주셔서 정말 감사해요."

흥신소 소장을 만난 뒤로 수지의 마음에 한층 더 깊이 공감하게 된 혜영이 수지의 손을 맞잡았다.

"허수지님 사건 맡은 변호인으로서 당연한 일인걸요. 혹시 수지님 안에서 지내시는 데 부당한 대우 같은 거 받고 계시지는 않죠?"

그 말을 들은 수지가 잠시 망설이는 듯하더니 조심스럽게 입을 열었다.

"그게, 사실은…"

혜영은 어쩐지 두려워하는 듯 보이는 수지를 바라보았다. 자신이 변론을 맡은 사람이 설령 수감돼 있다고 하더라도 그 안에서 법률이 정한 바 외에 부조리한 상황에 처해 있다면 변호인으로서 당연히 나서서 해결해야 했다.

"허수지님, 저한테는 뭐든 말씀하셔도 돼요. 저는 항상 수지님 편이에요. 안에서 교도관들이 괴롭힌다거나 하면, 제가 당장 처리해드릴게요."

혜영의 다부진 말에도 수지는 고개를 저을 뿐이었다.

"교도관들이 괴롭히는 건 아닌데…"

“꼭 교도관들이 아니라, 누구라도요.”

뭘 두려워했던 걸까? 수지가 다시 한번 고개를 가로저었다.

“저는 그저 여기서 하루라도 빨리 나갔으면 좋겠어요. 저는 정말 변호사님만 믿고 있습니다.”

혜영이 입술을 한번 굳게 다물었다가 대답했다.

“제가 여기서 허수지님이 나올 방법을 찾은 것 같아요.”

떨궜던 고개를 번쩍 들면서 수지가 눈을 동그랗게 떴다.

“정말요? 저 금방 여기서 나갈 수 있는 거예요?”

“아직 확답은 못 드리지만 허수지님 1심 판결문이랑 검찰이 제출한 공소장 다 검토했거든요.”

없는 죄를 추궁당하는 데에 이골이 났는지 수지가 순간 고개를 푹 숙였다.

“아, 그걸 보셨군요.”

“거기 보니까, 허수지님의 신용카드 사용 영수증이 유죄 판결의 핵심 증거로 제시돼 있더라고요. 1심 재판부도 그걸 인정해서 지금 수지님이 거기 계신 거고요.”

“죄송해요.”

예상치 못한 수지의 사과에 혜영이 살짝 당황해 되물었다.

“네?”

“저번에 오셨을 때 그 영수증도 말씀드렸어야 했는데, 맞죠? 그때 제가 너무 주저리주저리 제 넋두리만 늘어놓느라…”

“아니에요.”

혜영이 따뜻한 눈빛으로 수지를 바라보며 힘주어 말했다.

"저번에 수지님이 하신 대로 앞으로도 저한테 솔직한 심정을 말씀해주셔야 제가 더 돕기 편해요. 검찰 측이 내놓는 서류나 증거 같은 건 얼마든지 제가 쉽게 파악할 수 있어요."

위축돼 있던 수지의 표정이 한결 편안해졌다.

"아, 맞다. 접때도 그렇게 말씀해주셨죠. 정말 감사해요. 제 이야기 들어주는 분은 변호사님밖에 없으세요. 그런데 제 석방 방법은 어떻게 찾으신 거예요? 제가 할 건 없나요?"

혜영이 수지와 눈을 맞추며 고개를 끄덕였다.

"사실 허수지님이 도와주셨으면 하는 일이 있어서 이렇게 일찍 찾아왔어요."

해결의 실마리 (1)

혜영의 말에 수지의 얼굴이 급격히 밝아졌다. 매번 도움을 받기만 했는데, 자기가 도울 수 있는 일이 생겼다니.

"제가 해야 될 일이 뭐예요? 뭐든지 할게요."

혜영이 가져온 가방에서 펜과 수첩을 꺼내며 수지의 이야기를 받아적을 준비를 하고 다시 물었다.

"1심에서 검찰이 제시한 핵심 증거를 뒤집으려면, 살인에 사용된 수면제랑 번개탄을 수지님이 구매하지 않았다는 걸 증명하는 게 가장 중요해요. 그런데 그게 수지님 신용카드로 결제돼 있었잖아요? 제 생각에는 누군가가 수지님 카드를 복제해서 정말로 수지님이 산 것처럼 꾸민 것 같아요."

"아, 그게 가능해요?"

"네, 신용카드 복제는 기술적으로 그렇게 어렵지 않다고 하더라고요."

수지가 혜영의 말을 이해하며 고개를 끄덕였다.

"변호사님 말씀 듣고 보니 말이 되네요. 그 영수증 진짜 맞는다고 국과수에서 감정까지 받았다던데, 복제 카드로 긁은 거라면 정말 제 카드로 산 거랑 똑같은 영수증이 나왔겠어요."

"맞아요. 그래서 검찰도, 1심 재판부도 의심 없이 유죄 증거로 받아들였을 거예요. 그래서 지금부터 수지님 신용카드가 어디서, 어떻게 복제됐는지를 알아내야 해요."

"네, 알겠어요!"

수지는 혜영을 만난 뒤로 처음으로 희망찬 목소리로 대답했다.

"대부분은 카드를 사용할 때 복제가 많이 돼요. 사건 일어나기 전에 신용카드 자주 쓰시던 곳을 말씀해주실 수 있을까요? 특히 살짝 불법적인 곳일수록, 거기서 복제됐을 가능성이 커요."

곰곰이 기억을 반추하던 수지가 대답했다.

"불법적인 데에서 쓴 기억은 없고요, 그렇게 카드를 자주 쓰지도 않았어요. 데이트할 때는 오빠가 제 돈을 쓰지 못하게 했거든요. 그래서 제가 카드 쓸 일이 아예 없었어요. 한 달에 한 번 장 보러 갈 때 마트에서 썼었고, 사건 있기 전 아파서 병원이랑 약국에서도 한 번씩 썼고요, 아, 생필품 떨어졌을 때 집 앞 동네 구멍가게에서 카드로 샀어요."

수지의 말을 꼼꼼하게 메모하며 듣던 혜영은 카카오맵 앱을 켜서 수지에게 위치를 확인받은 뒤 저장했다.

"일단 여기 찍힌 곳들 먼저 훑어볼게요. 혹시라도 더 생각나는 곳이 있으시면 언제든 전화 주시고요. 그리고 이 서류 보시고 사인 좀 해주세요."

혜영이 가방에서 꺼내 내민 서류를 보며 수지가 물었다.

"이게 뭐예요?"

"제가 수임한 이번 사건에 한해서 제가 법률 대리인으로서 허수지님 신용카드 기록을 열람할 수 있도록 권한을 위임한다는 서류예요. 수지님이 잘 기억하지 못하는 곳도 조사하고, 범인이 복제 카드로 어디에서 수면제랑 번개탄을 구매했는지 추적할 때도 유용할 것 같아요."

"이런 거라면 얼마든지 해드려야죠. 아, 그런데 제가 펜이 없네요."

혜영은 수지에게 준비해둔 인주를 내밀었다.

"지장으로 대신하셔도 돼요."

"변호사님, 덕분에 마음이 한결 가벼워졌어요. 이곳에 들어온 뒤 처음으로 기대하는 마음이 생겼어요."

지장을 찍은 서류를 혜영 쪽으로 내미는 수지의 얼굴이 홀가분해 보였다.

"아악!"

그렇게 수지와의 아침 면회를 마친 혜영은 자리에서 일어나려다가 옆을 돌아보고 엉겁결에 비명을 질렀다.

수지가 벌떡 일어난 건 물론, 동시에 면회실에서 기록을 남기던 교도관까지 달려와서 혜영에게 안부를 물었다.

"변호사님, 괜찮으세요?"

"무슨 문제라도 있나요?"

혜영은 한 손으로 아직도 떨리는 가슴을 붙잡은 채, 다른 한 손으로는 아무 일도 아니라는 듯 손짓했다.

"괜찮아요. 잠깐 헛걸 봐서요. 그럼 허수지님, 사건 진행되면 또 연락드릴게요."

"네, 변호사님. 살펴 들어가세요."

구치소에서 나오는 길, 혜영의 뒤에 선 남자가 토라진 목소리로 물었다.

〈내가 '헛것'이에요?〉

찌릿-. 걸음을 멈춘 혜영이 뒤를 노려보았다.

"그럼, 거기서 헛것을 봤다고 해야지, 사건 피해자가 귀신이 돼서 나타났다고 떠벌려요? 교도관도 보는데? 그랬다가는 허수지님 그 자리에서 까무러치셨겠네요. 올 거면 미리 연락이라도 줬어야죠. 그건 그렇고, 왜 온 거예요?"

의뢰인 K가 혜영과 보조를 맞추며 걷다가, 여전히 툴툴대는 투로 대답했다.

〈어제 사건 해결의 실마리를 봤다면서요. 그래 놓고 뭔지는 안 가르쳐 주니까, 사무실에 가봐도 없고, 혹시 여기 있나 해서 와봤더니 있네요.〉

"언제부터 와 있었어요?"

의뢰인 K가 괜히 딴 곳을 바라보며 말했다.

〈둘이 손 꼭 잡고 있을 때부터요. 아아, 애틋하더라, 너무 애틋해서 왔다는 인기척도 못 냈잖아요. 나는 이제 수지 손도 못 잡는데.〉

"지금 질투해요?"

〈그런 건 아니고요.〉

혜영이 의뢰인 K와 일부러 눈을 마주치지 않으려는 듯 똑바로 정면을 보며 걸었다.

"그때부터 와 있었으면, 어제 말한 사건 해결 실마리가 뭔지도 다 들으셨겠네요."

〈네. 카드 복제 장치 찾으러 가야 되는 거죠? 같이 가요.〉

"이 대낮에 저랑 같이 길거리 돌아다녀도 괜찮으세요? 산 사람들한테

노출 많이 되면 안 된다면서요."

〈뭐, 저승 규칙 위반이니까 이승 체류 기간 깎이겠죠. 그런데 그거 이제 신경 안 쓰기로 했어요.〉

석원을 불러서 같이 조사하러 다닐까 생각중이었던 혜영이 의뢰인 K를 돌아보았다.

"그래요. 따라오는 건 괜찮은데, 말은 너무 많이 걸지 마요. 사람들이 이상하게 쳐다보잖아요."

그렇지 않아도 혜영과 비슷한 때에 구치소에서 나온 한 아주머니가 멀찌감치 거리를 두고 이상하다는 눈빛으로 그녀를 관찰하듯 보고 있었다.

〈크흡. 사람들 눈에는 제가 안 보이니까 변호사님 혼자 중얼중얼하는 것 같겠네요. 이거 재밌는데?〉

혜영이 가방을 들어 확 한 대 후려칠까 하다가, 아무 소용도 없고 더 이상하게 보이기만 할 거라는 걸 깨닫고는 팔에 힘을 풀었다.

"재미없거든요? 조용히 따라오시든가, 아니면 가서 혼자 재밌는 거 하고 놀아요. 저는 석원씨 불러서 같이 가면 되니까."

의뢰인 K가 어울리지 않게 혜영의 옆에 착 달라붙으며 다정하게 말했다.

〈에이. 알았어요. 삐치지 말고 저랑 같이 다녀요. 변호사님 생각보다 대단하시네요. 신용카드 복제 가능성도 짚어내시고.〉

"그거 맞는 것 같죠?"

〈지금으로서는 그거 아니면 다른 걸로는 설명할 방법이 없어 보이네요. 그런데 신용카드 복제가 진짜 그렇게 쉽게 돼요?〉

의뢰인 K의 질문에 혜영이 어깨를 으쓱해 보였다.

“저도 예전에 판례 공부하다가 찾아봐서 안 건데, 복제 기술은 되게 쉬운가봐요. 예전에 한참 난리 나고 나서 지금이야 워낙 단속을 철저히 하니까 거의 없는데, 사람 죽이고 애꿎은 다른 사람한테 살인 누명 덮어씌우는 사람들이 단속 같은 거 신경쓰겠어요? 그냥 했겠지.”

〈듣고 보니 그렇네요.〉

“제가 경찰이나 검사는 아니지만, 여기까지 왔으면 저도 K님 죽인 진범 꼭 잡고 싶네요.”

의뢰인 K와 대화하는 동안 택시 한 대가 손을 든 혜영의 앞에 멈춰 섰다. 혜영이 먼저 택시에 탔고, 의뢰인 K도 스르륵 미끄러지듯 들어와 혜영의 옆자리에 앉았다.

“어디로 모실까요?”

“신월동 쪽으로 가주세요. 잠시만요. 정확한 주소 알려드릴게요.”

혜영이 말한 첫번째 행선지 신월동에는 수지가 신용카드를 썼다고 말해준 장소들이 모두 밀집되어 있었다. 뒤집어 생각하면, 수지의 신용카드가 복제됐을 가능성이 가장 큰 동네이기도 했다.

신월동에 도착해 택시에서 내린 혜영과 의뢰인 K는 대형마트를 시작으로 동네 한 바퀴를 돌며 병원과 약국까지 모두 들렀다.

가는 곳마다 카드 결제기를 유심히 살펴보고, 대형마트에서는 매니저와 특별 면담까지 했으나 이렇다 할 소득은 없었다.

이제 남은 건 수지가 살던 집 앞의 구멍가게였다. 주소를 짚어 점점 수지가 살던 곳에 가까워져가니 신월동(新月洞), 풀이하자면 ‘새 달동네’라는 이름처럼 좁은 골목길 사이로 여기저기 다닥다닥 붙어 있는 작은 주택들이 나왔다.

가급적이면 말을 걸지 말아달라는 혜영의 당부에도 계속해서 열심히 떠들던 의뢰인 K가 언제부턴가 입을 닫고 있었다.

"무슨 생각 해요?"

그 침묵에 도리어 민망해진 혜영이 먼저 묻자, 의뢰인 K가 한숨을 쉬며 대답했다.

〈여기서 수지랑 데이트하던 생각이요. 더 좋은 데로 이사하게 해준댔는데, 자기는 그냥 여기가 편하다며 계속 살고 싶다고 했었거든요.〉

집을 사준다니, 의뢰인 K가 정말 부자는 부자인가보다 하는 생각을 하며 코너를 돌았을 때, 드디어 찾던 구멍가게가 눈앞에 나타났다.

"여기 이 주소 저곳이 맞는 것 같죠?"

〈네, 맞아요. 저 가게에서 수지랑 아이스크림 자주 사 먹었는데.〉

혜영이 황당한 목소리로 되물었다.

"길 알고 있었어요? 그럼 좀 안내를 해주던가."

〈안 물어봤잖아요. 그리고 나 바빴다고요.〉

"그냥 저 계속 따라오기만 했으면서 뭐 하느라 바빴는데요?"

혜영의 다그침에 의뢰인 K의 입에서 생각지도 못한 감상적인 말이 툭 튀어나왔다.

〈수지랑 있었던 추억에 젖느라 바빴다고요.〉

'의뢰인 K 이 남자, 나한테는 끝없이 틱틱거리더니 자기 여자친구한테는 나름 로맨틱 가이였나보네.'

수지는 K에게서 의외의 모습을 보며 자신이 알지 못하는 다른 모습들이 더 있겠구나 생각했다.

"아무튼, 가요. 사건은 해결해야죠. 수지님이 카드 썼다고 알려주신 곳 이제 저기밖에 안 남았네요."

의뢰인 K가 어느새 노을이 지고 있는 붉은 하늘을 보더니 구멍가게 쪽을 가리켜 보였다.

〈네, 빨리 가요. 저 가게 문 금방 닫거든요.〉

평범한 손님인 척하며 구멍가게 안으로 들어가 아이스크림 하나를 고른 혜영이 계산대 앞에 서서 카드를 내밀었다.

그런데 그때 복제용 카드 단말기가 혜영의 눈에 딱 들어왔다.

쓸데없이 툭 튀어나온 주둥이, 바로 저거였다!

"800원입니다."

혜영이 급히 손을 내밀어 카드를 긁으려던 가게 주인 할아버지의 손목을 붙잡았다.

"잠깐만요!"

"응? 왜요? 현금으로 하려고?"

"그 카드 단말기 혹시 어디서 나셨어요?"

여든은 족히 넘어 보이는 할아버지가 눈을 끔뻑이다가 대답했다.

"저번 달이었나? 쓰던 게 고장 나서 고쳐달라고 전화했더니, 대신 이거 공짜로 쓰라고 새로 갖다 줍디다. 이제 결제합니다?"

혜영은 자기 카드가 복제되는 걸 결코 바라지 않았기에 허둥지둥 지갑을 뒤져 천원짜리 한 장을 꺼냈다.

"800원이라고 하셨죠? 현금으로 낼게요. 거스름돈은 안 주셔도 돼요."

"그럼 나야 좋지."

"그런데 할아버지, 그 카드 단말기 제가 잠깐만 빌려가면 안 될까요? 오늘만 쓰고 내일 아침에 금방 도로 갖다드릴게요."

천원짜리를 손에 쥔 할아버지가 불쾌한 눈으로 혜영을 바라보았다.

"에잉. 그게 무슨 말도 안 되는 소리여. 안 돼. 이거 없으면 나는 장사 뭘로 하라고? 누군지도 모르는 처자한테 빌려주나? 그리고 이거 나도 빌린 거라서 함부로 못 줘."

"그럼 혹시 그 단말기 빌려준 사람 연락처라도 알 수 있을까요?"

할아버지의 눈이 점점 게슴츠레하게 떠졌다.

"물건 살 거면 사고, 아니면 빨리 나가! 하드 하나 들고 되게 조잘대네."

해결의 실마리 (2)

잠시 후, 거의 쫓겨나다시피 가게에서 나온 혜영은 길가에 의뢰인 K와 함께 나란히 쪼그려 앉아 할아버지의 호통에도 용케 들고나온 아이스크림을 빨고 있었다.

카드 단말기를 잠깐 보기만 하고 그 자리에서 돌려주겠다, 사진만 찍어 가겠다 등의 온갖 설득을 시도해봤지만, 모두 실패.

혜영이 괜한 화풀이를 하듯 아이스크림을 와그작 씹었다.

〈혼자 너무 맛있게 먹는 거 아니에요?〉

의뢰인 K의 틱틱거림에 혜영이 아이스크림을 내밀었다.

"자, 아아."

입을 크게 벌린 의뢰인 K가 아이스크림을 크게 베어 물었지만, 당연히 귀신의 입술과 이는 아이스크림을 그냥 통과할 뿐이었다.

〈그렇다고 먹지도 못하는 귀신한테 진짜 주면 어떡해요? 민망하게.〉

"먹지도 못하면서 왜 달래요?"

의뢰인 K가 뒤를 슬쩍 돌아보았다. 할아버지는 어느새 가게문을 닫을 준비를 하고 있었다.

〈그나저나, 저 카드 단말기 어떻게 할 거예요? 정황상 저걸로 수지 카드 복제한 게 확실해 보이는데.〉

"생각중이에요. 지금 당장 경찰 불러서 압수해야 하나, 아니면 내일 와서 한번 더 사정해봐야 하나. 경찰 부르면 빠를 것 같긴 한데, 아무래도 저 할아버지가 직접 범죄에 연루되어 있는 것 같지는 않고, 그냥 누가 공짜로 빌려준다니까 별생각 없이 좋다구나 하고 쓰고 계신 것 같아서 좀 걸리네요."

말을 마치고 아이스크림을 한 입 베어 무는 혜영을 의뢰인 K가 닦달했다.

〈지금 그렇게 여유롭게 생각할 때가 아니잖아요. 내일이면 저 단말기 빌려준 사람한테도 수상한 여자가 와서 달라더라 하는 얘기 들어갈 거고, 그럼 그쪽도 없애든가 숨기든가 조치를 취할 텐데 그럼 말짱 꽝 되는 거 아니에요?〉

"그건 그런데, 할아버지 몰래 단말기만 가져올 방법이 없을까요?"

의뢰인 K가 아무리 쳐도 소리도 안 나는 가슴을 광광 두드렸다.

〈변호사님, 그러지 마시고, 일 끝난 다음에 이 가게 매출 팍팍 올려 드리는 걸로 하고, 지금 당장 경찰 불러요. 네? 매상 올리는 데 드는 돈은 제가 드릴게요. 네에? 저 단말기 놓치면 수지도 끝이고 진범도 못 잡잖아요.〉

"알았어요."

의뢰인 K의 말이 맞았다. 지금 집중해야 할 건 저 카드 단말기였다.

아이스크림을 다 먹은 혜영이 가방에서 핸드폰을 꺼내 112에 전화를 걸었다. 정확한 이유는 현장에서 설명하겠다고 하고 전화를 끊은 뒤, 얼마 지나지 않아 경찰차 한 대가 혜영과 의뢰인 K 앞에 도착했다.

경찰이 차에서 내려 혜영에게 다가왔다.

"신고하신 분이세요?"

"네, 제가 전화한 사람이에요."

경찰이 혜영의 이름과 주소를 묻고 나서, 들고 있던 아이스크림 봉지를 쓱 내려보더니 다시 물었다.

"긴급한 상황 같지는 않은데, 무슨 일이세요?"

혜영이 다 먹은 아이스크림 막대기로 구멍가게를 가리켜 보였다.

"저기서 사용중인 카드 결제 단말기에요, 신용카드 불법 복제 장치가 붙어 있는 걸로 추정돼서 신고드린 거예요. 가서 확인해보시고 압수해서 조사 부탁드릴 수 있을까요?"

경찰이 난감하다는 듯한 웃음을 흘렸다.

"아가씨, 아니, 선생님. 아무 증거도 없는데 어떻게 압수를 해요?"

혜영이 핸드폰을 꺼내 캡처해둔 사진을 경찰에게 보여주었다. 불법 복제기가 붙은 단말기 이미지였다.

"제가 봤어요. 이 모델인 것 같거든요? 들어가서 비교해보시고, 맞는다고 생각되면 압수해서 조사해주세요."

"아가, 아니, 선생니임. 저분 여기서 30년째 장사하시는 분이세요. 저희도 가끔 들러서 과자랑 하드도 사 먹고 하고요. 그런데 영장도 없이 갑자기 나타나서 카드 단말기 압수하러 왔다고 어떻게 말합니까? 확실하지도 않은데."

혜영이 경찰을 부르기를 망설였던 또 다른 이유가 바로 이것이었다. 경찰의 힘을 빌리려고 하면 오히려 일이 절차대로 진행되기가 어려웠다. 이핑계 저 핑계 대면서 작은 사건은 없는 사건으로, 큰 사건은 작은 사건으로 만들려는 경우를 이제껏 여러 번 봐 왔으니까.

혜영이 눈을 매섭게 뜨며 경찰관이 헷갈려하던 부분 하나를 친절히 고쳐줬다.

"경찰관님 저한테 아가씨라고 부르셨다가 또 선생님이라고 하셨다가 아무래도 둘 다 부르기 불편하신 것 같은데 그냥 변호사님이라고 부르시고요."

"네? 변호사세요?"

"네, 수임한 사건에 저 불법 복제기가 사용된 걸로 추정돼 긴급하게 신고한 거고요, 임의 제출 받아주시면 가장 좋겠지만, 형사소송법 제217조 1항에 따라 사법 경찰관은 범죄에 사용되었을 것으로 의심되는 물건은 영장 없이 압수할 수 있으니까 어서 집행해주세요."

해가 다 져서 걸려온 전화에 동네에서 벌어진 말다툼 정도겠거니 하고 출동한 경찰은 생각보다 심각한 상황에 모자를 벗고 뒷머리를 벅벅 긁었다. 게다가 신고한 사람이 변호사라니.

"네, 변호사님. 그런데 일단 제가 긴급 체포나 긴급 압수 권한 있는 계급이 아니라, 저희 경위님이랑 먼저 통화해보고 다시 말씀드리겠습니다."

"네, 그러세요."

혜영이 팔짱을 끼고 통화중인 경찰을 기다리고 있는데, 의뢰인 K가 옆으로 다가와 구멍가게 안을 가리켰다. 할아버지도 가게를 정리하다 말고 누군가와 통화하고 있었다.

*

"아니, 글쎄 자네가 빌려준 카드 단말기 말이여, 어떤 여자가 그거 달라고 생떼를 부리더니, 지금 밖에 경찰까지 와 있어. 어쩔 것이여? 그냥 줘?"

- 할아버님, 절대 주면 안 됩니다. 절대로요.

"그럼 워쩌?"

- 제가 지금 갈 테니까 저한테 주세요. 아시겠죠? 다른 사람은 절대 안 돼요. 경찰도요. 내일 가게 문 여시기 전에 제가 쓰시기 더 편한 모델로 하나 더 갖다드리겠습니다.

"알겠네."

*

통화를 마친 경찰관 한 명이 가게 안으로 들어갔다가 나오더니, 혜영에게 말을 걸었다.

"저, 변호사님."

"네."

"저희 경위님이 임의 제출 먼저 시도해보라고 하셔서 방금 주인 할아버지께 여쭤봤는데 거부하시네요. 경위님이랑 다시 통화해보겠습니다."

임의 제출 거부. 그냥 좋은 말로 달라고 해서는 안 주겠다는 뜻이었다. 혜영이 어쩔 수 없이 고개를 끄덕였다.

"그럼 이제 어떻게 하실 건가요? 저 단말기가 제가 맡은 사건의 핵심 증거가 될 것 같은데요."

"일단 통화부터 마치겠습니다, 얼마 안 걸릴 거예요. 조금만 더 기다려주세요.”

얼마 안 걸린다는 말은 역시 중국집에서와 같은 의미로 쓰였나보다. ‘얼마나 걸릴지는 잘 모르지만, 꽤 오래 걸릴 것 같다’라는 뜻 말이다. 경찰의 통화는 길어졌고, 그러는 사이 혜영도 더 기다리지 못하고 다른 곳에 전화 한 통을 걸었다.

경찰과 변호사는 서로가 서로의 일을 방해한다고 믿는 유서 깊은 견원지간이다. 혜영이 변호사라고 밝힌 이상, 저들의 일 처리가 오히려 더뎌지는 건 어쩌면 당연했다.

이럴 때는 같은 경찰을 붙여줘야 한다.

“석원씨.”

- 네. 변호사님 오늘 사무실 안 나오셨던데, 무슨 일 있는 거 아니시죠?

“제가 미리 연락을 못 드렸네요, 죄송해요. 자동차 살인 사건 조사중이에요. 그런데 조사하던 중에 경찰 분들 도움이 필요한데 영 속도가 안 나네요. 이러다가 그냥 돌아가버리시면 어쩌나 싶기도 하고요.”

- 아, 저도 전직 경찰이지만, 그 친구들이 그렇게 각만 잴 때가 종종 있죠.

“그래서 석원씨, 죄송하지만 동부경찰서 쪽에 전화 한 통만 넣어주실 수 있으세요? 이게 허수지님 무죄 입증할 증거물인데, 경찰들이 확보를 안 해주려고 해요. 여기서 놓치면 끝인데도요. 제가 설명한다고 들을 것 같지가 않아서, 석원씨가 한 통화만 부탁드려요.”

알겠습니다. 변호사님!

*

혜영에 대한 이야기는 뜻밖의 장소에서도 나오고 있었다.

하늘의 구중궁궐이라고 불리는 성모 그룹 본사 사옥 꼭대기 층, 그중에서도 가장 은밀한 곳에 자리잡은 회장 전용 내실(內室)에 두 남자가 마주 앉아 있었다.

소파 등받이에 허리를 붙이고 시선을 천장 어디쯤으로 향하고 있는 이 남자의 이름은 강준범.

얼마 전 별세한 성모 그룹 총괄 회장 강의정의 장남으로서 아버지에게서 받았던 총애를 바탕으로 현재 그룹의 총괄 회장 대행직을 수행하고 있는 중이었다.

준범이 앞에 있는 커다란 체구의 남자에게 물었다.

"그래서 그 변호사 이름이 뭐라고?"

질문을 받은 남자의 이름은 채경욱. 과거 강의정 회장의 세상에 알려지지 않아야 할 사건을 뒤에서 몰래 처리하다가, 지금은 준범을 위해 같은 일을 하고 있었다.

경욱이 굽혔던 허리를 살짝 들어 올려 준범의 넥타이에 시선을 맞추고서 대답했다.

"네, 유혜영이라고 합니다."

"유혜영? 나는 들어본 적 없는데? 뭐 하는 애래? 옷 벗고 나온 판검사 출신이야?"

"아뇨. 이제 로스쿨 졸업한 지 2년 된 햇병아리이긴 한데, 어머니한테 물려받은 영적 능력이 대단하다고 합니다. 변호사로서는 그런 사람 또 없다고 해서 저희가 먼저 섭외하려고 했는데, K라는 자가 먼저 접촉한 걸로 확인됐습니다.”

준범이 무릎 위에 올려놓은 한쪽 발을 까닥거렸다.

“K라… 아버지 대신 저승 갈 그 자식이 살아생전에 자기 이름 밝히기 싫을 때 대던 이름이랑 똑같네?”

“네, 그렇습니다. 그래서 유혜영 변호사 섭외는 진행하지 못했습니다.”

준범이 잠시 생각을 정리하는 듯, 한 템포 쉬었다가 말을 이었다.

“죽은 놈이 변호사한테 가서 자기 사건 해결해달라고 했다는 건데, 웃기네. 유혜영이라는 그 변호사 계속 파봐. 가족 관계라든지, 친구나 전 애인, 혹은 빚은 없는지, 뭐든 걸릴 만한 거 죄다. 보아하니, 조만간 우리 프로젝트 본격적으로 파낼 것 같은데 계속 적으로 두기에는 곤란해 보인다. 우리 편으로 만들던가, 아니면 알지?”

“네, 회장님. 알겠습니다.”

지이잉, 지이잉-.

그때 경욱의 바지 주머니에서 핸드폰 진동음이 울렸다.

“받아봐.”

“네, 감사합니다.”

잠시 후, 통화를 마친 경욱이 심각한 표정이 되어 준범에게 머리를 조아렸다.

“죄송합니다. 정말 죄송합니다. 회장님.”

“뭐가?”

"방금 유혜영이라는 그 변호사가 허수지라는 여자 감옥 보낼 때 썼던 불법 카드 복제기를 가져가겠다고 난리를 치고 있다고 합니다."

탁-.

준범의 한쪽 발이 무릎 위에서 땅으로 내려오더니 경욱을 무섭게 쏘아보았다.

"뭐? 그걸 아직도 처리를 안 하고 있었단 말이야?"

"죄송합니다. 다음 단계 작업을 진행하느라 뒤처리에는 미처 신경을 못 썼습니다. 지금 그쪽에 경찰까지 와 있어서 상황이 심상치 않은 것 같습니다."

준범이 한심하다는 얼굴로 손을 휙 내저었다.

"가봐. 가서 직접 처리해. 만약에 걸리게 돼도 알지?"

"네. 절대로 회장님 선까지 올라가지 않게 하겠습니다."

*

구멍가게 앞은 어느새 구경꾼들까지 모여들어, 가로등이 켜진 밤인데도 시끌벅적해져 있었다. 경찰은 여전히 통화중이었고, 혜영은 의뢰인 K와 함께 카드 단말기가 압수되기를 간절히 바라며 경찰의 결정을 기다리는 중이었다.

그러던 중, 커다란 SUV 한 대가 가게 앞 좁은 도로에 멈춰 서더니, 커다란 덩치의 남자가 운전석에서 내렸다. 방금 전까지 준범과 함께 있던 경욱이었다.

〈어…!〉

그 자리에서 K의 말소리를 알아들을 수 있는 유일한 사람인 혜영이 그를 바라보았다.

“왜 그래요? 아는 사람이에요?”

〈바로 저 사람이에요.〉

“네? 누구요? 방금 차에서 내린 사람?”

의뢰인 K가 크게 위아래로 고개를 끄덕였다.

〈네.〉

“저 사람이 누군데요?”

목격, 살인 공범

이번에는 혜영이 화들짝 놀랄 차례였다.

〈저한테 수면제가 든 커피를 줘서 납치해 갔던 사람이요. 저 말고 변호사님한테 발신자 번호 표시 제한으로 전화 걸었던 사람이기도 하고요.〉

"네? 그럼 저 사람이 저번에 말씀하셨던 그 공범이라고요? 그런데 저 사람이 여기 왜 온 거죠?"

혜영의 물음에 의뢰인 K가 침착함을 되찾으려 애쓰며 대답했다.

〈범행에 쓰인 저 단말기를 경찰 손에 넘길 수가 없어서겠죠. 아니면 입막음해야 할 사람이 있다든가.〉

의뢰인 K의 말이 맞는다는 듯 경욱은 그 굵은 다리로 가게 안으로 성큼성큼 걸어 들어가고 있었다.

경찰에게 당장 저 사람을 잡아야 한다고 소리치려던 혜영이 가게 안에서 너무나 자연스럽게 행동하는 경욱의 모습을 보고 목소리를 삼켰다.

자동차 살인 사건의 피해자인 의뢰인 K의 증언을 경찰에게 직접 들려줄 방법이 있지 않은 이상, 함부로 경욱을 살인범으로 지목할 수는 없었다.

자신이 맡은 사건의 진범을 앞에 두고 아무것도 할 수 없다는 생각에 혜영은 속이 부글부글 끓어왔다.

의뢰인 K도 그런 사정을 짐작했는지, 가게 안의 경욱을 노려볼 뿐이었다.

〈얼굴이라도 확실히 봐둬요. 쟤가 아까 변호사님이 잡고 싶다고 했던 그 범인이니까.〉

*

가게 안에서 휘파람까지 불며 진짜 손님인 척 행동하던 경욱이 껌 한 통을 집어서 계산대로 가져가더니, 주인 할아버지 앞에 얼굴을 들이밀었다.

그저 카드 단말기 회사 직원인 줄로만 알았던 경욱이 흉흉한 기세를 뿜어내자 할아버지가 말을 더듬었다.

"처, 천원이네. 단말기 가져갈 건가?"

의뢰인 K가 추측했듯 경욱이 여기에 나타난 목적은 두 가지였다. 하나는 단말기의 안전한 회수, 다른 하나는 주인 할아버지의 입막음.

그런데 도착해보니 둘 다 달성하기에는 상황이 여의치 않아 보였다. 정신없이 통화중이던 경찰은 어느새 가게 안으로 시선을 돌리고 있었고, 경찰차의 사이렌 소리도 근방에서 들려오고 있었던 것이다.

지금 이 카드 단말기를 들고 나간다면 경찰이 따라붙을 건 너무나 분명했다. 혹시나 해서 준비해 온 똑같이 생긴 단말기랑 바꿔 칠까도 생각해봤지만, 그럴 만한 시간적 여유가 없었다.

그래서 경욱은 할아버지의 입막음에 집중하기로 했다.

"영감님."

사냥감을 노리는 맹수의 낮은 포효 같은 경욱의 목소리에 주인 할아버지의 목소리가 떨렸다.

"으, 응."

"저랑 통화했던 핸드폰 내놓으십시오."

"이, 이거?"

할아버지가 주머니에서 주섬주섬 꺼낸 핸드폰을 확 낚아채 자신의 주머니에 챙긴 경욱이 한마디를 더 남기고 돌아섰다.

"저기 경찰들한테 이 카드 단말기는 주시되, 제 이야기를 조금이라도 꺼내시면 영감님 뜨는 해 볼 날이 며칠 없을 겁니다."

그러더니 경욱은 가게에서 나와 타고 온 SUV에 다시 올라타 유유히 현장을 벗어났다.

*

혜영이 혹시 나중에라도 쓸 일이 있을까 싶어 경욱이 탄 차량 번호를 핸드폰 카메라로 찍는 사이, 막 도착한 경찰차에서 풍채가 위풍당당해 보이는 경찰관이 내리더니 그녀에게 다가왔다.

"안녕하세요. 변호사님이시라고요? 서울 동부경찰서 오중혁 경위입니다."

혜영이 핸드폰을 집어넣고, 경찰이 내민 손을 맞잡으며 대답했다.

"네, 안녕하세요. 변호사 유혜영이라고 합니다. 늦게까지 수고가 많으시네요."

"사건 때문에 나와 계시다가 직접 신고해주셨다고 들었습니다. 석원씨랑 같이 일하신다고요? 저도 그 친구랑 같은 지구대에서 근무한 적 있거든요."

"네. 석원씨한테 도움 많이 받고 있어요."

역시 석원의 전화가 효과가 있었나보다.

"맡고 계신 사건은 설명 충분히 들었고, 긴급 체포랑 긴급 압수는, 변호사님도 아시겠지만, 저희 경찰 쪽 부담도 만만치 않아서요. 일단 카드 단말기 임의 제출 받고, 필요하면 단말기 소지하고 계시던 분도 임의 동행 방식으로 조사할 생각입니다."

그러자 뒤에 서 있던 경찰 한 명이 입을 삐죽거렸다.

"칫. 아까 나한테는 절대로 임의 제출 안 한다더니."

혜영은 SUV를 타고 온 남자가 가게 안으로 들어갔다 나간 뒤 주인 할아버지의 생각이 바뀌었음을 눈치챘다. 하지만 자세한 사정은 알 수 없었기에 뒤에 서 있는 경찰의 투덜거림을 흘려 들으며 오 경위에게 대답했다.

"네. 감사합니다. 그리고 혹시 조사하시다가 허수지라는 분 카드 복제된 기록을 찾게 되시면 저한테 가능한 한 빨리 알려주실 수 있을까요? 제가 그분 법률 대리인입니다."

"네, 석원씨에게 설명을 들어서 알고 있습니다. 법률 대리인이시니까 절차상 문제도 없을 테고요. 선임계만 저희 동부경찰서로 팩스 넣어주세요. 결과 나오는 대로 말씀드리겠습니다."

"감사합니다, 그럼 부탁드리겠습니다."

그렇게 오 경위를 필두로 한 경찰들이 카드 단말기를 갖고서 서로 돌아갔다. 멀어지는 경찰차 사이렌 소리를 들으며 혜영이 바닥에 털썩 주저앉았다.

불법 복제기가 달린 카드 단말기를 확보했지만 동시에 살인범을 눈앞에서 놓쳤다. 둘 다 놓치지 않았으면 좋았겠지만, 현재 스코어는 1득점 / 1실점.

〈워!〉

“꺄악! 뭐 해요?”

오늘 하루 내내 같이 고생한 의뢰인 K가 혜영의 옆에 앉으며 물었다.

〈경찰이 그 카드 단말기 가져갔으면 잘된 거 아니에요? 무슨 생각을 그렇게 깊이 해요?〉

“어떤 남자 생각이요.”

〈누구요? 변호사님 애인 있어요?〉

남자 생각을 하고 있다는 건 거짓말이 아니었다. 하지만 너무나 가까운 데에서 놓친 그 살인범에 대해 생각했다고 말하면 괜히 의뢰인 K의 마음을 짓누를 것 같아서 혜영은 뒤의 질문에만 답하기로 했다.

“애인이요? 없어요. 요즘처럼 바쁘게 살다가는 있었어도 만날 시간이 없어서 차였겠네요.”

그러자 다음 순간, 혜영이 까칠하고 무례한 의뢰인 K한테서 절대 들을 리 없다고 생각했던 말이 튀어나왔다.

〈감사해요. 제가 의뢰한 사건 이렇게 열심히 처리해주셔서. 변호사님 일하시다가 남자 못 만나시면 저라도 남자친구 해드릴까요?〉

고마우면 고맙다고만 할 것이지, 뒤에 사족은 왜 붙이나? 혜영이 황당하다는 듯 한마디를 톡 쏘아붙였다.

"아이구, 됐네요. 아무렴 제가 귀신이랑 사귈까봐요? 정 걱정되시면 K님 친구 중에 괜찮은 남자 소개나 해주시든가요. 살아 있는 사람으로요."

〈저 왕따예요. 친구 없어요.〉

크흡-.

농담처럼 던진 의뢰인 K의 말이었지만, 왠지 그의 까칠한 성격을 봐서는 진짜일지도 모르겠다는 생각이 들어 혜영이 웃음을 터뜨렸다.

"그래서 저 따라다니시는 거예요? 심심해서?"

〈제가 따라다니긴요? 변호사님이 부르셨잖아요.〉

"제가요? 언제요?"

〈어제요. 점심쯤이었나? 불러놓고 용건을 얘기 안 해주시길래 궁금해서 오늘 아침에 찾아간 거라니까요?〉

'아무튼, 한마디도 안 진다니까.'

의외의 곳에서 정곡을 찔린 혜영이 손바닥으로 이마를 짚었다. 어제 점집에서 어머니한테 귀신 부르는 법을 처음 배웠을 때 연습할 겸 불렀던 게 바로 의뢰인 K였으니까.

"그건…! 어쨌든 이제 용건 뭔지 아셨고, 해결도 돼가는 것 같으니까 저는 이만 집에 가서 잘래요."

〈그래요. 집 앞까지만 바래다드릴게요.〉

"어휴. 괜찮아요. 택시 타고 혼자 갈 수 있어요."

혜영의 만류에도, 오늘 살인범 경욱의 얼굴을 같이 본 게 마음에 걸려서였을까, 의뢰인 K는 결국 택시까지 같이 타더니, 혜영이 집으로 들어가는 걸 본 다음에야 인사를 남기고 스르르 사라졌다.

〈잘 자요.〉

*

다음날 늦은 오후, 카드 회사에서 팩스로 받은 수지의 신용카드 사용 내역을 검토하던 혜영에게 좋은 소식이 들려왔다.

똑똑-.

노크 소리와 함께 얼굴 가득 웃음 띤 석원이 사무실로 들어왔다. 석원은 들뜬 목소리로 자신의 핸드폰을 흔들어 보였다.

"변호사님, 아침에 말씀하신 대로 허수지님 선임계 사본 동부경찰서로 보냈고요, 방금 오 경위님이랑 통화도 했어요."

"진짜요? 뭐래요?"

"어제 임의 제출받은 카드 단말기에 불법 복제기 부착된 거 확인했대요. 그쪽도 처음에는 확신이 없어서 소극적이었는데, 불법 복제기 달린 거 보니까 발등에 불 떨어져서, 디지털팀 붙이고 사이버 수사국 공조까지 받아서 급하게 수사 진행했나보더라고요."

내심 구멍가게 주인 할아버지가 계속 신경쓰였던 혜영이 안도의 한숨을 내쉬었다.

"휴, 제가 무고한 시민을 신고한 건 아니라서 다행이네요."

이걸로 자신 또한 옛 동료에게 무리한 부탁 전화를 한 건 아닌 게 되었기에 석원의 표정도 한결 부드러워졌다.

"네, 오 경위님이 변호사님한테 진짜 감사드린다고, 다음에 동부서 쪽에 필요하신 일 있으면 언제든 전화하라고 하셨어요. 그 단말기 소지하고 계셨던 할아버지도 곧 피의자 신분으로 정식 소환해서 조사할 거래요."

모든 게 착착 제자리를 찾아가고 있는 듯 보였음에도 혜영이 살짝 긴장한 투로 가장 중요한 걸 물었다.

"그 카드 단말기에서 불법 복제된 카드 리스트는 나왔나요?"

석원이 바로 그에 대해 말하려고 들어왔다는 듯, 방긋 웃어 보였다.

"네."

"그럼 혹시…?"

"네. 'Suji Heo'라는 이름으로 등록된 카드가 복제된 것도 확인되었대요."

자동차 살인 사건을 수임하고 나서 들은 가장 기쁜 소식이었다. 혜영은 자기도 모르게 앉아 있던 의자에서 박차고 일어나 석원과 손을 맞잡았다.

"정말 잘됐네요."

"네, 그런데 수사 자료는 온라인으로 보내긴 어렵고, 급히 필요하시면 직접 오셔서 카드 번호 대조하고 동명이인 아닌 것까지 확인한 다음에 받아가야 할 것 같다고 하시네요."

"네! 부르시면 당연히 가야죠. 그게 뭐 어려운 일인가요? 이걸로 허수지님 석방은 확정이고, 별일 없으면 2심에서 무죄 판결도 받을 수 있게 됐는데요."

잠시 후, 석원과 함께 동부경찰서에서 오 경위를 만나 증거로 제출할 수사 자료를 받아서 나오는 혜영이 기쁜 마음에 수지에게 전화를 걸었다.

"허수지님, 안녕하세요."

"네, 변호사님. 별일 없으셨죠?"

"별일이요, 있었어요!"

인사차 물은 말에 의외의 대답을 들은 수지가 살짝 긴장한 투로 얼른 되물었다.

"무슨 일, 있으셨어요?"

"네, 네! 방금 경찰서에서 나오는 길인데요, 수면제랑 번개탄 구매한 허수지님 신용카드요, 불법 복제된 증거를 확보했어요!"

핸드폰 너머로 잠깐 수지의 대답이 끊겼다가 울먹이는 목소리가 이어졌다.

"그, 그럼 저 이제 여기서 나갈 수 있는 거예요?"

"그럼요! 그동안 많이 힘드셨죠? 오늘 서류 준비해서 내일 아침에 바로 법원에 수지님 보석(保釋) 청구할 거예요. 이 증거면 2심에서 무죄 판결 확실하니까, 청구 인용돼서 그 뒤로 간단한 절차만 거치면 곧 석방되실 거예요."

죽은 채 석방된 여자 (1)

혜영의 위로를 들으며 수지의 목소리에 물기가 더욱 짙어졌다.

"감사합니다! 감사합니다, 변호사님! 사실 여기서 지내면서 너무 힘들었거든요. 하루라도 빨리 나가고 싶어요."

수지의 목소리에서 심상치 않은 기운을 느낀 혜영이 되물었다.

"보석 청구하면 인용까지 보통 일주일 조금 넘게 걸려요. 혹시 안에서 무슨 일 있으신 건 아니시죠?"

눈치를 보는 듯, 수지가 잠시 말을 끊었다가 다시 이었다.

"그게, 사실 저를 따라다니면서 괴롭히는 다른 수감자가 있어서요. 변호사님도 보셨겠지만, 뉴스에도 제 얘기가 나오고 하니까…"

"동료 수감자가 괴롭힌다면, 구체적으로 어떻게요? 폭언이나 폭행이 있었나요?"

"네, 만날 때마다 남자친구 죽인 년이라고 저도 얼른 죽어야 한다고 하고, 거기에 상스러운 말들은 당연히 섞여 있고요. 자기도 사람 죽이고 들어왔는데, 어차피 평생 여기 있을 팔자인 거, 차라리 죽여 준다고 했을 때는 정말 소름 돋았어요. 교도관들 안 볼 때 마주치면 때리기도 하고요."

끄응-. 혜영은 그제야 왜 수지를 만날 때마다 그렇게 겁에 질려 있었는지를 깨달았다.

"혹시 교도관들한테 말해보셨어요?"

"네. 그래서 방을 옮겨주셨는데, 그래도 작업할 때나 운동할 때 동선이 겹치니까, 요즘도 시달리고 있어요."

"수지님이 원하시면 법무부에 아예 다른 구치소로 옮겨달라고 이감 신청해볼 수도 있는데, 어떠세요?"

수지가 터지려는 울음을 억지로 삼키며 대답했다.

"그것도 바로 되는 건 아니죠?"

"네, 구치소 배정은 법무부 고유 권한이라 신청한다고 해도 받아들여질지도 미지수고, 기간도 확답은 못 드려요."

"그럼 보석 결정될 때까지 일주일만 더 참고 버텨볼게요."

혜영은 수지에게 전화를 걸 때 너무 들떠 있던 게 괜스레 미안해져서 살짝 풀죽은 목소리로 통화를 마무리했다.

"네. 수지님. 보석 허가 결정 최대한 빨리 받을 수 있게 노력해볼게요."

법률 사무소로 돌아오는 석원의 차 안, 혜영은 문득 자기가 옷 벗은 판사, 다른 말로는 전관(前官)이었으면 좋았겠다는 생각이 들었다.

물론 혜영은 전관예우가 없어져야 한다고 생각하는 편이었다. 예전보다 많이 줄어들기도 했다. 전관이 변호를 맡는다고 유죄가 될 사건이 무죄가 되지는 않는다. 대한민국 사법 체계가 그렇게 허술하지는 않으니까.

다만, 지금 혜영이 직면해 있는 보석 허가 시기 같은 문제라면 이야기가 조금 다르다. 혜영은 당장 사무실에 도착하는 대로 서류를 준비해서 내일 아침에 바로 수지의 보석 신청을 할 테지만, 판사가 그 업무를 언제

처리할지는 알 수 없었다.

만약 혜영이 담당 판사와 옛 동료 사이였다면 어땠을까. 아마 빠르게 처리되었을지도 모른다. 꽤 많은 사건들이 그런 식으로 처리되고 있을 터였다.

휴-.

마음이 무거워진 혜영이 한숨을 내쉬었다. 수지가 힘들어하고 있다는 사실에 금방 기분이 곤두박칠쳤다.

어쨌든 혜영은 할 수 있는 한 최선을 다할 것이었다. 곧 열릴 2심에서 무죄가 나올 게 확실하기에 심리 기간도 그리 오래 걸리지는 않을 것이다.

심문 절차 없이 서류 검토만으로 보석이 허가될지도 모른다. 보석금도 형식상 소정의 액수만 책정될 가능성이 크다. 여기까지가 혜영이 법률 전문가로서 예측할 수 있는 범위였다.

수지가 구치소 안에서 너무 힘들어하지 않도록 판사가 보석 허가를 처리해주기를 바랄 수밖에.

그날 밤 혜영은 석원이 퇴근한 뒤로도 사무실에 남아 다음날 제출할 수지의 보석 청구 서류를 준비했다.

으라차차-.

서류 작성을 마친 혜영이 의자에서 일어나며 기지개를 켰다.

이제 내일 아침에 수지한테 서류에 적은 중요 사항—이를테면, 앞으로 재판에 꼬박꼬박 출석하고, 혹시 검사가 추가 조사를 위해 부르면 검찰청에도 갈 것인지 등—을 확인하고 법원에 제출하기만 하면 된다.

이걸로 수지의 보석은 허가될 테고, 변론 기일이 잡힌 2심 재판에서도 새롭게 밝혀진 사실관계가 수지에게 너무나 유리하게 작용할 테니 큰 걱정은 없다.

혜영은 개업한 이후 처음으로 이렇게 큰 사건을 해결해냈다는 데에 뿌듯함을 느끼며 핸드폰을 집어 들었다.

의뢰인 K에게 앞으로 남은 절차와 예상되는 결과를 말해주려고 보니 시간은 어느덧 자정에 가까워져 있었다.

'이 시간에 전화하면 실례인가?'

상대가 사람이라면 확실히 그랬다. 그런데 의뢰인 K는 귀신이다. 혜영은 잠시 고민에 빠졌다가, K가 귀신이니 귀신을 대하는 방법으로 대해주자고 생각했다. 자고로 귀신은 인간들이 모두 잠든 깊은 밤에 활동하는 게 어울리니까.

혜영은 며칠 전에 어머니에게 배운 대로, 눈을 꼭 감고 의뢰인 K를 떠올린 뒤 이곳으로 불렀다.

살며시 눈을 떴을 때, 혜영의 업무용 책상에 삐뚜름하게 걸터앉은 의뢰인 K의 모습이 보였다.

〈왜요?〉

큰 사건 해결에 이어 귀신 소환까지 인생 최초로 성공한 혜영이 자신감에 찬 얼굴로 물었다.

"이번엔 오시네요? 역시 자정이라서 그런가?"

〈우리야 산 사람들이랑 접촉을 최소화해야 하니까, 낮보다는 밤이 움직이기 편하긴 하죠. 오나, 안 오나 확인하려고 불렀어요?〉

퓹-. 어제 하루종일 증거를 찾기 위해 함께 돌아다니는 동안 조금 다정해졌나 싶더니, 또 사춘기 소년처럼 틱틱대는 의뢰인 K의 모습에 혜영은 웃음이 터졌다.

"아뇨. 의뢰하신 사건이 어느 정도 정리된 것 같아서 앞으로 남은 법적 절차 말씀드리려고 불렀어요."

〈보석인가? 그거 청구해서 수지 석방시킨다고 하셨고, 그다음은 2심 재판 진행되는 거죠?〉

"네, 보석은 내일 바로 청구할 거고, 빠르면 일주일 정도 걸릴 거예요. 그 뒤로 2심 재판이 이어질 텐데 이건 꽤 오래 걸리겠지만, 불구속 상태에서 재판받는 거라 크게 부담은 없을 거예요. 지금으로서는 무죄 판결이 거의 확실해 보이고요."

〈잘됐네요. 감사해요.〉

혜영이 잠시 머뭇거리다가 오늘 내내 마음 한구석에 걸려 있던 이야기를 꺼냈다.

"그런데 K님."

〈네, 무슨 걱정 있으세요?〉

"혹시 지금 수지님 계신 곳에 가보셨어요? 오늘 수지님이랑 통화하는데, 거기서 괴롭히는 사람이 있다고 하시면서 많이 힘들어하시더라고요."

혜영의 물음에 오늘따라 유난히 깊어 보이던 의뢰인 K의 두 눈에 불이 확 당겨졌다.

〈아, 그 얼굴에 문신한 여자요? 가끔 동부구치소 가서 수지가 어떻게 지내는지 봤는데, 그때마다 그 여자가 자꾸 수지 혼자 있을 때마다 들러

붙어서 그렇게 쌍욕을 하며 못살게 굴더라고요. 나 참, 제대로 알지도 못하면서. 누가 보면 내가 그 여자 애인이라도 되는 줄 알겠어요. 그 여자 법적으로 어떻게 못해요?〉

혜영은 말로만 전해 듣고도 그렇게 마음이 아팠는데, 그 모습을 직접 지켜봤을 의뢰인 K의 심정은 어땠을까 하는 생각에 먹먹해졌다. 게다가 오후에 들었던 수지의 목소리까지 떠오르자 마음이 한층 무거워졌다.

"법적으로는 제가 고소 대리를 맡아서 검찰에 고소장을 제출해볼 수 있긴 해요."

〈그럼 그렇게라도 해주세요. 수임료 더 필요하시면 제가 드릴게요.〉

혜영이 조용히 고개를 가로저었다.

"아뇨, 수임료 때문이 아니라, 검찰청에 사건 한 번 들어가면 처분 나오는 데 최소 한 달, 길게는 3개월씩 걸려요."

〈아니, 수지가 그렇게 오래 감옥에 있어야 하는 건 아니잖아요. 아까 보석 청구 인용? 그거 되는 데 일주일 걸린다면서요.〉

"네, 그래서 법적으로 접근하는 건 좋은 생각이 아닌 것 같아요. 저도 그 여자 진짜 마음에 안 드는데, K님이 혼내주실 수는 없어요?"

의뢰인 K가 어리둥절한 표정으로 되물었다.

〈제가요? 어떻게요?〉

"아니, 뭐, 제가 그쪽으로 잘 아는 건 아닌데, 귀신들 보면 염력도 쓰고 그러잖아요. K님은 그런 거 못하세요? 저승 규칙 위반이라 이승 체류 기간 깎이셔서 못 하시나요?"

의뢰인 K가 기가 막힌다는 듯 웃음을 터뜨렸다.

〈아뇨. 이승 체류 기간은 이제 신경 안 쓰는데요, 염력이나 현몽(現夢) 같은 건 죽은 지 엄청 오래돼서 영력이 하늘을 뻗치는 귀신들이나 가능한 거고요, 저는 죽은 지 아직 한 달도 안 됐는데 그런 게 될 리가요.〉

"아하, 안 되시는구나."

슬슬 마무리되어가는 대화 분위기에 의뢰인 K가 걸터앉아 있던 책상에서 일어났다.

〈그럼 나머지 절차도 잘 부탁드려요.〉

그 말이 작별 인사처럼 들렸기 때문일까, 혜영이 왠지 지금이 아니라면 오랫동안 궁금해하던 질문을 영영 못 꺼낼 것 같은 기분에 K를 불러 세웠다.

"그런데요, K님."

〈네, 뭐가 더 남았나요?〉

"K님은 수지님 사건 끝나고 나면 어떻게 할 생각이세요?"

의뢰인 K도 여기에 대해 생각이 많았는지, 잠시 머릿속을 정리하는 듯 뜸을 들였다가 대답했다.

〈저는 수지 석방되는 것만 보고 저승으로 가려고요.〉

혜영은 당연히 의뢰인 K와 언젠가는 헤어지게 되리라는 걸 알고 있었다. 하지만 그 시점을 통보받자 깜짝 놀랄 수밖에 없었다.

"그렇게 빨리 가시려고요? 처음에 저한테 의뢰하신 건 수지님 무죄 판결 받는 거였잖아요. 그것도 보셔야죠. 죽은 지 얼마 안 되셨으니까 이승 체류 기간도 많이 남지 않으셨어요?"

〈2심에서 무죄 거의 확실하다면서요. 변호사님 믿을게요. 제 이승 체류 기간, 길긴 하던데 저는 이 세상이 좀 지긋지긋해서 기왕 죽은 거 이승 체류 기간이랑 상관없이 일찍 떠나고 싶어요.〉

돈도 많아 보이고, 외모도 저 정도면 준수한데 의뢰인 K한테는 이 세상의 어떤 부분이 그렇게 지긋지긋했을까? 혜영은 갑자기 안타까운 마음이 들었다.

하지만 이 질문을 지금 꺼내기에는 너무 긴 이야기가 될 것 같아, 그저 하려던 말을 계속했다.

"혹시 수지님한테 전하실 말씀은 없으세요? 제가 대신 말씀드려도 되고요. 아니면 가능하신지는 모르겠지만, 저한테 잠깐 빙의? 그런 거 하셔도 돼요. 제가 허락해드릴게요."

〈수지한테 할말은 없어요. 수지가 괜히 죽은 절 못 잊고 다른 좋은 사람을 못 만나게 되는 거, 절대로 원치 않아요. 제가 원하는 건 그저 저 때문에 억울하게 갇혀 있는 수지가 나오는 거, 그거 하나예요.〉

"그럼 K님이 수임료 내주신 것도 비밀로 할까요?"

그 순간 의뢰인 K와 혜영의 눈이 마주쳤다.

〈네. 절대로 말하지 마세요. 절대로요.〉

"네, 알겠습니다."

의뢰인 K가 이걸 알고서 저렇게 강조하는 건지는 불분명하지만, 의뢰인이 변호사에게 비밀로 요구한 사항은 정말로 '절대적' 비밀이었다. 변호사가 그 내용을 발설하면 어떤 경우라도 위법이 되기 때문이다.

이걸로 수지는 혜영 외에 누가 자신의 방면을 위해 그렇게 애썼는지 석방된 후에도 남은 평생 알 수 없게 되었다.

의뢰인 K가 돌아가고 난 뒤, 혜영은 생각에 잠겼다. 죽은 남자와 갇혀 있는 여자, 지금 둘은 어떤 관계인 걸까?

K는 수지가 자신을 빨리 잊기만을 바란다고 했다. 그리고 억울한 누명을 벗기를 원한다고 했다. 둘은 더이상 사랑하는 사이는 아니지만 서로 아끼고 있는 걸까?

아니, 잠깐. 그런데 어제 K는 혜영한테 사귀자고 하지 않았었나?

'하. 이 귀신이!'

그날 밤, 혜영은 이런저런 복잡한 생각에 좀처럼 잠을 이룰 수 없었다.

다음날 부스스한 얼굴로 법률 사무소로 출근한 혜영에게 먼저 나와 있던 석원이 다급하게 말을 걸었다.

"변호사님, 큰일났어요!"

"네? 뭐가요?"

"지금 당장 동부구치소로 가보셔야 할 것 같아요."

죽은 채 석방된 여자 (2)

그간 같이 일하면서 어떤 상황에서도 침착한 모습만을 보여주었던 석원이었다. 그의 다급한 목소리에 혜영은 놀랄 수밖에 없었다. 피곤한 두 눈을 손으로 문지르며 혜영이 물었다.

"네? 동부구치소요? 무슨 일 있어요?"

"…혹시 나오시면서 뉴스 못 보셨어요?"

"아, 아뇨. 못 봤어요. 어제 허수지님 보석 청구 서류 작성하느라 늦게까지 야근하고 들어갔다가 출근 시간 맞추려고 부랴부랴 나오다가 지하철에서 자는 바람에요."

"그럼 일단 이거부터 보셔야 할 것 같아요."

석원은 기사를 검색하는가 싶더니 혜영에게 핸드폰 화면을 내밀었다. 그 기사 제목을 본 혜영은 충격을 받아 머리끝이 쭈뼛 서는 듯했다.

- [1보] '자동차 살인 사건' 피의자 구치소에서 사망한 채 발견.

혜영이 무의식적으로 손가락을 움직여 핸드폰 화면을 위로 튕겨 올려보았지만, 1보가 늘 그렇듯 기사 내용은 없었다.

멍해진 정신을 가다듬으려 잠시 허공을 바라보던 혜영이 석원에게 물었다.

"자동차 살인 사건 피의자면 설마 허수지님이요?"

부정해주기를 바라는 혜영의 바람에도 석원의 고개가 무참히 위아래로 끄덕였다.

“네. 허수지씨 사망하셨다고 합니다. 동부서 오 경위님이랑 구치소 쪽도 어떻게 된 건지는 모르는 눈치라, 일단 사망한 허수지씨 법률 대리인이신 변호사님께서 와주셨으면 하더라고요. 허수지씨 유족이랑도 연락이 안 닿고 있다고 합니다.”

“아, 네. 저희가 지금 바로 가봐야겠네요.”

넋이 나간 듯한 혜영을 바라보며 석원이 열쇠 꾸러미를 집어 들었다.

“일단 제 차로 모실게요. 변호사님, 변호사님! 괜찮으세요?”

내가 괜찮나? 혜영의 의식이 현실과 동떨어진 시간을 맴돌았다. 괜찮을 리가 없다.

분명 몇 분 전 사무소로 들어올 때까지만 해도 혜영은 수지의 석방을 확신하고 있었다. 물론 보석이라는 석방 형식상 보석금을 위탁하라는 조건이 붙겠지만, 그까짓 거 자신이 낼 수도 있다고 생각했다.

물론 금액이 클 수도 있었지만, 혹시나 그렇게 된다고 쳐도 어차피 돌려받을 보석금, 돈 많은 의뢰인 K한테 잠깐 빌려달라고 하지, 뭐? 고작 그런 생각뿐이었는데.

좀처럼 정신을 차리지 못하던 혜영은 두 팔로 허공을 휘휘 젓더니 결국 벽을 못 짚고 몸을 바닥으로 무너뜨렸다.

‘석방돼야 할 수지가 죽었다고?’

이러면 어젯밤 혜영이 공들여 쓴 보석 청구서도, 의뢰인 K와 함께 그토록 열심히 찾아다닌 수지의 신용카드 복제 증거도, 아무 소용이 없었다.

놀란 석원이 혜영을 부축했다.

"석원씨, 방금 저한테 장난치신 거죠?"

사실이라고는 너무나 믿기 힘든 소식에 차라리 몰래카메라이길 바랐다. 충격이 크긴 했어도, 수지가 살아만 있다면, 하하호호 하고 웃어넘길 수 있을 것 같았다.

잠깐 망설이는가 싶던 석원의 입술이 열리며 한마디, 한마디를 또박또박 내뱉었다.

"변호사님, 변론 맡으셨던 허수지씨께서 구치소 수감중에 사망하셨습니다. 원인은 아직 파악되지 않았습니다만, 허수지씨의 사망은 동부경찰서, 동부구치소를 통해서 확인된 사실입니다. 지금 모두 변호사님을 기다리고 있습니다."

*

잠시 후, 석원의 차를 타고 동부구치소에 도착한 혜영은 신분이 확인되자마자 곧장 수지의 시신 앞으로 안내되었다.

시신을 덮고 있던 시트의 윗부분을 걷어내자 수지의 얼굴이 드러났다. 비록 혜영이 법의학을 곁다리로 배우긴 했어도 확연히 알 수 있었다. 수지는 누군가에게 살해당한 것이었다.

혜영은 또다시 멀어지려는 정신을 단단히 붙들어 맸다. 지금은 누구보다도, 그 어느 때보다도 냉철해야 할 때였다. 여전히 유족은 나타나지 않고 있는 지금, 억울하게 감옥에 갇혀 처참한 죽음을 맞이한 수지의 마지

막을 지켜줄 사람은 혜영밖에 없었다.

"부검은 어떻게 하기로 했나요?"

혜영의 질문에 바로 옆에 서 있던 구치소장이 어쩔 줄 몰라 하며 고개를 푹 숙였다.

"당연히 유족과 법률 대리인께서 원한다면 부검을 진행할 수는 있습니다. 하지만 사망의 원인이 너무나 분명하여 이유 없이 고인의 신체를 훼손하게 될 가능성이 높기에 부검을 권해드리고 싶지는 않습니다."

혜영이 턱 바로 밑까지 차오르는 울음을 겨우 참으며 되물었다. 그런 혜영을 석원이 안타까운 눈으로 바라보았다.

"사망 원인이 나왔나요? 조금 더 자세히 말씀해주시겠어요?"

"아, 네. 변호사님, 저희가 자체적으로 긴급하게 조사한 결과, 고 허수지씨와 평소 사이가 좋지 않았던 다른 제소자가 허수지씨를 살해한 것으로 파악됩니다. 흉기에 의한 경동맥과 복부 대동맥 동시 파열, 그리고 그에 따른 과다 출혈 및 쇼크사로 보입니다."

동맥 파열… 과다 출혈… 쇼크사… 혜영의 눈앞에 드러난 수지의 얼굴이 너무나 창백해 보였다.

혜영이 다시 한번 날카롭게 구치소장에게 물었다.

"피의자는 자신의 범행을 자백했나요?"

구치소장이 머리를 숙이다못해 허리까지 깊이 굽혔다.

"아, 네. 변호사님. 당연히 저보다 훨씬 더 잘 아시겠지만, 저희는 범죄피의자를 직접 수사할 권한이 없어서 동부경찰서에서 오신 형사님들께 바로 인계해드렸습니다. 거기서 조사중인 걸로 알고 있습니다. 당연히 구치소 내의 시시티브이에 살인 장면은 모두 포착되어 저장되어 있으니 걱정 놓으셨으면 합니다."

언제 졸도 직전까지 몰렸나 싶을 정도로 완전히 이성을 되찾은 혜영의 눈이 번뜩였다.

"구치소 내에서 흉기가 될 만한 물건은 전혀 휴대할 수가 없는 걸로 알고 있는데, 감독을 어떻게 하셨길래 이런 사고가 발생한 거죠?"

그 말에 구치소장이 난처해하며 대답했다.

"아이고, 변호사님, 죄송합니다. 저희가 관리 감독을 정말 철저히 하고 있는데, 그 살인범이 목공 작업할 때 임시로 지급되었던 도구를 몰래 빼돌려서 흉기로 사용한 것으로 보입니다."

"네. 알겠습니다. 범죄 장면이 찍힌 시시티브이를 포함해서 피의자 관련 기록들이 절대로 유실되지 않게 철저히 보관해주시고요, 사본은 저희 직원에게 넘겨주셨으면 합니다. 이따 나가면서 피해자 고(故) 허수지씨 법률 대리인 자격으로 정보 공개 청구 서류는 따로 작성해서 드리겠습니다."

혜영의 말을 알아들은 석원이 앞으로 나섰고, 소장이 석원을 향해 다시 한번 허리를 굽혔다.

"네, 네. 그렇게 하겠습니다."

구치소장을 흘깃 바라본 혜영이 그 뒤에 서 있던 석원에게로 시선을 옮겼다.

"감사합니다, 소장님. 석원씨, 동부서 오중혁 경위님 연결해주세요."

"네, 알겠습니다. 변호사님."

석원이 황급히 주머니에서 핸드폰을 꺼내 오 경위의 연락처를 검색하고 있을 때였다. 갑자기 혜영이 아무도 없는 허공을 바라보며 물었다.

"부검 원하십니까?"

이미 한 차례 나누었던 부검 이야기를 혜영이 다시 꺼내자 석원은 물론 구치소장까지 어리둥절한 표정으로 아무 말도 하지 못한 채 혜영을 바라보았다.

그리고 그 순간 오로지 혜영의 귀에만 들리는 서글픈 목소리가 들려왔다.

〈아닙니다. 저 때문에 억울하게 감옥에 갇힌 것도 모자라 이렇게까지 된 수지의 몸에 도저히 또 칼은 못 대겠습니다. 변호사님, 제발 부탁드립니다. 수지가 살인 누명 벗고 저승에서라도 편히 쉴 수 있게 해주세요. 그때까지 저도 이승에 남아서 변호사님을 돕겠습니다.〉

그렇게 꺼리던 산 사람들과의 접촉도 무릅쓰고 수지의 시신 옆에 와 있던 K였다.

혜영이 석원을 향했던 손가락을 한번 더 까닥거렸다.

"알겠습니다. 석원씨, 오 경위님 전화 연결 아직인가요?"

혜영과 같이 일한 이래로 처음 보는 베일 듯 날카로운 모습이었다. 석원은 자신도 모르게 두 손으로 핸드폰을 혜영의 손에 갖다 댔다.

"지금 통화 연결중입니다. 곧 받으실 겁니다."

"네, 감사합니다."

석원의 말대로 오 경위가 금방 전화를 받았다.

- 응. 석원아.

"안녕하세요. 변호사 유혜영입니다. 잠시 형석원씨 핸드폰 빌려서 전화 드렸습니다."

- 아, 그렇군요, 변호사님.

"오 경위님, 허수지씨가 자동차 살인 사건의 범인이 아니라는 건 저만큼이나 잘 알고 계실 거라고 생각합니다. 지금 허수지씨 살인 용의자 동부서에 있다는데 맞습니까?"

- 네, 지금 저희 경찰서 조사실에 있습니다.

"한 가지 더 여쭙겠습니다. 그 카드 단말기에 불법 복제기 부착한 용의자는 찾으셨습니까?"

- 아, 그게 그 카드 단말기를 소지하고 있던 슈퍼 주인이 현재 연락이 되지 않고 있어서 수사에 약간의 차질이 있습니다.

혜영은 터져 나오려는 한숨을 겨우 참았다. 의뢰인 K의 죽음과 누명을 씌우기 위한 신용카드 불법 복제, 그리고 수지의 죽음까지 이 모두가 연결되어 있으며, 어떤 커다란 사건의 일각이라는 인상을 지울 수 없었다.

"일단 허수지씨 살인 용의자부터 제가 직접 만나보고 싶은데 괜찮겠습니까?"

- 네. 오시면 바로 만나실 수 있도록 조치해놓겠습니다.

혜영이 의뢰인 K를 슬쩍 바라보고서 대답했다.

"조사실에서 보았으면 좋겠습니다. 참관 인원이 없으면 더 좋을 것 같고요."

의뢰인 K를 위한 혜영의 배려였다. 산 사람들과의 접촉을 최소화하는 한편, 혜영을 통해 용의자에게 묻고 싶은 걸 확인해야 했으니까. 충격과 슬픔으로 가득찼던 K의 얼굴에 아주 잠깐 미소가 번졌다.

- 네. 조사실에서 참관 인원 없이 만나실 수 있게 바로 준비해두겠습니다.

"조사실에 녹화 장치 꺼주시는 것도 가능할까요? 제가 피의자한테 은밀하게 물어볼 말이 있어서요."

오 경위가 잠시 머뭇거리다가 대답했다.

- 네. 괜찮습니다. 저희도 필요하면 가끔 끄고 조사해요.

혜영 덕분에 신용카드 불법 복제 사건을 알게 된 만큼 오 경위는 그녀에게 도움이 되고 싶었다.

"네. 감사합니다. 지금 바로 동부경찰서로 가겠습니다."

- 네, 변호사님. 곧 서에서 뵙겠습니다.

이유 같지 않은 이유

잠시 후, 동부경찰서의 한 조사실에서 혜영과 수지의 살인범이 마주앉았다. 살인범에게는 보이지 않겠지만, 의뢰인 K도 같이 들어와 있었다.

살인범의 왼쪽 뺨에는 목에서부터 타고 올라온 흑장미가 한 송이 피어있었다. 의뢰인 K가 수지한테 착 달라붙어서 괴롭힌다고 말했던, 바로 그 문신한 여자였다.

혜영이 목덜미의 흑장미에서 살인범의 눈으로 초점을 옮기며 물었다.

"성함이 임도연씨라고요. 맞습니까?"

도연이 입을 열자 턱의 검은 장미가 마치 동물인 것처럼 꿈틀거렸다.

"맞는데, 제 이름이 중요한가요? 그쪽은 이름이?"

기선을 제압하려는 도연의 삐뚜름한 말투에 혜영이 물러서지 않고 대답했다.

"유혜영입니다. 허수지씨 법률 대리인이고요. 성함을 먼저 여쭌 건 확인 절차일 뿐입니다. 저에게 중요한 건 도연씨가 허수지씨를 죽였는가 하는 점이죠."

도연이 도저히 살인을 저지른 직후의 모습이라고는 보기 어려울 정도로, 혜영에게 일말의 감정도 실리지 않은 차가운 눈빛을 던졌다.

사람을 죽였느냐는 추궁에 아예 부정하거나, 죽인 이유를 대거나, 변명을 늘어놓거나 하는 통상적인 반응조차 없었다. 도연은 그저 아주 담담한 목소리로 대답할 뿐이었다.

"맞아요. 허수지, 걔 제가 죽였어요."

너무나 차분한, 심지어 자랑스러워 보이기까지 하는 도연의 태도에 혜영의 마음속에서 분노가 치밀어 올랐다.

"왜 죽이셨죠?"

"그냥요."

혜영은 조사실 책상이라도 한 대 내려치고 싶은 생각에 주먹을 쥐었다가 다시 폈다. 침착해야 했다. 여기서 감정적으로 동요하면 도연에게 말리는 꼴이 된다.

"당신은 사람을 죽였습니다. 거기에 이유가 없을 거라고 생각되지는 않는데요?"

"허수지 걔 처음 들어올 때부터 저랑 사이 안 좋았어요. 거기 있는 교도관이든 다른 죄수든 아무나 붙잡고 물어보세요. 저희 서로 으르렁대던 거 다 아니까. 걔 저 싫다고 떼써서 방도 옮겼었어요. 이건 기록도 남아 있을 테니까 확인해보시면 되겠네요."

도연이 댄 이유 같지도 않은 살인 이유에 혜영이 다시 물었다.

"사이가 안 좋다고 사람을 죽입니까?"

도연이 눈알을 굴려 혜영을 쓱 훑어보더니 무시하는 투로 대답을 이었다.

"변호사님처럼 고귀한 직업을 가지신 분들은 잘 모르시겠지만, 세상에는 저같이 배운 거라고는 남 죽이는 기술밖에 없는 사람도 있어요. 먹고 살려고 그 기술 쓰다가 감방에 들어왔어요. 여기서 형량 늘어나봤자 어차피 똑같아요. 누구든 제 상황이면 굳이 사이 안 좋은 사람 죽이는데 다른 이유가 필요하지는 않을 것 같은데요?"

그 순간 의뢰인 K가 도연에게는 들리지도 않을 갖은 욕설을 다 내뱉었다. 지금 눈앞에 앉아 있는 게 정말 인간이 맞나 싶어진 혜영이 손바닥으로 이마를 짚었다.

'이런 사람도 자기 목숨은 소중히 여기겠지?'

처음으로 사형제 폐지에 찬성하던 가치관이 흔들리고 있었다. 혜영은 애써 정신을 추스르고 다시 입을 열었다.

바로 이걸 물어보기 위해 여기까지 와서 이 여자를 만나고 있는 것이었다.

"방금 하신 말씀을 뒤집어보죠."

도연이 두 팔을 올려 어깨를 으쓱하려다가 손목에 묶여 있는 수갑 때문에 잘되지 않는다는 걸 확인하고는 혜영을 바라보았다.

"그러시든가요. 변호사시니 어련하시겠어요? 잘하시는 게 그거잖아요. 말 이리 뒤집고, 저리 뒤집고."

도연의 비아냥거림에도 혜영이 침착하게 물었다.

"방금 임도연씨가 살인에 능숙하다고 말씀해주셔서 이 생각에 더욱 확신이 들었는데요, 허수지님을 죽이기로 작정한 누군가가 임도연씨를 매수해서 수감 초기부터 사이가 안 좋은 걸 사람들한테 각인시키고, 계획된 살인을 우발적 범행으로 위장했다면, 이것도 말이 되지 않을까요?"

이 정도 질문은 예상했던 걸까? 도연이 같잖다는 듯 웃음을 흘렸다.

“푸하하핫. 변호사님 상상력이 너무 풍부하신 거 아니에요? 그런 일 없습니다. 저는 그냥 마음에 안 드는 사람 죽인 것뿐이에요.”

그때 욕설을 멈추고 어느 정도 진정한 의뢰인 K의 목소리가 다시 들려왔다.

〈성모 그룹에서 시킨 거냐고 물어봐주세요.〉

그게 무슨 말이냐고 묻고 싶었지만, 의뢰인 K가 조사실에 같이 있다는 걸 티 낼 수는 없었기에, 혜영이 말을 그대로 옮겼다.

“혹시 성모 그룹에서 허수지님을 죽이라고 시킨 겁니까?”

“네? 어디요?”

도연은 못 알아들은 척했지만, 지금까지 여유 넘치던 태도가 흔들리며 눈동자가 떨리는 게 보였다. “성, 모, 그, 룹이요.”

혜영이 한 글자, 한 글자를 또박또박 끊어서 다시 말하자, 도연이 애써 평정심을 되찾으려는 듯 자세를 고쳐 앉으며 대답했다.

“아까부터 무슨 말씀하시는지 모르겠네요. 누가 시킨 거 아니고, 죄수번호 171번 허수지 그년 제가 마음에 안 들어서 죽였다고요. 변호사님이 좋아하시는 표현대로 하면, 계획적 살인 아니고, 우발적 살인. 아시겠어요?”

질문한 혜영조차도 뜬금없다고 생각했는데, 성모 그룹 이야기가 나온 뒤로 도연의 태도가 정말 많이 달라졌다.

목소리 톤은 한껏 올라갔으며, 말하는 속도 굉장히 빨라졌다. 무엇보다 혜영을 한 수 아래로 보던 여유가 사라졌다.

자기 딴에는 혜영한테 겁을 줄 생각으로 저러는 것 같았지만, 도리어

긴장한 쪽은 도연인 게 확실히 보였다.

〈재 성모 그룹한테서 사주받은 거 맞는 것 같죠?〉

의뢰인 K의 말에 혜영이 고개를 끄덕이며 한번 더 도연을 떠보았다.

"임도연씨, 만약에 말입니다, 정말 만약에. 성모 그룹이 임도연씨한테 허수지씨를 죽이라고 한 거라면 임도연씨한테도 다른 사람을 시켜서 같은 짓을 할 수 있는 거 아닐까요? 지금 이 조사실에는 참관인도 없고, 녹화 카메라도 꺼져 있어요. 말씀하셔도 저랑 임도연씨밖에 몰라요."

카메라가 꺼져 있다는 말 때문이었을까, 도연의 한쪽 입꼬리가 올라가며 혜영에게 비웃음을 날렸다.

"성모 그룹이 저한테 시킨 일이면, 변호사님이 어쩔 건데요?"

휴. 이 이상으로 도연을 붙잡고 대거리해서는 얻을 게 없다고 판단한 혜영이 자리에서 일어나며 지갑에서 명함 한 장을 꺼내 도연에게 내밀었다.

"무슨 일 있으시거나, 생각 바뀌시면 여기로 연락 주세요."

"흥-."

도연은 콧방귀를 뀌며 책상에 올려져 있는 혜영의 명함을 한번 거들떠 보기만 하고 집지는 않았다.

조사실에서 나오자, 기다리고 있단 오중혁 경위가 혜영을 맞았다.

"이야긴 잘 나누셨습니까?"

"네. 경위님이 배려해주신 덕분에요. 저, 그런데 오 경위님."

"네. 변호사님."

"지금 조사중인 신용카드 불법 복제 사건 면밀하게 봐주세요. 제 생각에는 그 사건이랑 허수지씨 살인 사건 다 연결돼 있는 것 같아요."

오 경위가 무겁게 고개를 끄덕였다.

"네. 저희도 그런 정황을 파악은 하고 있는데, 연결고리가 쉽게 보이지 않네요. 말씀해주신 대로 면밀히 살펴보겠습니다."

"네, 감사합니다. 담당 검사님이 수사 지휘하시겠지만, 혹시 제가 따로 법률적으로 도울 일 있으면 언제든 연락 주세고요."

"네, 변호사님. 알겠습니다."

동부경찰서에서 법률 사무소로 돌아온 혜영이 들고 있던 가방을 힘없이 내려놓으며 석원에게 말을 걸었다.

"석원씨."

"네?"

"오늘 반차 안 쓰실래요?"

오전 근무시간은 이미 끝나 있었고, 반차를 쓰라는 건 지금 퇴근하라는 뜻이었다.

"그래도 돼요?"

"네. 사실은 제가 혼자 있고 싶어서요."

혜영의 말을 알아들은 석원이 고개를 끄덕였다.

"네, 이만 들어가보겠습니다. 그럼 내일 뵐게요."

"나가실 때 전화선 좀 뽑아주시겠어요? 밖에서 안 보이게 불도 꺼주시고, 문도 잠그고 가주세요."

"변호사님 핸드폰도 꺼드릴까요?"

석원이 웃자고 던진 농담인 걸 모르지 않았지만 혜영의 얼굴에는 좀처럼 웃음기가 나타나지 않았다.

"아니에요. 제 핸드폰은 제가 끌게요."

석원이 퇴근하고 나서 얼마 지나지 않았을 때, 적막함이 감돌던 법률 사무소에서 혜영의 울음소리가 터져 나왔다.

"흐엉, 엉엉, 흐엉엉엉-."

서러웠다. 너무 서러웠다. 모든 게 다 잘 풀렸다고 생각했을 때, 가장 잔인한 방식으로 끝나버렸다.

이 사건을 맡지 말라는 어머니의 말을 들었어야 했을까? 혜영이 이 사건을 파고들지 않았다면 수지는 비록 감옥에서 8년을 보내야 했겠지만, 죽지는 않았을지도 모른다.

'시간을 돌릴 수 있다면 언제가 좋을까?'

원래대로라면 한순간이면 퍼뜩 떠올랐을 텐데 혜영은 여기에서도 답을 찾을 수 없었다.

처음 의뢰인 K의 전화를 받은 뒤로 혜영은 매 순간 최선을 다해왔기에, 이 결과를 받아들이기에는 너무나 참혹한 심정이었다.

〈혼자 뭐 해요? 핸드폰도 꺼져 있고, 불도 다 꺼놓고. 직원도 집에 간 것 같던데.〉

의뢰인 K였다. 이 목소리에서 익숙함이 느껴진 지는 꽤 오래됐지만, 친근함과 포근함의 어느 중간 지점쯤 될 것 같은 느낌은 처음이었다.

"혼자 있고 싶어서 석원씨 먼저 들어가라고 했어요."

〈그럼 저도 갈까요?〉

"아뇨!"

혜영은 순간 자신의 입에서 나온 말에 깜짝 놀랐다. 왜 그렇게 가지 말라는 대답이 빨리 나왔을까.

의뢰인 K는, 비록 사람은 아니었어도, 지금 혜영이 느끼는 이 공허함과 서러움 그리고 미안함을 나눌 수 있는 유일한 존재였다.

〈알았어요. 안 가고 있을게요. 여기 앉아도 되죠?〉

"네, 고마워요."

소파 맞은편에 의뢰인 K가 앉자, 혜영도 쓰러져 있던 몸을 일으켰다.

〈수지 재판, 저번에 말해주셨던 향후 절차랑 많이 달라질 것 같아서, 어떻게 되는 건지 여쭤보려고 왔어요.〉

"피고인이 사망했으니까, 형사 재판은 끝이에요."

〈재판이 끝이면 수지는 유죄예요, 무죄예요?〉

"항소심 진행중에 피고인이 사망했으니까, 법적으로만 따지면 무죄죠. 쉽게 설명드리자면, 무죄 추정원칙에 따라서 유무죄 판단을 할 수 없게 되었으니 무죄로 간주 돼요."

〈그렇군요. 제가 의뢰 드렸던 일을 완수해주신 거네요.〉

혜영이 완전히 만족스러워 보이지는 않는 의뢰인 K의 표정을 살피며 물었다.

"그런데 바라시는 결과가 이건 아니었잖아요. 아까 구치소에서 저한테 허수지님 살인 누명 벗겨달라고도 하셨고요."

〈네, 이대로 끝나면 사람들은 영원히 수지가 저를 죽였다고 생각하겠죠?〉

혜영이 힘없이 고개를 끄덕였다.

“네, 핸드폰 끄기 전에 잠깐 수지님 기사 봤는데, 댓글이…”

〈저도 하나 보고 화가 나서 관뒀는데, 남자친구 죽인 살인자의 최후로서는 아주 합당하다나? 그 임도연이라는 살인범이 영웅이 돼 있던데 어이가 없더라고요. 그래서 말인데요, 변호사님, 사건 하나 더 맡아주세요.〉

혜영이 조금 전까지 펑펑 우느라 퉁퉁 부은 눈으로 되물었다.

“어떤 사건이요? K님이 또 법적으로 해결해야 될 문제가 있나요?”

사랑받지 못한 남자 (1)

눈물 자국이 남아 있는 혜영의 볼을 보고 의뢰인 K가 책상 위에 놓여 있는 티슈를 향해 슬쩍 눈길을 돌렸다가 대답을 이었다.

〈변호사님도 알고 계신 사건들이요. 제 살인 사건이랑 죽은 수지의 진실을 변호사님이 밝혀주세요. 저번에 형사 사건 성공 보수로는 못 받는다고 하셨던 추가 1억원, 이번 의뢰 수임료로 드릴게요.〉

그 살인 사건들의 진상을 밝히는 일이라면 혜영 역시 반드시 하고 싶은 일이었지만, 선불리 맡겠다고 대답할 수는 없었다.

"검사랑은 다르게 변호사한테는 수사권이 없어요. 압수수색이나 용의자 소환 조사 같은 걸 전혀 못해요. 합법적인 범위 내에서 제가 그 사건들을 조사해볼 수는 있어도, 결과를 내는 건 쉽지 않을 거예요. 검찰에 수사 의뢰하는 쪽으로 진행하는 건 어떠세요?"

의뢰인 K가 고개를 가로저었다.

〈검찰에 맡기면 이 사건 흐지부지돼서 적당히 꼬리나 자르고 마무리될 거예요. 상대가 누구인지 아까 동부경찰서에서 보셨잖아요.〉

의뢰인 K가 말한 상대, 즉 두 살인 사건의 배후가 어디인지 짐작하는 건 어렵지 않았다.

동부경찰서에서 도연을 당황하게 했던 성모 그룹.

창업주인 강의정 회장이 타계한 지 얼마 되지 않아 후계 자리를 두고 첫째와 둘째 아들의 다툼이 이어지고 있었다. 그 때문에 그룹 분위기는 뒤숭숭했지만, 작정하고 덤빈다면 살인 사건 두 건쯤은 실행범만 처벌받는 선에서 충분히 덮을 수 있는 자들이었다.

혜영이 자신 없는 목소리로 다시 물었다.

"그렇게 큰 사건을 제가 해결할 수 있을까요?"

〈제가 처음에 자동차 살인 사건 의뢰 드렸을 때도 그렇게 말씀하셨는데, 결국 해결해내셨잖아요. 결과가 어떻게 나올지는 모르겠지만, 지금까지 한 것처럼만 최선을 다해주세요. 저도 힘닿는 데까지 도울게요.〉

수지의 죽음으로 결과가 엉망진창이 되어버린 자동차 살인 사건을 혜영이 해결했다고 인정해주는 의뢰인 K의 말이 위로가 되었을까, 울음기 가득하던 혜영의 얼굴에 옅은 웃음이 배어났다.

"알겠어요. 한번 해볼게요. 그런데 K님."

〈네?〉

"아까 동부경찰서 조사실에서 살인범이 성모 그룹한테 사주받았다는 건 어떻게 알고 말씀하신 거예요?"

정말 이상한 노릇이었다. 누군가 뒤에서 도연을 조종했을 거라는 건 혜영도 정황상 어렵지 않게 짐작할 수 있었지만, 콕 집어서 성모 그룹이라니. 그리고 도연은 또 그렇게나 예민하게 반응하다니.

〈아, 그건요. 어떻게 알았냐면…〉

"네, 어떻게 아셨어요?"

〈맨정신으로 하기에는 너무 깊은 이야기인데. 변호사님, 저희 사건도

하나 해결했겠다, 술 마실래요?〉

의뢰인 K가 바라보던 티슈로 눈물 자국을 지운 혜영이 의아한 표정으로 되물었다.

“술이요? 귀신도 술 마셔요?”

〈제사상에 귀신들 마시라고 술 올리잖아요.〉

“아, 그거 진짜 귀신들이 마시는 거였어요? 저번에 보니까 아이스크림은 줘도 못 드시던데.”

푸흡-. 타고난 영적 능력에 비해 그쪽 분야의 지식은 너무나도 부족한 혜영이었다. 의아함에 동그랗게 뜬 두 눈이 귀여워서 의뢰인 K가 웃음을 흘리고 말았다.

〈아뇨. 술은 산 사람들이 마시고, 귀신들은 그 분위기 즐기다 가는 거죠.〉

“뭐야, 그러니까 술은 내가 마시고 K님은 제가 취한 거 보고 분위기를 즐기겠다고요?”

혜영의 핀잔에 멋쩍어진 의뢰인 K가 슬쩍 한발 물러섰다.

〈아니, 뭐, 보기만 하는 건 아니고, 얘기도 하고요. 성모 그룹 이야기 궁금하다면서요. 술 안 좋아해요?〉

“가끔 마셔요. K님 말씀 듣고 보니까 오늘 마시면 딱 좋을 것 같긴 하네요. 술값으로 쓰기는 너무 많은 1억도 더 생겼겠다, 마셔요.”

의뢰인 K의 얼굴에 귀신으로서는 보기 드물게 화색이 돌았다.

〈어, 변호사님 제가 새로 의뢰 드린 사건 하기로 하신 거다. 맞죠?〉

“네, 해볼게요.”

혜영의 말에 의뢰인 K가 방방 뛰어다니며 기뻐했다.

〈좋았어요! 귀신의 힘이 필요한 일이면 제가 얼마든지 도울 테니까 잘 해봐요. 이 밑에 술집 많던데 어디로 갈까요?〉

그제야 얼굴에서 눈물기를 완전히 지운 혜영이 황당하다는 듯 되물었다.

"술집이요? 다른 사람 다 보는 데서 K님이랑 이야기하면서 술 마시다가, 이상한 사람이라고 잡혀갈 일 있어요? 술 사 올 테니까 여기서 마셔요."

〈아, 그렇네요. 변호사님 저랑 얘기하는 거 다른 사람이 보는 거 싫어하시죠.〉

혜영은 K와 법률 사무소 근처의 대형마트로 갔다. 의뢰인 K가 골라주는 술과 안주 그리고 잔까지 사온 혜영은 자신의 잔, 그리고 마시지 못하는 걸 알면서도 놓아둔 의뢰인 K의 잔에 술을 채워놓고 술잔을 기울였다.

너무나 억울하게 감옥에서 죽은 수지의 넋을 기리기 위해 한 잔, 더 깊이 들어가지 말라는 어머니의 당부를 어겨서 미안한 마음에 또 한 잔, 수지만큼이나 억울하게 죽었을 의뢰인 K를 위해 또 한 잔…

연거푸 술잔을 비운 혜영이 앞에 앉아 있는 의뢰인 K에게 물었다.

"골라주신 이 술, 술 같지 않게 되게 다네요?"

〈네. 단맛 나는 술이라 변호사님이 좋아하실 것 같아서 추천드렸어요. 그런데 되게 잘 마시네요? 그거 맛은 달아도 도수가 만만치 않을 텐데.〉

쪼로로-.

혜영이 여전히 가득차 있는 의뢰인 K의 술잔을 힐긋 보더니, 비어 있는 자신의 술잔에 다시 술을 채우고서 물었다.

"그래서 성모 그룹이 뭐 어쨌다는 건데요? 그거 얘기해주려고 술 마시자고 한 거 아니었나?"

〈그전에 제 이름부터 아셔야 할 것 같은데요.〉

달그탁-.

혜영이 집어 들려던 자신의 술잔을 도로 내려놓았다.

"K님 이름이요? 알아요. 허수지님 공소장에 쓰여 있었으니까. 강민혁씨 맞죠? 이거 아까부터 찜찜했는데 왜 하필이면 강씨예요? 이제부터 상대해야 할 성모 그룹 총수 일가랑 같은 성이네요."

태어날 때부터 정해지는 성인데 왜 그렇냐는 질문이 얼핏 웃기게 들렸지만, 의뢰인 K의 표정은 웃기는커녕 딱딱하게 굳어 있었다.

〈왜냐면요, 제 아버지가 강의정 회장님이시거든요. 저도 성모 그룹 총수 일가인 셈이죠. 아까 경찰서에서 성모 그룹 이야기할 때 보니까 이건 모르셨던 것 같은데요.〉

의뢰인 K, 본명으로는 강민혁의 고백에 혜영의 팔에 소름이 오소소 돋아올랐다.

"K님이 누구 아들이라고요?"

민혁이 이럴 줄 알았다는 듯 낯빛 하나 바뀌지 않은 채 차분하게 같은 대답을 반복했다.

〈얼마 전에 돌아가신 성모 그룹 강의정 회장님이요. 그때 어른들한테는 흠도 아니었겠지만, 저희 아버지는 본처가 있으신데도, 제 어머니를 만나

셨어요. 그러다가 태어난 게 저 강민혁이에요.〉

“강의정 회장님 자녀는 요즘 뉴스에 자주 나오는 강준범, 강양범 이렇게 두 명 아니었어요?”

〈어머니는 다르지만, 따지고 보면 제 형들이죠. 아버지는 제 존재가 밖으로 드러나길 원하지 않으셨어요. 철저히 숨기셨죠.〉

의뢰인 K가 재벌가 셋째 아들이었다니. 어떻게 억 단위의 수임료를 척척 낼 수 있었는지, 성격은 왜 그렇게 삐뚜름한지 그제야 이해된 혜영이 고개를 끄덕였다.

“그럼 형들 쪽에서 아버님 돌아가시고 나서 민혁씨가 경영권 다툼에 끼어들까봐 죽인 거예요?”

민혁이 뭔가 생각하는 듯 잠시 뜸을 들이다가 고개를 가로저었다.

〈아마 아닐 거예요. 저는 K 시큐리티(Security)라는 회사의 지분을 받는 조건으로 그룹 경영권에는 일절 간섭 안 하기로 아버지 살아 계실 적에 이미 합의가 됐거든요. 제가 그룹 경영권에 관심 없는 거 형들도 잘 알고 있고요. 아마 그것 때문에 죽이지는 않았을 거예요.〉

“아, K 시큐리티가 성모 그룹 계열사였어요? 저 전혀 몰랐어요. 거기다 민혁씨 회사라고요?”

민혁이 내심 뿌듯한 표정이 되었다.

〈원래 이름은 ‘성모 보안’이었는데, 제가 물려받고 나서 이름을 바꾸래서 그렇게 지었어요. 지금은 성모 그룹에서 완전히 독립해서 계열사도 아니고요. 예전에는 열쇠나 만드는 조그만 회사였는데, 변호사님도 아시는 걸 보니, 요즘은 인터넷 보안도 하면서 회사가 크긴 했나보네요. 제가 경

영하는 건 아니고, 전문 경영인이 따로 있어요. 저는 대주주로 배당만 받아요.〉

"그럼 형들이 K 시큐리티 지분까지 가져가려고 민혁씨 죽인 거예요?"

〈그것도 아닐 거예요. 성모 그룹 본체에 비하면 K 시큐리티는 너무 작은 회사잖아요? 형들 지금 그룹 경영권 두고 박 터지게 싸우고 있는데 그런 작은 회사 하나 더 먹겠다고 일을 벌이지는 않았을 거예요.〉

혜영은 뭔가 알긴 알겠는데, 반만 알 것 같은 아리송한 얼굴이 되어버렸다.

"그럼 도대체 민혁씨를 왜 죽인 거예요?"

그리고 곧 민혁도 혜영과 같은 표정이 되었다.

〈그러게 말이에요. 저만 죽었을 때는 형들이 아닐지도 모른다고 생각했는데, 사람을 매수해서 수지까지 죽인 걸 보고 두 형 중 한 명, 아마 성격 더러운 강준범이 뒤에 있는 게 맞는구나 하는 확신이 들었어요. 그런데 저도 그 이유를 모르겠네요.〉

아까부터 만지작거리고만 있던 술잔을 단번에 비운 혜영이 자신감 넘치게 대답했다.

"지금부터 저희가 조사해보면 나오겠죠?"

〈그렇겠죠?〉

혜영이 자신의 잔을 다시 채운 뒤 받아만 놓은 민혁의 잔에 부딪히고서 물었다.

"이야기 들어보니까 K님, 아니지 이게 너무 입에 붙어버렸다. 민혁씨도 아버지 사랑 많이 못 받고 자라셨겠네요."

그 말에 민혁이 자조적인 웃음을 터뜨렸다.

〈사랑이요? 저희 아버지는 제 존재를 부정하고 싶어하시는 분이셨는데 사랑 같은 걸 주셨을 리가요.〉

"저랑 비슷하시네요."

〈변호사님도 아버지가 재벌 총수세요?〉

사랑받지 못한 남자 (2)

이번에는 혜영이 웃을 차례였다.

“푸핫. 아뇨. 저희 아버지는 공무원이셨어요.”

〈…셨어요? 지금은요?〉

“지금은 안 계세요. 제가 아주 어릴 때 돌아가셨거든요.”

민혁이 꺼내지 말았어야 할 말을 해버린 표정이 되었다.

〈아…〉

“지금도 생각나는 게, 그때는 무슨 일이 일어난 건지도 모르고 아버지 빈소에서 사람들이 우니까 같이 울었거든요. 그러다 어머니한테 아빠는 언제 오냐고 물어봤더니 우셔서 저도 또 같이 울었네요. 워낙 오래전 일이라 지금은 괜찮아요. 너무 그렇게 미안한 얼굴 안 하고 있어도 돼요.”

머쓱해진 민혁이 눈을 몇 번 깜박였다.

〈제가 미안한 얼굴이었어요?〉

처음 통화할 때에 비하면 부쩍 감정을 자주 드러내는 민혁의 모습에 혜영이 웃음을 지으며 대답했다.

“네. 엄청 많이요.”

민혁이 마주앉아 있던 혜영 쪽으로 몸을 기울이며 물었다.

〈아버지 없이 자라셨으면 변호사님도 어렸을 때 많이 힘드셨겠어요.〉

“지금도 그렇지만, 어머니가 잘 버셨으니까 경제적으로 어려운 건 잘 모르고 자랐는데, 가끔 마음이 힘들 때는 있었죠."

〈언제요?〉

혜영이 옛일을 떠올리듯 잠시 손가락을 꼼지락거렸다.

"초등학생 때 어린이날 지나고 어버이날 다가오면 학교에서 선생님이 카네이션 접으라고 하잖아요. 선생님도 너무 당연하게 두 개를 접으라고 하시고, 다른 애들도 아무 생각 없이 두 개씩 접고 있는데, 저는 두 개 접으면 하나는 줄 사람이 없는 거예요. 그래서 두번째 카네이션 접다가 우니까 선생님이 당황하셔서 왜 우냐고 물어보셨던 게 기억나네요."

〈에이, 두 개 다 어머니 드리면 되죠. 그럼 두 배로 좋아하셨을 텐데.〉

늘 마음 한구석에 낫지 않는 상처처럼 자리잡아 잊을 만하면 쿡쿡 쑤시던 일이었는데 민혁이 내놓은 너무나 간단한 해결책에 혜영은 웃음이 터졌다.

"그렇네요! 그때 결국 두번째는 접다가 말았는데, 끝까지 접어서 어머니 드릴 걸 그랬어요. 민혁씨는 아버지 때문에 힘든 일 없었어요?"

〈저는 카네이션 같은 말랑말랑한 얘기는 아니고요.〉

"민혁씨도 있긴 있으셨구나."

민혁이 고개를 끄덕이며 조금 전 혜영이 그랬듯 지나간 일을 떠올렸다.

생각에 잠겨 있는 동안 혜영이 바라보고 있던 민혁의 입술이 다시 열렸다.

〈많이 있었죠. 그중에 안 잊히는 게, 남자애들은 중고등학교 다닐 때 치고받고 많이 싸우잖아요. 제가 싸움을 잘하는 편이었거든요.〉

푸하핫-. 뜬금없는 타이밍에 나온 자기 자랑에 혜영이 웃음을 터뜨렸다. 술을 마시니 웃음이 쉽게 터져 나왔다.

"전교에서 유명했어요? 아니면 다른 학교에도 막 소문나고 그랬어요?"

〈네임드는 아니었고, 그런 애들이 싸움을 걸어오면 안 피하는 편이었죠. 그때도 누가 시비를 걸길래 싸우다가 제가 이겨서 걔가 좀 심하게 다쳤어요. 그래서 부모님이 교무실도 아니고 교장실까지 불려오게 됐는데 걔는 아버지가 나오신 거예요.〉

"민혁씨는 어머니가 나가셨고요?"

〈네. 그런데 저한테 맞은 애 아버지가 어른들 사이에서도 한주먹 하시는 분이었나봐요. 자기가 누군지 아냐면서 저를 마구 겁주더라고요. 그런데 저희 아버지도 어디 가서 꿇리지는 않는 분이니까, 저도 제 아빠가 누군지 아느냐고 대꾸하려는데…〉

다음 전개를 예상한 혜영의 눈가가 촉촉해졌다.

"아버지가 강의정 회장님인 거 밝히면 안 됐죠?"

〈네, 그 자리에 같이 계시던 저희 어머니가 도리어 저를 막 꾸짖으면서 입 다물라고 하셨어요. 그러고 나니까, 교장실에 있는 선생님이고 학부모고 간에 제 편이 한 명도 없는 거예요. 그래서 사과고, 합의고, 뭐고 그냥 그 자리에서 뛰쳐나갔었네요.〉

"아버지가 아예 안 계셨던 저보다 훨씬 더 힘드셨겠어요."

민혁이 뽑아주고 싶은데 그럴 수 없어서 안타깝다는 심정으로 다시 티슈를 물끄러미 쳐다보았다.

〈누가 누가 더 불행했는지 따지는 게 취미는 아닌데, 변호사님이 부럽기도 해요. 잘은 몰라도, 어머니한테는 사랑받으면서 자라신 것 같아서요. 또 울어요? 저한테 너무 미안한 얼굴 하지 말라더니.〉

혜영이 마스카라가 번지지 않도록 민혁이 보고만 있던 티슈로 눈물을 찍어 내며 대답했다.

"듣고 있으니까, 너무 슬퍼서요. 민혁씨는 어머니랑도 사이 안 좋으셨어요?"

〈글쎄요. 이걸 사이가 안 좋았다고 해야 하나? 돌아가신 분 험담하는 것 같아서 조금 이상하긴 한데, 어머니는 물욕이 많은 편이셨어요. 그런데 어머니가 돈 벌기 가장 쉬운 방법이 뭐였겠어요? 깨진 아버지랑 관계 물고 늘어지는 거지. 저는 어머니가 아버지한테 접근해서 돈 받아내는 데에 아주 좋은 도구였죠. 뭐 다 지난 이야기지만.〉

티슈가 흡수하는 양보다 혜영이 흘리는 눈물의 양이 점점 더 많아졌다. 술을 마시니 웃음만큼, 평소보다 눈물도 헤퍼졌다.

"그런 어머니도 돌아가셨군요."

〈네, 교통사고였어요.〉

그렇게 혜영과 민혁이 서로의 마음 깊은 곳에 있던 슬픔을 공유하며 술잔을 비우는 동안, 민혁의 눈에서도 눈물이 한 방울 흘러내렸다.

"민혁씨도 울지 마요."

그 모습에 혜영이 너무 안타까워서 손을 뻗어 민혁의 뺨에 대는데, 만져졌다.

'어라?'

민혁은 귀신이었다. 살아 있는 혜영이 시각이 아닌 촉각으로는 느낄 수 없는 존재였다. 그런데 방금 그 느낌은 뭐였을까?

혜영이 너무 놀라서 자신도 모르게 황급히 뗀 손을 다시 민혁의 어깨에 가져다 대보았다.

이번에는 만져지는 느낌 없이 그대로 통과했다. 착각이었을까?

혜영과 민혁이 서로를 바라보고 눈을 깜박이다가 동시에 말했다.

"조금 전에요."

〈좀 전에.〉

역시 조금 전의 그 '만져짐'을 혜영만 느낀 건 아니었나보다. 술에 취해서 그런가도 생각해봤지만, 민혁은 한 잔도 마시지 않은 상태였다.

혜영이 첫 연애의 첫 스킨십 때보다도 더 강렬하게 전기가 올라와 얼얼한 느낌이 가시지 않는 손끝을 자신의 뺨에 가져다 대보았다.

조금 전 민혁의 얼굴을 만졌을 때도 분명히 이 느낌이었다. 살과 살이 맞닿는 느낌.

그날 밤, 혜영은 새벽이 가까워오도록 민혁과 이야기를 나누었다. 혜영은 집에 돌아와 어머니에게 귀신이 만져질 수 있는지 묻겠다는 것도 잊은 채 샤워를 마치자마자 몰려오는 술기운과 피로에 그대로 잠에 빠져들었다.

그리고 다음날 혜영은 맞춰놓은 핸드폰 알람 소리도 못 듣고 늦잠을 자버렸다. 법률 사무소를 연 뒤 처음으로 해보는 지각이었다.

달칵-.

하지만 너무 당연하게 이미 열려 있을 거라고 생각하며 자연스럽게 밀었던 사무소 문은 잠겨 있었다.

핸드폰을 꺼내 시간을 확인해보니 11시 30분. 당연히 석원이 출근해 있었어야 할 시간이었다.

혹시 어제 술을 너무 많이 마셔서 요일 감각이 뒤틀린 건가 하고, 핸드폰을 다시 확인해보았지만, 금요일. 게다가 핸드폰에는 아무런 메시지도, 부재중 전화도 와 있지 않았다.

분명 내일 만나자고 인사하고 어제 일찍 퇴근한 석원이 연락도 없이 출근하지 않았다는 게 석연치 않았다. 혜영과 같이 일한 이래로 단 한 번도 지각이나 결근을 한 적 없는 석원이었다.

혜영은 가방에서 열쇠를 꺼내 사무소로 들어가자마자 석원에게 전화를 걸었다. 그런데 핸드폰 너머로 석원의 목소리가 아닌 기계음이 들려왔다.

- 고객께서 전화를 받을 수 없어 음성사서함으로 연결합니다. 삐 소리 후 통화료가…

혜영이 전화를 끊고 석원에게 문자를 남기려던 순간이었다.

지이이잉, 지이이잉-.

그때 혜영이 손에 꽉 쥐고 있던 핸드폰에서 진동음이 울렸다. 동부경찰서 오중혁 경위였다. 혜영은 어쩐지 석원의 소식을 들을 수 있지 않을까 하는 기대감으로 얼른 전화를 받았다.

"오 경위님, 안녕하세요."

- 네, 변호사님. 어제 석원이 통해 보내드린 살인 용의자 임도연 수감기록 사본 잘 받으셨나 궁금해서 연락드렸습니다.

"아뇨, 받지 못했어요. 석원씨 어제 일찍 퇴근하신 다음에 아직 출근을 안 하셨거든요. 전화도 안 되는데, 오 경위님이랑은 연락되나요?"

- 끄응-.

걱정하던 일이 현실이 되었다는 듯 오 경위가 신음을 흘렸다.

- 그렇군요. 실은 석원이 소재 파악 때문에 변호사님께 연락 드린 거거든요. 저랑도 연락이 안 됩니다. 어제 오후에 저희 동부서 들러서 저랑 만났던 것까지는 확인되니, 이후 행적 더 조사해보고 나오는 정보 있으면 다시 연락드리겠습니다. 아무래도 무슨 일이 생긴 것 같네요.

무슨 일이 생긴 것 같다니. 귀에 댄 핸드폰이 떨려왔다. 혜영의 손에 힘이 풀린 것이다.

"네, 부탁드려요."

*

전화를 끊고 나자 긴장이 풀린 혜영의 양손이 축 늘어졌다. 그때였다. 법률 사무소 문이 열리며 누군가 들어섰다.

"안녕하세요."

화들짝 놀란 혜영이 고개를 홱 돌려 뒤를 돌아보았다.

사람을 외모로 평가하는 게 좋은 일은 아니지만, 첫인상이 가히 좋다고는 할 수 없는 남자가 서 있었다.

구부정한 허리를 펴도 혜영보다 작을 것 같은 키에 죽었다가 살아난 것처럼 뼈에 달라붙은 가죽, 그리고 무엇보다 뺨에 길고 깊은 흉터가 나 있었다.

이전에 본 적은 없었지만, 어딘가 익숙한 모습이었다. 순간적으로 기억속을 더듬으며 혜영이 남자의 정체를 간파해냈다.

작은 키, 깡마른 몸, 얼굴에 난 칼자국. 자동차 살인 사건 현장에서 할아버지 귀신이 목격했다는 남자의 얼굴과 정확하게 일치했다. 차 안에 번개탄을 피워 민혁을 죽였다는 남자 말이다.

어제 혜영은 자동차 살인 사건과 수지의 죽음에 대한 진상을 캐내기로 민혁과 약속한 참이었다. 그러니 언젠가는 만나볼 남자라고 생각은 했지만, 이렇게 빨리 만나게 될 줄이야. 게다가 직접 자신을 찾아오다니.

쿵쾅, 쿵쾅-.

혜영의 심장이 거세게 펌프질하며 온몸으로 빠르게 피를 돌리자 뜨거운 기운이 확 올라왔다. 그래도 일단 침착하자는 생각에 혜영이 인사에 대답했다.

"네, 안녕하세요. 무슨 일로 오셨나요?"

"유혜영 변호사님을 뵈러 왔는데요, 제가 맞게 왔습니까?"

이 남자가 자신의 이름까지 알고 있다는 사실에 뜨겁게 달아올랐던 혜영의 등줄기에서 식은땀 한 줄기가 흘러내렸다.

"네, 제가 유혜영입니다."

"잘됐습니다. 제가 유 변호사님께 법률 상담을 받고 싶은데요, 지금 시간 괜찮으십니까?"

혜영은 남자의 의도를 좀처럼 알아챌 수 없어 두려웠다. 침착해야 한다고 재차 자신을 달랠 수 있을 뿐이었다. 어쨌든 지금은 업무 시간이고, 법률 상담은 변호사로서 해야 할 당연한 일 중 하나였다.

무엇보다 이 남자의 이야기를 듣는 건 사건의 진실을 파악하는 데 도움이 될지도 몰랐다.

굳은 결심을 한 혜영이 고개를 끄덕였다.

"네, 상담료는 1시간에 40만원입니다. 괜찮으세요?"

혜영은 일부러 통상적인 상담료의 두 배를 불렀다. 만약 남자가 정말 법률 상담이 필요해서 찾아온 거라면 그에게 이 돈은 결코 적은 액수가 아닐 것이다. 그 절반 가격으로 얼마든지 다른 변호사를 찾아갈 수 있을 테니까.

하지만 그게 아니라 다른 목적이 있다면, 그러니까 반드시 혜영을 만나야 하는 이유가 있다면 그는 그 돈을 기꺼이 지불할 것이었다.

남자가 순순히 대답했다.

"네. 좋습니다."

그렇다. 남자는 일반적인 법률 상담을 원해서가 아니라, 바로 혜영을 만나기 위해 이곳에 온 것이었다. 그러니 혜영도 더는 물러설 곳이 없었다.

“저기 상담실에서 뵙겠습니다.”

상담실 테이블을 사이에 두고 마주앉은 남자가 혜영에게 아이스 아메리카노 한 잔을 건넸다.

“오면서 아래층 카페에서 산 겁니다. 드시면서 하세요.”

혜영도 그 카페를 알고 있었다. 사무실이 위치해 있는 건물 1층의 그 카페는 혜영도 자주 들르는 곳이었으니까.

하지만 혜영은 플라스틱 컵에 꽂힌 빨대 끝을 바라보기만 할 뿐 입에 대지는 않았다.

눈앞의 이자는 민혁을 죽인 장본인이었다. 민혁은 수면제가 들어 있던 커피를 마신 뒤 살해당했다.

이건 밀봉된 캔도 아닌, 무언가를 넣기에 안성맞춤인 일회용 컵이었다. 이자가 여기에 무슨 짓을 했는지 혜영으로서는 알 수 없었다. 그러니 무조건 조심하는 게 좋았다.

“감사합니다. 잘 마시겠습니다.”

혜영은 그렇게 인사만 할 뿐, 커피를 한쪽으로 밀어두었다.

"어떤 일로 저를 찾아오셨나요?"

"먼저 제 소개를 드리겠습니다. 그래야 이야기가 수월해질 것 같으니까요."

법률 사건이란 게 늘 의뢰인의 상황에 기반을 두기 마련이니까, 여기까지는 통상적인 법률 상담 절차와 다를 게 없었기에 혜영이 고개를 끄덕였다.

"네, 성함이랑 하시는 일 정도 먼저 알면 상담에 도움이 될 것 같습니다."

"본명은 아닌데, 사람들은 저를 기묘사라고 부릅니다. 하는 일은, 사람을 살리고 있습니다."

기묘사가 이쯤이면 자기가 누군지 알지 않느냐는 표정으로 고개를 살짝 숙이고는 삼백안(三白眼)을 치켜뜬 채 혜영을 바라보았다.

그런다고 모르는 사람이 아는 사람이 되는 마법은 일어나지 않았기에, 혜영은 조금 전 기묘사가 했던 답변을 토대로 다시 질문을 던질 뿐이었다.

"네, 기묘사님. 사람을 살리는 일이라고 하시면, 의사이신가요?"

"아뇨. 엄밀히 말하면 의사들은 산 사람의 병을 고치는 것일 뿐, 살린다고 말할 수는 없죠. 일단 죽은 뒤에야 살린다는 말이 가능하지 않겠습니까? 저는 죽은 사람을 살리는 일을 하고 있습니다."

끄응-.

혜영은 앞으로 이 남자가 꺼낼 이야기가 단순하지 않을 것임을 눈치채고 한숨을 내쉬었다.

"죽은 사람을 살릴 수도 있나봐요?"

"네, 특정 조건이 맞으면 얼마든지 가능합니다. 제가 알기로 변호사님 모친께서도 이 방면에 아주 능통하신데, 변호사님은 잘 모르십니까?"

불쑥 튀어나온 어머니의 이야기에 혜영은 감정을 숨기지 못하고 미간을 찌푸렸다.

법률 상담을 받으러 오기 전에 변호사의 가족에 대해서까지 뒷조사를 해 오는 의뢰인이라니. 혜영은 이자가 앞으로 어떤 사건을 의뢰하든 간에 수임하는 게 썩 내키지는 않았다.

"저희 어머니랑 저는 각자 다른 분야에서 일합니다. 혹시 제가 아니라, 저희 어머니의 도움이 필요하시다면 그쪽으로 다시 찾아가시는 게 좋을 것 같습니다."

기묘사가 고개를 가로저었다.

"아뇨. 저희는 유혜영 변호사님의 도움이 필요합니다. 번지수, 헷갈리지 않고 맞게 찾아왔습니다."

혜영은 의뢰인의 말을 경청해야 하는 변호사의 직업윤리만 아니었어도 남자를 당장 쫓아내고 싶었다. 애써 마음속에 참을 인(忍) 자를 새기며 상담을 이어갔다.

"네, 그러면 제가 기묘사님을 법률적으로 어떻게 도와드릴 수 있을까요?"

"그전에 먼저 이것부터 확인해야 할 것 같은데요, 얼마 전에 사망한 자동차 살인 사건의 피고인 변론맡으셨죠?"

탁-.

책상에 펜을 소리나게 내려놓으며 혜영이 기묘사를 노려보았다.

"네, 제가 변론을 맡았었습니다. 그런데 제가 맡은 다른 사건이 아니라, 기묘사님의 사건을 말씀해주셔야 제가 도울 방법을 찾을 수 있습니다."

혜영은 평소답지 않게 감정적으로 남자를 대했다. 하지만 기묘사는 혜영의 거칠어진 반응에도 아랑곳하지 않고 자신의 이야기를 이어갔다.

"제 이야길 하기 위해 확인한 겁니다. 이게 정말 중요하거든요. 앞으로도 그 사건 계속 캐실 건가요?"

이자의 목적이 선임할 변호사를 찾기 위한 상담이 아닌 게 분명해졌다. 그렇다면 혜영도 이 불쾌한 대화를 계속할 이유는 없다고 판단했다.

혜영은 상담일지가 담겨 있는 서류철을 일부러 소리 나게 덮고서 쏘아붙였다.

"저희 변호사는 맡은 사건에 대해 다른 사람에게 말할 수 없게 되어 있습니다. 제가 맡은 사건이 기묘사님의 사건에 안 좋은 영향을 미칠 거라고 생각하신다면 다른 변호사 분을 만나보시는 게 좋겠습니다."

기묘사가 고개를 가로젓더니 혜영이 옆으로 밀어놓은 커피잔을 바라보며 말했다.

"아뇨, 아뇨. 꼭 유혜영 변호사님이어야 해요. 높은 분 지시 사항이거든요. 사립대 로스쿨 등록금을 몽땅 학자금 대출로 내는 바람에 변호사님 앞으로 빚이 꽤 많이 남아 있는 걸로 압니다. 큰돈이 필요하실 텐데요."

혜영은 기묘사가 가족 관계에 이어 재산 내역까지 뒷조사를 마쳤다는 사실에 화가 나 자리에서 일어나려 했다.

"말씀하신 높은 분이 누구신지는 모르지만, 제가 충분히 갚을 수 있는 돈입니다."

그러자 기묘사가 혜영에게 다시 자리에 앉으라는 듯 손을 아래로 까닥거리더니 명함 한 장을 내밀었다.

"살면서 필요한 돈이 꼭 학자금 대출 상환 금액만 있는 건 아닐 텐데요? 유혜영 변호사님을 모셔오라고 하신 이분께서 경제적으로 큰 도움을 주실 수 있을 겁니다."

일단 누군지 알아보기라도 하자는 심정에 혜영이 명함을 집어 들었다.

강준범. 성모 그룹 총괄 회장 권한 대행.

명함에는, 어제 민혁과 나누었던 대화에서 앞으로 싸울 상대로 지목되었던 '강준범'과 '성모 그룹'이 모두 적혀 있었다.

"성모 그룹에서 저를 스카우트하고 싶어한다는 건가요?"

기묘사가 이제야 말이 통한다는 듯 웃는 건지, 비웃는 건지 분간하기 어려운 표정으로 대답했다.

"네. 회장님께서 직접 스카우트해 오라고 하셨습니다. 제안 수락하시는 즉시 남아 있는 학자금 대출 모두 저희 그룹에서 상환해드리겠습니다. 일하시면서 받게 되실 연봉은 1억, 성과급은 별도입니다."

1억이라니. 사실상 초임이라고 할 수 있는 혜영은 그 액수가 자신에게 터무니없을 정도로 높다는 걸 알았다.

"그렇게까지 해서 성모 그룹에서 저를 데려가려는 이유가 뭐죠? 저는 전관 변호사도 아니고, 회사법이나 상법 전문 변호사도 아닌데요."

"저희만의 채용 조건이 있기 때문입니다."

기묘사의 손이 혜영에게 건넸던 아이스 아메리카노로 향했다. 그는 천천히 한 모금을 빨아 마시며 뜸을 들였다.

"변호사님은 목이 별로 안 마르신 것 같아서 이건 제가 마시겠습니다."

혜영은 대답 없이 커피를 마시는 남자를 가만히 지켜보기만 했다.

연달아 커피 두어 모금을 크게 삼킨 기묘사가 다시 입을 열었다.

"앞으로 자동차 살인 사건에 일절 관여하지 않는다는 게 채용 조건입니다. 그래서 먼저 확인한 거고요. 그리고 저희가 의뢰 드릴 일은 회사에 들어와보면 자연스럽게 알게 될 겁니다. 지금부터 너무 서두르지 않아도 돼요. 그저 제가 하는 사람 살리는 일을 같이하게 될 거라는 정도만 알고 있으면 됩니다. 사람 살리는 변호사, 좋지 않습니까?"

명함을 책상에 도로 내려놓은 혜영이 착 가라앉은 목소리로 자신의 사무소에서 축객령(逐客令)을 내렸다.

"이유도 밝히지 않고 사건에서 손을 떼라 하고, 구체적인 설명도 없이 무조건 들어와보면 알 거라고 하니 저는 더이상 할 이야기가 없네요. 이만 돌아가주시죠. 저는 관심 없습니다."

끄응차-. 기묘사가 가누기도 힘들어 보이는 몸을 의자에서 간신히 일으킨 뒤 지갑에서 현금을 꺼내 세었다.

"지금 바로 답하지 마시고, 저희가 드린 제안 잘 생각해보세요. 결정되시면 그 명함에 적힌 번호로 직접 전화하시면 됩니다. 자동차 살인 사건 피의자도 죽은 마당에 저희 제안을 거절할 이유는 없을 거라고 보이네요. 상담료 40만원은 여기 놓고 가겠습니다. 영수증은 따로 안 주셔도 됩니다."

혜영은 기묘사가 테이블 위에 내려놓은 만원짜리 사십 장을 눈으로 좇았다. 상담료를 카드로 결제했다면 이자에 대해 뭔가 더 알 수 있었으련만. 최소한 본명이라도.

혜영은 출입문을 열면서 형식적으로 예의만 차리려 아주 살짝 고개를 숙였다.

"안녕히 가십시오."

기묘사가 돌아가고, 남은 커피를 화장실 변기에 쏟아붓던 혜영이 쓰러질 것 같은 어지러움을 느끼며 한 손으로 벽을 짚었다.

숙취 때문인지, 방금 기묘사가 하고 간 이야기들 때문인지 머리와 뱃속에 들어 있는 것들이 부글부글 끓어오르는 것 같았다.

핸드폰을 확인해보았지만, 석원에게서도, 오 경위에게서도 연락은 와 있지 않았다.

석원도 없이 혼자 있는 사무소에 조금 전처럼 또 수상한 누군가가 덜컥 찾아오면 어쩌나 하는 불안감도 엄습해왔다.

이쯤 되니, 사무소에 정말 단 1분도 더 머무르고 싶지 않았다.

- 저 오늘 일찍 들어가니까 나오셔도 사무소에 없을 거예요. 퇴근 후라도 이 메시지 보시는 대로 바로 연락 주세요.

혹시나 하는 마음에 석원에게 메시지를 남겼지만, 역시 답장은 오지 않았다. 혜영은 그대로 사무소 문을 잠그고 집으로 돌아갔다.

*

아무도 없는 집으로 돌아와 옷을 갈아입자마자, 며칠 동안 한순간도 쉬지 않고 조여왔던 긴장감이 온몸에 몰려왔다. 혜영은 침대에 풀썩 쓰러졌다.

눈이 스르르 감기면서, 고통이 느껴지는 배와 머리 쪽으로 자신도 모르게 손이 올라갔다. 복통과 두통뿐만 아니라 열까지 나고 있었다. 그 자세로 그대로 잠든 혜영의 양볼에는 빨간 열꽃이 돋아 있었다.

그날 저녁, 잠에서 깬 혜영이 부엌으로 나오자 점집에서 돌아온 어머니가 저녁 식사를 준비하고 있었다.

"엄마, 왔어?"

가스레인지 앞에 서 있던 어머니가 뒤를 돌아보며 대답했다.

"아직 저녁도 안 됐는데 웬 잠을 그리 자니? 저녁 먹을 거지?"

집밥 냄새가 주는 안정감 때문이었을까, 혜영이 히죽 웃어 보였다.

"응. 그런데 엄마, 나 물어볼 게 있는데."

"응. 뭔데?"

"엄마 혹시 기묘사라는 사람 알아? 그 사람은 엄마 아는 눈치던데."

저녁상에 내놓을 된장찌개의 간을 보던 어머니가 숟가락을 내려놓고 고개를 홱 돌려 혜영을 바라보았다.

"그 키 작고, 얼굴에 흉터 있고, 말할 때 사람 눈 안 보고 엉뚱한 데 보는 그 기묘사?"

어머니의 설명은 오늘 봤던 기묘사의 모습과 정확히 일치했다. 혜영이 고개를 끄덕였다.

"응"

그러자 어머니가 흥분한 듯 목소리가 한층 높아졌다.

"네가 그 기묘사를 어떻게 알아?"

"오늘 우리 사무소에 법률 상담받는다고 찾아왔어."

"찾아와서 뭐라는데? 걔가 무슨 법적 문제가 있대?"

"무슨 문제가 있는지는 안 알려주고, 내가 성모 그룹에서 일했으면 좋겠다던데, 엄마 생각은 어때?"

혜영은 일부러 기묘사가 자동차 살인 사건의 진범이라거나 오늘 찾아와서도 그 사건을 언급했다거나 하는 이야기는 모두 빼고 말했다. 어머니가 걱정할까봐서였다.

그런데도 어머니는 무슨 위험을 감지했는지 눈을 부릅뜨며 혜영에게 각인시키듯 말했다.

"기묘사가 하는 말은 절대 들으면 안 돼. 그 인간한테 들은 이야기 다 무시하고 하던 일 열심히 해. 다시는 그 인간 만날 생각도 하지 말고."

"왜? 기묘사가 뭐 하는 사람인데?"

사라지는 자들 (1)

따각-. 어머니는 지금 저녁밥이 중요한 게 아니라는 듯 가스레인지 불을 껐다.

"혜영아, 엄마 말 잘 들어."

심상치 않은 기운을 느낀 혜영이 자신 쪽으로 완전히 돌아선 어머니를 바라보았다.

"기묘사가 성모 그룹이랑 무슨 관련이 있는 건지는 모르겠지만, 그 인간은 무당이야."

"엄마 같은?"

혜영의 물음에 어머니가 왠지 자존심이 상한 눈치로 대답했다.

"그래. 나 같은 무당이지. 그런데 우리는 최소한 귀신한테든 산 사람한테든 의도적으로 해가 되는 일은 하지 않아. 그런데 기묘사는 달라."

"어떻게 다른데?"

"자기 이익을 위해서라면 귀신이든 산 사람이든 언제든 팔아넘길 준비가 돼 있어. 그 사람이 널 찾아왔다니까, 엄마 마음이 편치 않아. 거기다, 뭐? 성모 그룹에서 같이 일하자고 얘기했다고?"

어머니의 날 선 반응에 혜영이 어쩔 줄 몰라하면서도 고개를 끄덕였다.

"응. 자기 말로는 사람 살리는 일 한다고 하던데?"

그 순간 어머니의 얼굴이 더욱 심각하게 일그러졌다. 이제껏 혜영이 본

적 없는 표정이었다.

"뭐? 뭘 한다고?"

"사람 살리는 일. 그게 나쁜 건 아닌 것 같아서 나는 엄마한테 한번 물어는 봐야겠다 생각했지."

어머니가 고개를 연거푸 가로저었다.

"정말 기묘사가 사람을 살린다고 했다고?"

"응. 그래서 내가 의사냐고 물어봤는데 그건 아니고, 자기가 무슨 일 하는지는 엄마가 잘 알 거라고 하더라고."

의사가 아닌 무당도 사람을 살릴 수는 있었다. 그것도 의사가 할 수 있는 영역을 넘어서, 완전히 숨이 끊어진 사람을 되살려놓을 수 있었다.

그렇지만 그 방법은 이승과 저승의 질서를 모두 거스르는 것이었기에 결코 하지 말아야 하는 일이었다.

"기묘사가 정말 죽은 사람을 살린다고 했어?"

어머니의 날카로운 반응에 뭐라 대답해야 할지 몰랐던 혜영이 그저 고개만 끄덕였다.

"죽은 사람 누구?"

"그다음부터는 나도 잘 몰라. 자세한 이야기는 내가 성모 그룹에 들어온 다음에 알려준다고 했어."

성모 그룹. 그리고 자신에 버금가는 엄청난 영적 능력을 가진 기묘사. 그 둘에 대해 골똘히 생각하던 어머니가 곧 결론을 내렸다.

"강의정 회장이구나."

"응?"

"얼마 전에 죽은 성모 그룹 강의정 회장을 기묘사가 되살리려고 하는 거야. 거기에 네가 방해될지도 모르니까, 미리 포섭해놓으려 하는 거지."

완전히 혼란에 빠진 혜영이 되물었다.

"죽은 사람이 되살아날 수 있어? 어떻게?"

혜영에게 앉으라고 손짓하며 어머니도 식탁 앞에 놓인 의자에 앉아 대답했다.

"그 방법은 엄마도 몰라. 역사상 저승에 넘어갔다가 온전히 살아 있을 때의 육신을 갖추고 이승으로 되돌아온 사람이 있긴 해. 아주 소수지. 무당들 사이에서도 귀신 중에서 저승 대법관이라고 불리는 극소수만이 그 권한을 행사할 수 있다는 것만 알려져 있어."

"그럼 어쨌든 방법은 있다는 거네?"

"그 방법이 뭔지 엄마도 모르지만, 어쨌든 가볍게 할 수 있는 일은 아니야. 이승과 저승의 경계를 깨는 일이니까."

혜영이 아리송한 얼굴로 되물었다.

"그 이승과 저승의 경계라는 거, 깨지면 안 되는 거야?"

"어떻게 설명하면 좋을지 모르겠다만, 우리 무당이랑 귀신들한테 이승과 저승의 경계가 깨지는 건, 법조인인 너한테 헌법 체계가 무너지는 일이랑 비슷할 거야."

헌법이 무너지면 그 위에 쌓아 올린 모든 법과 제도는 효력을 상실한다. 각각의 법문들에 대한 해석과 적용의 기준이 사라지고, 온갖 억지 주장들이 그 설득력을 얻게 된다. 결코 일어나서는 안 되는 일이다.

기묘사는 혜영이 성모 그룹에 들어와 그 경계를 깨는 부활 작업에 참여해야 한다고 했다. 법조인으로서도, 무당인 어머니의 딸로서도 받아들이기 어려운 일이었다.

피상적으로나마 기묘사가 하려는 일이 무엇인지 이해한 혜영이 고개를 끄덕였다.

"그럼 안 되지. 엄마 말 듣고, 기묘사라는 그 사람이랑 다시는 이야기 안 할게."

다 식은 된장찌개로 혜영과 저녁을 먹고 난 새벽. 딸이 잠든 걸 확인한 혜영의 어머니가 조용히 집을 나섰다.

*

그녀가 도착한 곳은 기묘사가 운영하는 점집 흑신당이었다. 신예화라고 자신의 이름을 밝히자, 현관에서 사무를 보는 사람이 신당 안으로 안내했다. 예화는 곧 기묘사와 마주하게 되었다.

기묘사가 자신의 습관대로 예화의 눈이 아닌 신당의 한 귀퉁이를 바라보면서, 시치미를 뚝 뗀 채 물었다.

"이 새벽에 왜 오셨습니까?"

"어제 우리 딸한테까지 찾아갔었다면서? 그래 놓고 뻔뻔하게 먼저 부른 건 기묘사, 그쪽일 텐데?"

최상위급 무당들만의 소통 방식이었다. 기묘사는 자신이 부리는 귀신을 시켜 예화에게 오라는 메시지를 전했고, 그걸 알아들은 예화는 새벽잠도

마다한 채 이곳으로 온 것이었다.

"제가 보낸 귀신의 말을 듣고 여기까지 오셨으면 이것도 예상하셨으려나요?"

기묘사가 허공에 크게 손짓하자 흑신당 주변에 있던 귀신들이 예화의 주변으로 하나둘씩 모여들더니 급기야 열 위가 넘는 귀신들이 모였다. 하나같이 영적 능력이 비범한 상급 귀신들이었다.

게다가 자기들끼리 낄낄대며 기분 나쁜 말들을 쑥덕거리고 있었다.

〈저 여자한테 빙의하면 되는 건가?〉

〈저 정도 기운 가진 사람한테는 한 번도 안 들러붙어봤는데 재밌겠어. 우리 다 같이 하면 못할 것도 없겠고.〉

〈재밌겠다. 그치?〉

예화가 고개를 돌려 귀신들을 둘러보며 그들의 말을 무시한 채 기묘사에게 되물었다.

"저것들은 다 뭐야?"

"지금부터 저한테 협조하지 않으면 당신한테 강제로 빙의시킬 아이들이죠. 뭐, 당신 정도의 무당이면 이렇게 재미있는 일을 거절하지는 않을 거라고는 생각합니다만. 만약에 잘못된 선택을 하신다면 아무리 당신이라도 저 귀신들을 모두 동시에 감당할 수는 없을 겁니다."

오기 전에 혜영에게 들은 말이 있기에 대충 짐작은 하면서도, 예화가 모르는 척 물었다.

"무슨 일인데?"

"죽은 자를 부활시키는 일입니다. 어때요? 무당으로서 한번 해볼 만한 일 아닙니까?"

예화가 속마음을 숨긴 채 기묘사를 향해 적당히 호의로 해석될 수 있을 법한 웃음을 지으며 이어 물었다.

"그렇네. 누구를 어떻게 부활시키겠다는 건지 들어볼까? 뭘 하려는 건지 알아야 나도 같이할지 말지 정할 수 있지 않겠어?"

예화의 입에서 호의적인 대답이 나오자, 기묘사가 수틀리면 예화에게 빙의시키려 대기시켜두었던 귀신들에게 손짓했다.

그러자 흉흉한 기세를 뿜던 귀신들이 예화에게서 거리를 두고 멀어졌고, 성모 그룹 강의정 회장의 부활에 관한 기묘사의 이야기가 시작되었다.

"역시 당신 정도의 무당이라면 관심을 가질 줄 알았습니다. 무려 부활을 저희 손으로 하는 겁니다!"

*

그날 아침, 잠에서 깨어난 혜영은 여느 날과는 다르게 어머니가 집에 없다는 걸 알아차렸다. 점집에 나가기에는 이른 시각이었다. 하지만 언젠가 혜영이 인시(寅時)에 목격자를 만나러 가야 했던 것처럼, 무당에게도 새벽에 나가야 할 일이 있다는 걸 알고 있었다. 혜영은 별다른 걱정 없이 법률 사무소로 출근했다.

석원이 출근해 있기를 바라는 혜영의 바람과는 다르게, 사무소 문은 오늘도 굳게 잠겨 있었다. 어쩔 수 없이 열쇠로 문을 열고 사무소 안으로 들어간 혜영에게 그 순간 전화가 한 통이 걸려왔다. 석원이었다.

혜영이 기쁜 마음을 숨기지 못한 채 얼른 전화를 받았다.

"석원씨! 어떻게 된 일이에요? 지금 괜찮아요?"

- 아, 안녕하세요. 변호사님. 어제도 출근 못했는데 오늘도 이렇게 전화로 인사드리게 돼서 죄송합니다.

"아니에요. 그런데 목소리가 왜 그러세요? 어디 아파요?"

혜영의 질문에 석원이 한 템포 쉬었다가 대답했다.

"이틀 전에 반차 쓰고 퇴근하던 길에 동부경찰서 오중혁 경위님한테 연락을 받았어요."

"네, 그 이야기는 들었어요. 오 경위님한테도 연락 드리신 거죠?"

"아, 아직 못했습니다. 방금 수술 끝나고 마취에서 깼는데, 변호사님께 연락 드리는 게 가장 먼저일 것 같아서요."

혜영이 놀란 목소리로 되물었다.

"네? 수술이요?"

"사실은 그날 오 경위님한테 허수지씨 살인범 관련 자료 사본을 받으러 오라는 연락을 받고 동부경찰서에 들렀다가 사무소로 돌아가던 중에 괴한한테 피습을 당했습니다. 부끄럽게도, 자료 사본을 빼앗겨버렸어요."

피습이라니, 혜영은 깜짝 놀랐다. 석원은 그토록 큰 일을 태연하게 전하고 있었다.

"피습이요? 누가요? 얼굴은 보셨어요? 아니다, 제가 지금 거기로 갈게요. 어느 병원인지랑, 병실 호수 말씀해주세요."

"아니에요. 변호사님 바쁘실 텐데 괜찮습니다."

"무슨 말씀이세요, 석원씨가 사건 때문에 사고를 당하셨는데! 지금 바로 갈게요."

잠시 후, 병실에서 석원의 모습을 본 혜영은 자신의 입을 틀어막았다.

얼굴 여기저기가 멍들고 터진 건 물론이고, 가슴부터 배까지 붕대로 칭칭 감겨 있었다.

마침 와 있던 의사가 흉기에 가슴과 배를 찔려서 응급 수술로 횡격막과 간에 난 열상을 봉합했다고 설명해주었다.

"석원씨, 괜찮으신 거죠?"

끄응-. 석원은 진통 주사를 맞았음에도 그걸로는 감당이 되지 않는지 신음을 흘리며 대답했다.

"괜찮다고 말씀드려야 하는데 실은 좀 아프네요. 하하. 게다가 전해드려야 할 자료도 빼앗겨버렸고, 이렇게 무단 결근까지 해버렸으니 죄송하다는 말씀밖에 드릴 수가 없네요."

"자료는 다시 받으면 되는 거잖아요. 그것보다 석원씨가 더 크게 다치지 않고 무사해서 다행이에요."

석원은 얼굴이 부어 잘 지어지지 않는지 애써 웃음을 띠며 대답했다.

"저야, 뭐, 수술했고 의사 선생님, 간호사 선생님들이 잘 돌봐주시고 계시니까 금방 괜찮아질 거예요. 그보다 저 이렇게 누워 있는 동안, 사무소 혼자 꾸려 가셔야 할 텐데 괜찮으세요?"

"네, 네. 그건 걱정하지 마세요. 그런데 석원씨한테 이런 짓을 하고 자료 탈취해 간 사람 누군지 기억하세요?"

"아는 사람은 아니었어요. 얼굴도 자세히 못 봤고요. 다만 약간 헐렁한 검은색 정장을 입고 있었고, 덩치가 굉장히 컸던 것 같아요."

자동차 살인 사건과 관련해서 성모 그룹의 뒷일을 맡아 처리하면서 덩치가 굉장히 큰 사람. 역시 혜영의 예상이 맞는 듯했다.

혜영이 자기 머리 위로 손을 들어 보이며 다시 물었다.

"덩치도 크고 키도 되게 컸죠? 한 이 정도?"

"네. 맞아요. 저보다 훨씬 컸어요."

"그리고 뭐랄까, 씨름 선수처럼 통통하게 살집도 붙어 있고, 우락부락하지 않았어요?"

석원이 피습 당시가 떠올랐는지 잠시 인상을 찡그렸다가 대답을 이었다.

"제가 싸우면서 느낀 건데, 그 사람 아마 유도를 했을 것 같아요. 안 뺏길 자신 있었는데, 그놈이 칼을 꺼내 드는 바람에 이렇게 됐네요."

하긴 전직 형사 출신 석원도 싸움이라면 어디 가서 밀리지 않을 테니, 자기가 전달해야 할 자료를 그냥 뺏기진 않았을 것이다.

"혹시 머리 스타일은 어땠는지 기억나세요?"

"깍두기 형님들 스타일이던데요? 옆, 뒤로 빡빡 밀고, 위에만 살짝 길게 남기고요."

역시 지난번에 불법 카드 복제기가 달린 신용카드 단말기를 가지러 갔을 때, 구멍가게 주인 할아버지를 겁박하던 남자의 몽타주와 일치했다.

이렇게 된 이상 석원에게도 일이 어떻게 돌아가는지 말해줘야겠다는 생각이 들었다. 귀신에 이어 성모 그룹까지 나오는 혜영의 이야기에 석원이 이제야 왜 이런 일이 벌어졌는지 이해한다는 듯 연신 고개를 끄덕였다.

“그러니까 저번에 변호사님이 사건 현장에 가셨을 때 혼잣말을 하신 게 아니라 귀신이랑 대화를 나누고 계셨다는 거죠?”

“네.”

“신기하네요.”

지이이잉-. 지이이잉-.

한참 석원과의 이야기를 이어가고 있을 때, 가방에 넣어두었던 혜영의 핸드폰에서 진동음이 울렸다.

“석원씨 잠깐만요. 전화가 오네요.”

“편히 받으셔요.”

“네, 변호사 유혜영입니다.”

그런데 핸드폰 너머의 목소리가 다급하게 들렸다.

- 유혜영씨 맞으시죠? 모친이 신예화님이시고요.

“네. 제가 유혜영이고, 저희 어머니 성함이 신, 예 자, 화 자 맞습니다.”

- 여긴 병원인데요, 신예화씨가 현재 의식이 없으신데, 보호자가 필요합니다. 지금 와주실 수 있으신가요?

사라지는 자들 (2)

지금 자신의 눈앞에 석원이 수술을 받고 누워 있는 것도 감당이 안 될 지경인데, 또 병원이라니. 심지어 어머니가 의식이 없다니.

멀어지려는 정신을 부여잡으려고 노력하고 있을 때, 핸드폰 너머의 목소리가 다시 한번 혜영을 다그쳤다.

-려운대학병원 응급실입니다. 조금 전 어머니께서 119 구급차를 통해 실려오셨는데 의식이 없으십니다. 보호자가 있으셔야 할 것 같은데, 와주실 수 있으신가요?

왜 또 그 많은 병원 중에 하필이면 려운대학병원이란 말인가? 몇 년 전, 려운대학은 성모 그룹에 인수되었고, 병원 역시 성모 그룹에 속해 있다.

혜영은 의식이 없는 어머니를 성모 그룹의 손에 혼자 둘 수 없다는 생각에 단호하게 대답했다.

"제가 지금 바로 가겠습니다."

석원에게 인사하고 급히 나온 혜영은 려운대학병원 응급실로 달려갔다. 간호사한테 전화로 들었던 것처럼 어머니는 완전히 의식을 잃은 상태였다.

혜영이 어떤 경로로 어머니가 이곳에 오게 됐는지 물었지만, 구급차에 실려왔다는 사실만 확인할 수 있을 뿐이었다. 하다못해 119에 신고한 사람조차 알 수 없었다.

패닉에 빠져 있는 혜영에게 의사가 다가왔다.

"신예화 환자분 보호자 되시나요?"

"네, 제가 딸입니다. 저희 어머니 어떻게 되신 거죠?"

의사의 표정이 혜영만큼이나 심각했다.

"저희가 몇 가지 기본적인 검사를 진행해봤습니다. 그런데 지금으로서는 신예화 씨가 왜 의식이 없는지 알 수가 없네요. 모든 검사 결과는 정상입니다."

혜영이 너무 무책임한 거 아니냐고 쏘아붙이려다가, 너무 예민해져 있는 자신을 다독이며 차분하게 물었다.

"그럼 어떻게 해야 되죠?"

의사가 점점 난감한 얼굴이 되어갔다.

"정말 죄송합니다. 솔직하게 말씀드리면, 환자분이 현재 어떤 상태인지 저희 의료진이 전혀 감을 못 잡고 있습니다. 몇 가지 검사를 더 해볼 수는 있겠지만, 의식이 돌아올 때까지 지켜보는 수밖에 없겠습니다."

혜영이 잠시 고민하다가 다시 물었다.

"그렇다면 이 병원 말고, 다른 병원에 모셨으면 하는데요. 추가 검사도 새로 옮긴 병원에서 받겠습니다."

꼭 어머니의 상태를 정확히 진단해내지 못하는 의료진에 대한 불신 때문은 아니었다. 변호사인 혜영이 모든 상황에 정확한 법적 판단을 내릴 수 있는 건 아닌 것처럼 의사들도 어려운 환자를 만날 수 있다고 생각했다.

그리고 어쩌면 언젠가 혜영이 열병에 시달릴 때 의사가 정확한 해결책을 내놓지 못했던 것처럼, 어머니가 의식을 찾지 못하는 까닭을 의학적으로 밝힐 수 없을 거라는 직감도 강하게 들었다. 응급실에서 누워 있는 어머니 주변에 너무 많은 귀신이 보였던 것이다.

직업이 직업인지라, 귀신 한두 위 정도는 붙어 다니는 게 일상인 어머니였다. 하지만 얼핏 보아도 열 위가 넘어 보이는 귀신이 한 사람한테 들러붙어 있는 건 혜영으로서는 처음 보는 일이었다.

다만 혜영이 병원을 옮기려 이유는 따로 있었다. 혜영이 조사할 살인사건과 연루돼 있는 성모 그룹 소속 병원에 어머니를 입원시키는 게 도저히 내키지 않았다. 의식을 잃기 전 마지막으로 보았던 어머니가 그렇게 경계하라고 말했던 기묘사도 성모 그룹을 위해서 일하고 있다고 했다.

다행히 의사는 혜영의 제안에 기쁨을 숨기지 않았다. 의사 입장에서도 곤란한 환자였던 것이다.

"네, 알겠습니다. 바로 다른 병원으로 트랜스퍼 준비해드리겠습니다."

혜영은 성모 그룹의 누군가가 어머니에게 어떤 해코지를 하려고 려운대학병원에 입원시킨 건 아니라는 생각에 안도했다.

하지만 그 안도감도 잠시, 혜영은 어머니와 함께 다른 병원으로 이동하는 차 안에서 전화 한 통을 받게 되었다.

핸드폰 화면을 확인해보니, 이 모든 사건의 시작이었던 익숙한 문구가 찍혀 있었다.

발신자 번호 표시 제한.

이제 혜영에게 진짜 이름을 알려준 K, 민혁의 전화는 아닐 것이다. 그보다는 성모 그룹 쪽 사람일 가능성이 높다고 생각한 혜영이 전화를 받았다.

"네, 유혜영입니다."

- 안녕하세요. 어제 변호사님 사무소에서 뵈었던 기묘사라고 합니다. 자당(慈堂)께서 많이 편찮으신 걸로 아는데, 지금은 어떠십니까?

어머니의 상태를 기묘사가 어떻게 알고 있단 말인가? 혜영이 목소리에 날을 세워 반문했다.

"저희 일이랑 어머니가 무슨 상관이죠?"

- 상관이 깊게 있죠. 오늘 새벽에 자당께서 변호사님을 걱정하면서 저희 신당에 찾아오셨다가 그렇게 되셨으니까요.

역시 어머니가 깨어나지 못하는 이유는 병원에서 의사들이 찾을 수 있는 종류가 아니었다.

"…"

혜영이 응급차 안에서 큰소리를 낼 수 없어 터져 나오려는 말을 삼키자, 기묘사가 더욱 기세등등해져 말을 이어갔다.

- 어머니는 만났습니까?

"네, 지금 같이 있습니다."

- 잘됐네요. 그럼 그 주변에 있는 귀신들도 보고 있겠군요. 제가 부리는 녀석들인데 보통내기들이 아닙니다. 자당께서 영력이 워낙 높으셔서 막고는 있지만, 제가 몇 놈 더 투입하면 어머니도 곧 무너지실 겁니다. 그렇게 많은 귀신한테 한번에 빙의되면, 아무리 뛰어난 무당이라도 상당히 위험하답니다. 정신이 영영 못 돌아올 수도 있어요.

혜영이 입술을 질끈 깨물었다.

"그래서 저한테 바라시는 게 뭐죠?"

- 제가 변호사님께 바라는 건 어제 충분히 말씀드렸던 것 같은데요? 지금 맡은 일에서 완전히 손떼고, 성모 그룹으로 들어와서 좋은 대우 받으면서 제가 하는 일만 도와주시면 됩니다.

"거절하면요?"

- 후훗.

기묘사가 기분 나쁜 웃음을 흘리며 대답했다.

- 이미 말한 대로 자당께서 꽤 위험해질 겁니다. 그리고 이건 제가 맡아서 처리한 일은 아니지만, 변호사님이랑 같이 일하던 직원도 얼마 전에 큰일을 당할 뻔했다고 들었습니다만.

비열한 협박에 혜영의 인상이 구겨졌다.

"제 주변의 소중한 사람들, 제가 지킬 겁니다. 더 드릴 말씀 없으니 이만 전화 끊겠습니다."

기묘사와 통화하는 사이, 응급차는 병원에 도착했고 혜영은 어머니의 입원 수속을 밟았다. 어머니를 간병하는 동안 귀신들을 만날 일이 많을 거라는 판단에 1인 병실을 잡았다.

의사는 이번에도 역시 어머니가 의식을 되찾지 못하는 이유를 알 수 없다는 말과 함께, 조금 더 경과를 관찰하면서 기다려보다가 추가 검사를 해보자는 말만 남기고 돌아갔다.

병실에 어머니와 혜영 둘만 남자, 어머니의 주변을 둘러싸고 있던 귀신들이 그 모습을 더욱 선명하게 드러냈다.

귀신들은 두 그룹으로 나뉘어 있었다. 귀신 셋은 어머니의 몸 바로 위에서 어머니를 지키듯 에워싸고 있었고, 다른 귀신들은 병실 천장 근처에 떠서 공격적인 기세로 어머니를 내려다보고 있었다.

"여러분!"

혜영이 귀신들을 향해 소리치자, 여남은 위의 귀신들이 동시에 혜영을 바라보았다. 하지만 이내 혜영에게는 전혀 관심이 없다는 듯 자신들이 하던 대치를 이어나갔다.

기묘사에게 이 일은 자신이 해결하겠다고 호언장담은 했으되, 혜영은 귀신들의 일에 대해 아는 게 너무 없었다. 혜영은 누군가 자신을 도와줬으면 좋겠다는 생각에, 가장 친한 귀신을 불렀다.

'의뢰인 K, 아니 강민혁씨, 제발 와주세요.'

그 순간 민혁이 바로 병실에 자신의 모습을 드러냈다.

〈변호사님, 무슨 일이세요?〉

며칠 전에 함께한 술자리 덕분이었을까, 한결 부드러워진 민혁의 태도에 혜영이 안도하며 물었다.

"저기, 저 귀신들 보이시죠?"

〈네. 걔네 지금 뭐 하는 거래요?〉

"저 귀신들 아래에 계신 분이 저희 어머니예요. 뭔가 해코지를 하려는 것 같아요. 제가 귀신들 일은 잘 몰라서 민혁씨 불렀는데, 제발 저 좀 도와주시면 안 될까요? 저 귀신들 때문에 저희 어머니가 못 깨어나시는 것 같아요."

병상 위의 상황을 둘러본 민혁이 곤란하다는 듯 대답했다.

〈저 귀신 중에요, 제 말을 들을 귀신이 하나도 없어요. 하나같이 상급 귀신들이라서요.〉

"귀신에도 등급이 있어요?"

〈네, 대충 얼마나 오래전에 죽었는지에 따라 등급이 갈리는데, 죽은 지 오래된 귀신일수록 등급이 높아요. 변호사님 영력이면 상급 귀신도 부릴 수 있을 것 같긴 한데, 어떻게 해야 하는지 모르죠?〉

혜영은 무기력함을 느끼며 민혁에게 대답했다.

"네, 어떻게 하면 되는지 가르쳐주세요. 제발요. 저희 어머니 저 때문에 저렇게 되셨어요. 제가 할 수 있는 일이라면 뭐든지 다 할게요."

〈제가 아는 거라면, 이승에서 영력을 지닌 자가 귀신을 부리려면 계약을 맺어야 해요. 그럼 귀신은 이승 체류 기간이 소진돼도 저승으로 소환되지 않고 이승에 머물 수 있고, 무당은 이승에 한해 그 귀신의 생사여탈권을 쥐고 있으니까, 무당의 말을 들을 수밖에 없는 거죠.〉

혜영이 희망찬 표정으로 되물었다.

"그럼 제가 어머니를 노리는 저 귀신들이랑 계약을 맺으면 돼요?"

혜영의 얼굴이 너무나 급박해 보였다. 하지만 이 상황에서 헛된 희망을 불어넣는 건 할 짓이 못 된다고 생각한 민혁이 고개를 가로저었다.

〈저 귀신들 모두 이미 다른 무당이랑 계약되어 있는 것 같은데요? 변호사님이 제안해도 쉽게 받아들이지 않을 거예요.〉

"왜요? 제 영력이 부족해서요?"

〈아뇨. 그런 문제가 아니라요, 음, 그러니까 변호사님이 잘 알아듣게 설명을 해보자면, 몇 년 동안 자기 문제 해결해주던 변호사가 있어요. 그

런데 갑자기 새로운 변호사가 나타나서 자기랑 계약하자고 해요. 그럼 의뢰인이 받아들일까요?〉

슬프지만, 혜영이 고개를 가로저었다.

"아뇨. 그렇지는 않을 거예요. 그럼 저희 어머니를 구할 방법은 없는 건가요?"

민혁이 자기 일이라도 되는 듯 잔뜩 굳은 심각한 표정으로 대답했다.

〈변호사님도 아시겠지만, 제가 죽은 지 얼마 안 돼서 귀신들 사정에 그렇게 밝지는 못해요. 혹시 다른 아는 귀신 있으시면 불러서 물어보시는 건 어때요?〉

그때 혜영의 머릿속에 아는 귀신이 하나 떠올랐다.

"민혁씨도 아시는 분 같은데 모셔 볼까요?"

〈네? 제가 아는 귀신이 별로 없는데, 누구예요?〉

"흥신소 소장님이요."

민혁의 표정이 급격히 밝아졌다.

〈그분이라면 상급 중에서도 상급 귀신이고, 저 귀신들 직접 몰아내지는 못해도, 방법은 찾을 수 있을 거예요. 그런데 변호사님 그분이랑은 어떻게 아는 사이세요?〉

"아, 그게 말하자면 긴데 일단 모셔볼게요."

혜영이 간절한 마음으로 손을 모았다가 어머니로부터 들었던, 흥신소 소장은 손을 하늘로 치켜들면서 부르는 걸 더 좋아한다는 말이 떠올라 자세를 바꾸었다. 혜영은 양손을 번쩍 들고 손끝을 천장을 향해 빳빳이 세웠다.

곧이어 흥신소 소장이 병실에 나타났다.

"안녕하세요. 소장님. 오랜만에 인사드려요."

〈오랜만은 무슨. 어머니랑 같이 만난 지 얼마 되지도 않았는데.〉

혜영이 허리를 숙여 인사했다.

"와주셔서 감사합니다."

병살 안의 상황을 둘러본 소장이 도포 자락을 쓰다듬었다.

〈보니까, 상황이 굉장히 복잡한 것 같네. 신 무당, 자네 어머니는 왜 저렇게 누워만 있고, 저 위에 떠 있는 귀신들은 다 뭐며, 죽은 지 얼마 안 돼서 그런지는 모르겠지만 싹수라고는 인간 세상 모든 표백제를 써도 노란 기가 안 빠질 것 같은 이 귀신은 또 왜 여기 있는고.〉

민혁이 혜영을 위해 자기 자존심을 다 내려놓고 고개를 숙여가며 소장에게 부탁했다.

〈안녕하세요. 소장님. 제가 생전에도 버릇이 없다는 이야기는 많이 들었는데, 그 습관을 죽은 뒤에도 못 버린 것 같습니다. 혹여나 소장님께 제가 무례하게 대했던 적이 있으면 깊이 사과드릴게요. 지금은 유혜영 변호사님 좀 도와주시길 간곡히 부탁드립니다.〉

소장이 체면을 차리듯 입고 있는 도포 여기저기를 쓰다듬다가 혜영에게 물었다.

〈자네 어머니가 난처한 지경에 처해 있는 것 같은데, 나한테 부탁할 게 저 귀신들을 쫓아내달라는 건가?〉

혜영이 희망 가득한 눈으로 고개를 끄덕였다.

"네, 소장님. 제발 부탁드려요. 저대로면 저희 어머니가 위험하시대요."

그런데도 소장은 고개를 가로저을 뿐이었다.

〈저기 높은 데서 자네 어머니를 노리고 있는 귀신들 말이야, 내 말을 들을 치들이 아니야.〉

어느새 눈물이 그렁그렁해진 눈으로 혜영이 되물었다.

"그럼 혹시 제가 할 수 있는 게 있을까요? 뭐라도요."

으흠-.

소장이 헛기침을 내며 혜영을 바라보았다.

〈내 허물없이 말하네만, 혜영이 자네 영력은 내가 수백 년 동안 본 수많은 산 사람 중에서도 단연 으뜸이야. 저기 귀신들 싹 몰아낼 수 있는 최상급 귀신이랑도 계약해볼 만하겠네만, 문제는 자네가 귀신을 부리기에는 그 능력이 아직 꽃피지 않았어. 왠지는 모르지만, 자네 어머니가 억지로 눌러놓은 듯하네.〉

어머니가 자신이 무당이 되지 않길 바란다는 건 혜영이 아주 어렸을 때부터 눈치채고 있는 일이었다. 그럼에도 지금 이 순간만큼은 그 능력이 간절히 필요했다.

"그 능력을 꽃피울 방법이 뭔지 알려주시면 아무리 어려운 거라도 제가 할게요!"

크흠흠-.

소장이 뭔가 자신의 체면에 어긋난다는 듯 헛기침을 연이어 내뱉으며 대답을 이었다.

〈산 사람이 가진 영력을 극대화시키는 방법에는 여러 가지가 있지만 그중에서도 두 가지가 대표적인데. 하나는 영약(靈藥)을 구해서 먹는 거고.〉

"그 영약 어디서 구할 수 있어요? 제가 어떻게든 구해서 먹을게요."

소장이 고개를 가로저었다.

〈나는 귀신들 사이의 일이나 알지, 무당들 일까지는 잘 모르네. 얼핏 듣기로도 그 영약이라는 거, 벌써 제조 방법의 맥이 끊긴 지 오래라고 알고 있고.〉

병상에 누워 계신 어머니의 창백한 얼굴과 그 위를 떠도는 귀신들을 본 혜영이 점점 더 다급해졌다.

"그럼 두번째 방법은요?"

혜영의 질문을 들은 소장의 시선이 옆에 있던 민혁으로 옮겨갔다.

〈두번째는 귀접(鬼接)인데, 이것도 영약만큼이나 쉽지가 않아. 산 사람이랑 귀신이 서로를 오감(五感)으로 느낄 정도로 사랑해야 하는데, 어디 그런 일이 일어나기나 하는지 나는 잘 모르겠네.〉

소장에 이어 혜영의 시선도 민혁을 향했다. 오감 중, 시각과 청각으로는 한참 전부터 보고 듣고 있었고, 얼마 전에, 그게 술에 취해서 일어난 착각이 아니라면, 촉각으로도 분명히 민혁을 느꼈었다.

"그때 저만 느낀 거 아니었죠?"

민혁이 민망한지 혜영도 소장도 아닌 딴 곳을 보며 대답했다.

〈네, 저도 제 볼에 닿는 변호사님 손을 분명히 느꼈어요.〉

혜영과 민혁의 말을 들은 소장이 흡사 예정되지 않은 주례사를 맡은 어르신처럼 당황한 표정이 되었다.

시각과 청각을 넘어서 촉각이 통했으면, 그다음도 통하지 않을 리 없다는 걸 알면서도 소장이 시치미를 뚝 뗐다.

〈아, 글쎄, 다섯 개의 감각 모두로 느낄 정도로 사랑해야 한다니까!〉

고개를 끄덕인 혜영이 민혁을 향해 코를 내밀었다. 그러자 민혁이 손을 내저으며 한 발 뒤로 물러나 소리쳤다.

〈저는 생전에 뽀득뽀득하게 씻고 다니던 사람이라 절대 냄새 안 나요. 변호사님이야말로 술을 많이 마셔서 알코올 냄새가 나겠죠!〉

흥신소 소장이 간만에 진귀한 구경을 한다는 듯 민혁에게 물었다.

〈술 마신 변호사님한테서 냄새는 났고?〉

〈그, 그게, 그러니까요. 술냄새가 나긴 했는데, 그게 술에서 나는 냄새인지 변호사님한테서 나는 냄새인지 저는 잘…〉

그 순간 혜영이 와락 달려들어 민혁을 끌어안고서 입술을 포갰다.

"읍."

〈읍, 으으음.〉

그러자 분명히 느껴졌다. 입술로 전해지는 촉각에 이어 혀로 느껴지는 촉각에 이어 민혁의 입안에서 이어지는 미각까지.

생전에 키스하던 습관 때문이었을까, 민혁도 혜영을 따라 눈을 감고 미각을 느꼈다.

잠시 후, 혜영과 민혁의 입술이 떨어졌을 때, 소장이 도포 자락을 한번 펄럭인 뒤 먼 곳을 보며 말했다.

〈거, 요즘 젊은이들은 어떤지 모르겠지만, 우리 때는 다른 사람들 보는 앞에서 그런 일 하는 법은 없어서, 말이야. 방금 본 것도 못 본 걸로 하겠네. 그런데 청춘 남녀가 거기까지 했으면 그다음은 정해진 수순 아닌가? 우리 시대에는 그랬는데. 크흠. 나는 이만 물러가 있을 테니, 일 끝나면 부르게나. 마침 저기 공간도 따로 있는 것 같고 하니.〉

혜영과 민혁이 동시에 소장이 가리킨 커튼 너머를 바라보았다.

1인 병실이라 간병인을 위한 공간이 따로 마련되어 있었고, 그 안에는 침대까지 놓여 있었다.

뒷짐을 지고 있는 소장을 뒤로하고, 혜영과 민혁은 눈을 마주치더니 커튼을 걷고 안으로 들어갔다.

*

다음날 아침, 혜영이 깨어났을 때 민혁은 모습을 감춘 뒤였다. 혜영은 자신의 몸안에 도는 심상치 않은 기운을 느끼며 침대에서 일어났다.

'어젯밤의 일이 정말로 큰 변화를 가져온 걸까?'

떴던 눈을 다시 감자 온몸의 감각이 극도로 예민해지며, 같은 병실에 있는 귀신 십여 위뿐만 아니라, 주변 수백 미터에 깔린 귀신들의 움직임이 하나하나 느껴졌다.

어떤 귀신은 이제 갓 죽어서 저승사자의 인도를 받아 어디론가 가고 있었으며, 죽은 지 오래돼 보이는 어떤 귀신은 하늘을 날며 인간들의 도시를 내려다보고 있었다.

촤아악-.

혜영이 커튼을 열어젖히자 어머니 위에 떠 있던 귀신들의 눈이 동시에 혜영에게 집중됐다.

여전히 어머니에게 빙의하려는 쪽과 저지하려는 쪽의 대치가 팽팽했기에 다가오는 귀신은 없었지만, 귀신들의 눈빛이 어제와는 확연히 달라져 있었다.

어제는 마치 어린아이를 보는 것 같았다면, 지금 귀신들의 시선에는 경의가 담겨 있었다. 영력을 개화한다는 게 무슨 의미인지 혜영은 새삼 느낄 수 있었다.

혜영은 대치중인 귀신들과 달리 침대맡에 비스듬히 기대 있던 귀신에게 물었다.

“안 가셨네요?”

크흠-.

점잖은 척하면서 밤새 커튼 뒤에서 나는 소리를 듣던 흥신소 소장이 크게 한 번 헛기침한 뒤에 대답했다.

〈귀접을 통해서 영력을 개화할 수 있다는 이야기는 나도 듣기만 했지, 실제로 본 적은 없어서 결과가 궁금했네.〉

“소장님이 보시기에 결과가 어때요?”

〈대단하군. 이 정도면 지금 이승에 있는 인간 중에 혜영이 자네보다 영력이 높은 사람은 손에 꼽을 정도일 거야.〉

“그럼 이제 제가 뭘 하면 되는 거죠? 저도 제가 힘을 얻은 건 알겠는데, 어떻게 써야 할지 모르겠어요. 저 귀신들한테 가라고 한다고 들을 것 같지도 않고요.”

소장이 고개를 끄덕였다.

〈귀신들이 자기랑 계약한 인간 외의 말은 잘 안 듣지.〉

어머니는 여전히 눈을 뜨지 못하고 있었고, 답답해진 혜영이 재차 캐물었다.

"그 계약이라는 거, 누구랑 어떻게 하는 거예요?"

〈많은 귀신들이 이승에 체류하고 싶어하는 건 알고 있지?〉

"네, 그래서 그 이승 체류 기간을 거래한다는 것도요."

〈그래. 그런데 귀신이 이승에 체류하는 방법에 이승 체류 기간을 허가받는 것 말고도 몇 가지가 더 있는데, 그중에 가장 많이들 하는 게, 영력을 가진 인간이랑 계약하는 거야. 귀신은 이승 체류 기간 없이도 그 인간의 영력에 기생해서 이승에 머물 수 있고, 인간은 귀신한테 필요한 이런저런 것들을 부탁할 수 있지.〉

소장의 설명에 빠진 게 하나 있었다.

"그럼 저는 어떤 귀신이랑 계약해야 저 귀신들을 물리치고 어머니가 의식을 되찾게 할 수 있는데요? 혹시 소장님?"

소장이 고개를 홱홱 가로저었다.

〈나는 인간이랑 계약 안 해. 그게 내가 흥신소 운영하면서 이승 체류 기간을 열심히 모으는 이유이기도 하고. 조금만 기다려봐. 계약한 인간의 영력에 따라서 그 귀신의 이승 내 활동 가능 영역이 정해지는데, 그 정도 영적 능력을 갖고서도 아직 어떤 귀신하고도 계약이 안 돼 있는 인간은 자네밖에 없을 테니까, 곧 직접 찾아올 거야.〉

어제 기묘사와 통화하고 나서 시간이 많지 않다는 걸 안 혜영이 안절부절못하며 발을 동동 굴렀다.

"오래 기다려야 해요?"

소장이 혜영이 아닌 먼 곳을 보며 대답했다.

〈그럴 필요는 없을 것 같은데? 저기 벌써 하나 오고 있네.〉

소장의 말대로 병실 창문으로 귀신 하나가 날아오고 있는 게 보였다. 머리카락을 허리까지 기르고, 검은 깃으로 마감된 새하얀 소복(素服)을 입은 모습이 척 봐도 죽은 지 정말 오래되어 보였다.

"소장님이 아는 귀신이에요?"

〈저 여자나 나처럼 오래 이승에 머무는 귀신들끼리는 서로 알고는 지내는데, 나는 저 귀신이랑 사이가 별로 안 좋아서 이만 가야겠네.〉

"네? 가시려고요?"

〈응. 저 여자 정도면 자네 어머니를 구해줄 수 있을 거야. 계약하는 방법은 어렵지는 않고, 서로 의사 확인만 하면 되네. 그러면 바로 그 귀신은 자네 영력을 빌려서 체류 기간이랑 상관없이 이승에 머물 수 있게 되고, 자네는 그 귀신한테 필요한 걸 요구할 수 있게 돼.〉

"네. 감사합니다. 소장님 은혜 잊지 않을게요. 안녕히 가세요."

소장이 떠나기 전 혜영에게 웃음을 지어 보였다.

〈다음에 내가 필요한 일 있으면 도와주기나 하게. 잊지 말라고. 상호 이익이 되는 신용 거래.〉

"네! 소장님."

바통 터치를 하듯 소장이 돌아가자마자 소복을 입은 여자 귀신이 병실로 들어와 혜영에게 인사했다.

〈안녕하세요. 혹시 제가 너무 불쑥 찾아와서 실례가 되지는 않았는지요?〉

여자 귀신은 그동안 혜영이 만나온 귀신들과는 달랐다. 대부분 귀신들은 산 사람들을 살짝 아래로 보는 듯한 태도를 보여주었는데, 이 귀신은 완전히 상반된 공손한 모습이었다.

혜영이 허리를 꾸벅 굽혀 인사하고는 손을 내저었다.

"안녕하세요. 유혜영이라고 합니다. 실례라뇨. 와주셔서 정말 정말 감사드려요. 그런데 제가 뭐라고 부르면 좋을까요?"

여자 귀신이 잠시 고민하다가 대답했다.

〈생전에는 다른 이름이 있었는데, 요즘 사람들은 저를 웅녀(熊女)라고 부르더라고요. 혜영님도 그렇게 불러주시면 좋을 것 같아요.〉

헙-.

상상도 못한 이름에 혜영이 잠시 들이쉰 숨을 참았다.

"환웅의 아내이시고, 단군왕검의 어머니이신 그 웅녀님이요?"

〈호호. 저랑 저희 가족을 잘 아시네요. 네. 맞아요. 그 웅녀예요.〉

모를 리가 있나? 혜영이 초등학생 때부터 들어온 우리나라 건국 신화에 나오는 인물들인데.

혜영은 흥신소 소장이 떠나기 전 왜 이 귀신이라면 혜영의 어머니를 구할 수 있을 거라고 얘기했는지 단박에 이해할 수 있었다.

"저, 웅녀님, 죄송한데 지금 제 사정이 조금 급해서요. 거두절미하고 말씀드려도 괜찮을까요?"

웅녀가 은은한 미소와 함께 고개를 끄덕였다.

〈네. 편하게 말씀하세요.〉

"저랑 계약하러 오신 거 맞으시죠? 그리고 계약한 다음에는 제 부탁을 들어주실 수도 있으시죠?"

혜영의 질문을 들은 웅녀가 누워 있는 어머니의 위쪽을 가리켜 보였다.

〈네. 맞아요. 그런데 제가 생각하기에 아니다 싶은 부탁은 안 들어드려요. 예를 들면 저 귀신들처럼 누구한테 강제로 빙의해서 의식을 뺏어달라든가 하는 것들이요. 그런 요구를 하시면 제가 먼저 계약 파기할 거예요. 원래 계약하고 있는 무당도 자꾸 그래서 제가 여기로 온 거거든요. 혜영님이 원하시는 계약 조건도 들어볼 수 있을까요?〉

혜영이 웅녀가 가리킨 곳을 바라보며 굳은 표정으로 대답했다.

"제 조건은 딱 한 가지예요. 저기 누워 계신 분이 저희 어머니이신데, 방금 웅녀님이 말씀하신 것처럼 저 위에 있는 귀신들 때문에 지금 의식을 못 찾고 계세요. 저 귀신들 쫓아내주실 수 있을까요? 그것만 해주시면 제 영력 쓰시면서 이승에 머무르셔도 돼요."

〈그럼요. 그렇게 어렵지도 않은 일인걸요.〉

서로의 계약 의사가 확인되자, 혜영과 웅녀의 영(靈)이 뒤엉겼다가 각자 제자리로 돌아갔다.

어젯밤 민혁의 품에 안겼을 때와는 또 다른 강력한 유대감을 느끼며 혜영이 물었다.

"이걸로 계약이 된 건가요?"

〈네. 맞아요. 계약 조건으로 말씀하신 일은 지금 바로 처리해드리겠습

니다.〉

혜영의 어머니가 누워 있는 침대로 뚜벅뚜벅 걸어간 웅녀가 지금까지의 온화한 목소리와는 다르게 수천 년의 깊이가 느껴지는 음성으로 귀신들에게 일갈했다.

〈악귀(惡鬼)들이여, 당장 물러날지어다.〉

그러자 천장에 떠 있던 귀신 하나가 웅녀에게 돌진했다.

〈누구 마음대로?〉

악귀와 부딪히기 직전, 웅녀의 손에서 공간을 뒤흔드는 파동이 뻗어 나갔다.

으아악-.

그 파동을 맞은 악귀가 고통스러운 비명을 내지르며 튕겨 나가듯 웅녀에게서 멀어졌다.

웅녀의 손이 위협적인 기세로 다른 악귀들을 가리키자, 악귀들이 자기들끼리 수군거리기 시작했다.

〈어쩌지? 우리가 상대할 수 있는 격이 아닌데?〉

〈그렇다고 이대로 그냥 돌아가면 기묘사가 계약 끊겠다고 하지 않을까? 그럼 우리 바로 저승으로 소환되잖아.〉

〈방금 봤잖아. 여기서 저 여자 상대하다가는 저승도 못 가고 바로 소멸될 거야.〉

〈어쩔 수 없다. 가자.〉

토의를 마친 악귀들이 병실을 떠나자, 혜영의 어머니와 계약되어, 악귀들로부터 악전고투하며 자신의 계약자를 지키던 세 위의 귀신들이 웅녀와 혜영에게 연신 감사의 뜻을 표했다.

〈감사합니다. 진짜 감사합니다.〉

〈혜영씨랑 웅녀님 아니었으면 저희 계약자 잃을 뻔했어요.〉

〈덕분에 이승에 남아 있을 수 있게 됐습니다.〉

자신의 눈앞에서 순식간에 벌어진 일에 혜영이 얼떨떨한 표정을 짓고 있을 때, 웅녀가 대답했다.

〈산 사람 몸에 강제로 빙의하는 짓거리, 강간 같은 거거든요. 제가 정말 싫어하는 일이라 그 악귀들 쫓아내고 나니까 저도 뿌듯하네요. 여러분은 그런 짓 하지 마시고, 여기 계신 혜영님 어머니랑 이승에서 행복하게 지내세요.〉

꾸벅-.

웅녀의 말이 끝나자, 혜영이 이미 조금 늦어버렸다는 걸 깨닫고는 허리를 굽혔다.

"저도 깊이 감사드립니다. 어머니는 이제 곧 깨어나시겠죠?"

〈영적인 문제는 다 해결됐으니까, 몸에 이상이 없으시면 곧 일어나실 거에요. 어머니랑 나눌 말씀 많으실 것 같은데, 저는 다음에 또 뵙겠습니다. 필요하신 일 있으면 불러주세요.〉

"네, 이 은혜 잊지 않겠습니다."

웅녀와 다른 귀신들이 모두 돌아가고 병실에는 혜영과 어머니 단둘만이 남았다. 몇 분이 채 지나지 않았을 때, 그토록 그리웠던 목소리가 들려왔다.

"혜영아."

와락-. 혜영이 병상에 누워 있는 어머니를 끌어안았다.

"엄마 일어났구나. 다행이다. 나는 진짜 큰일나는 줄 알았잖아."

어머니가 눈물을 펑펑 흘리는 혜영의 등을 토닥였다.

"이제 괜찮아."

잠시 후, 혜영이 울음을 겨우 멈추고 어머니에게 지난밤 그리고 오늘 아침에 있었던 일을 털어놓았다.

민혁과 귀접을 했다는 대목에서는 말하는 혜영도 듣는 어머니도 말로 설명할 수 없는 복잡한 심경이 되어 서로의 시선을 피했고, 웅녀와 계약했다는 부분에서는 멀어졌던 시선이 딱 마주쳤다.

"네가 웅녀님이랑 계약을 했다고?"

"응. 엄마도 놀라는 거 보니까 대단한 일인가보다."

"그럼. 대단하고말고. 웅녀님같이 격 높은 귀신이 인정할 정도로 영력이 뛰어난 무당은 우리나라가 아니라 세계적으로도 손에 꼽을 거야."

어머니의 설명을 들은 혜영이 뿌듯한 표정으로 물었다.

"아, 맞다. 그 귀신들의 격? 급? 그건 무슨 뜻이야?"

"아, 그거. 귀신들은 자기가 지닌 격(格)에 따라서 상중하 급으로 나뉘어. 그 민혁인가, 개같이 죽은 지 얼마 안 된 귀신이 하급이고, 네가 봤다던 엄마 몸에 빙의하려고 했던 귀신들이 상급, 그리고 흥신소 소장이 상 중상급이야. 격이 높을수록 염력이나 빙의, 현몽 같은 귀신들의 능력을 더 잘 쓸 수 있게 돼."

혜영이 이제야 이해가 조금 된다는 듯 고개를 끄덕였다.

"아, 그러니까 엄마한테 빙의하려고 했던 악귀들이 격이 엄청 높으신 웅녀님 염력 맞고 도망간 거구나. 그럼 웅녀님은 급이 어떻게 되셔?"

"그렇지. 웅녀님은 굳이 급으로 나누기도 어려운데, 그런 높은 귀신들은 초월격이라고도 해."

"아하. 내가 진짜 엄청난 분이랑 계약한 거구나."

그리고 그 뒤로, 기묘사를 찾아갔던 어머니의 이야기가 이어졌다.

기묘사는 자신이 진행하는 부활 프로젝트를 위해 혜영뿐만 아니라 영력이 높기로 소문난 무당인 혜영의 어머니, 예화까지 포섭하려고 했었다.

회유보다는 협박을 선호하는 그의 스타일 대로 기묘사는 자신과 계약한 귀신들을 미리 대기시켜 놓고 점집에 들어온 예화에게 협력하지 않으면 그 귀신들을 빙의시키겠다고 했다.

당연히 그 말을 따를 생각은 없었으면서도, 이 일이 딸 혜영과 관련이 돼 있다는 걸 직감한 예화는 겉으로 협박에 못 이기는 척하며 부활 프로젝트의 자세한 내용을 들을 수 있었다.

부활의 대상은 예화의 예상대로 얼마 전 사망한 성모 그룹의 창업주 강의정 회장이었다.

강의정 회장에게 부활의 대가로 엄청난 부를 약속받은 기묘사는 부활을 승인할 권한을 지닌 한 저승 대법관과 은밀한 거래를 진행했다.

그 저승 대법관이 기묘사에게 부활의 조건으로 요구한 건 두 가지였다. 하나는 강의정 회장 대신 저승 명부에 이름을 올릴 2촌 이내의 혈족을 강의정 회장 사후 3일 안에 죽일 것.

어머니의 이야기를 들은 혜영이 민혁을 떠올리며 고개를 끄덕였다.

민혁이 살해당한 이유가 바로 이거였다. 사생아이긴 해도 저 조건에 맞는 강의정 회장의 2촌 이내의 혈족이니까. 어쩌면 알려지지 않은 사생아니까, 타깃으로 삼기에 더 쉬웠을지도 모른다.

혜영이 어머니의 이야기를 들으며 궁금했던 것들을 물었다.

"귀신들도 재판을 받아?"

"그럼. 그 재판소에서 생전에 쌓은 공덕에 따라 이승 체류 기간도 정해지고, 환생 심사도 하고, 그 외에도 귀신들 운명을 좌지우지할 만한 결정들이 다 거기서 나오니까 귀신들한테는 인간들 재판만큼이나 중요할걸?"

"아하. 그럼 있잖아, 환생이랑 부활은 다른 거야?"

'부활'이라는 단어에 어머니의 표정이 심각하게 굳어졌다.

"응. 많이 다르지. 환생은 모든 기억을 지우고 새 육신으로 다시 태어나는 건데, 부활은 기억을 다 가지고서 원래 몸으로 다시 이승에서 살아가는 거니까. 환생은 이승과 저승의 경계를 무너뜨리지 않는 일이라 귀신들의 재판소 결정에 따라서 일상적으로 이루어지는데, 부활은 아주 특별한 경우에만, 일반 법관은 못하고 대법관만 승인할 수 있어."

"기묘사가 그 권한이 있는 대법관이랑 사람들 목숨 놓고 짜고 치고 있는 거네? 진짜 그러면 안 되는 거 아니야?"

"말했잖아. 기묘사 그 인간은 자기 이익을 위해서라면 뭐든지 할 거라고. 그 인간이랑은 안 엮이는 게 최선인데, 너나 나나 너무 깊게 들어와 버린 것 같다. 돌아갈 수는 없을 것 같고, 해결해보자."

혜영이 결심을 다지며 입술을 앙다물었다.

"응. 엄마. 그런데 아까 그 저승 대법관이 기묘사한테 건 조건이 두 가지라고 했잖아. 첫번째는 민혁씨 살해고, 두번째는 뭐야?"

혜영의 물음에 어머니가 한숨을 깊이 내쉬었다.

"강의정 회장 사망 날로부터 49일 안에, 사람 아홉 명을 더 죽여서 그 영혼들을 봉인한 채로 자기한테 바치라고 했대. 기묘사가 아무리 뛰어난 무당이래도 아홉이나 봉인하는 게 혼자 하기 쉬운 일은 아니니까, 내 손을 빌리려고 했나보더라."

웬만한 연쇄살인 사건 저리 가라 할 만한 숫자에 혜영이 경악했다. 그 아홉이라는 숫자를 채우기 위해 수지도 죽임을 당했으리라.

"아홉 명이나? 그 저승 대법관은 봉인된 영혼이 왜 그렇게 많이 필요하대?"

어머니가 고개를 절레절레 저으며 대답을 이었다.

"그 시커먼 속을 난들 알겠냐만, 아직 죽지 않아야 하는데 죽는 바람에 저승 명부에 이름도 안 올라간 영혼은 인간 세상일에 비유하면 이런 거야. 출생신고도 안 돼 있어서 주민등록번호도 없이 감금된 사람이랄까?"

이렇게 들으니 이해가 빨랐다. 법적으로는 존재하지 않는 사람들이기에, 현장을 들키지만 않으면 그 사람들에게 무슨 짓을 하든 아무런 제재를 받지 않는다.

어떻게든 기묘사의 부활 프로젝트가 더 진행되는 것을 막아야 했지만,

당장 뾰족이 떠오르는 수가 없었던 혜영과 어머니가 동시에 한숨을 내쉬었다.

*

혜영이 깨어난 어머니와 이야기를 나누는 동안, 기묘사는 분기탱천해서 자신이 부리는 귀신들에게 고함을 지르고 있었다.

"이 멍청한 것들, 열씩이나 붙어서 그 일 하나를 처리 못하고 그냥 돌아와?"

쭈뼛대던 귀신 하나가 나섰다.

〈상대가 웅녀였어. 우리도 어쩔 수 없었다고.〉

귀신의 변명에 기묘사의 속이 부글부글 끓어올랐다. 예화는 자신에게 협력하든가, 아니면 귀신들에게 빙의당해서 의식을 완전히 잃었어야 했다.

그냥 깨어나게 두기에는 은밀하게 진행해야 하는 부활 프로젝트에 대해 너무 많은 걸 알고 있었다. 기묘사가 손바닥으로 지끈거리는 이마를 짚었다.

신예화가 협력하는 척하면서 이것저것 물어볼 때 너무 술술 다 가르쳐 준 게 실수였을까?

아니다. 그때는 신예화가 그 정보를 알고도 자신을 배신할 경우 취할 조치가 준비되어 있었다.

그리고 그 조치도 신속하게 진행되었다. 만반의 준비를 하고 있던 상급 귀신들 열 위가 동시에 예화에게 빙의를 시도했다.

여기서 예상 못했던 거라면, 예화의 영력이 기묘사가 생각했던 것보다 훨씬 더 강력해서 귀신들의 빙의에 저항했다는 것이다.

이 또한 추가로 귀신을 투입하면 간단히 해결될 문제였다. 그때까지 지키고만 있으라고 했거늘, 이 못난 귀신들이 떼거리로 도망을 치다니.

이제 예화는 깨어났을 테고 최소한 그녀의 딸 혜영은 부활 프로젝트의 전반적인 내용을 알게 되었으리라.

'차라리 그때 죽였어야 했을까?'

예화가 귀신들의 공격을 받고 쓰러진 뒤 119에 연락해서 병원으로 옮긴 건 기묘사였다. 경찰이 실종된 예화를 찾는다고 자신의 점집으로 쳐들어오는 게 결코 달갑지 않았으니까.

그런데 그때 그러지 말고 예화를 죽인 뒤 봉인해서 아홉 제물 중 하나로 썼으면 어땠을까? 기묘사가 고개를 가로저었다. 이미 한번 시도하려다가 관뒀던 그것도 좋은 방법이 아니었다.

예화같이 강력한 영력을 갖고 있는 영혼을 봉인하는 건 성공할 가능성이 낮았다.

만약 봉인이 실패하고 예화가 자유로운 귀신이 된다면, 그래서 부활 프로젝트의 세부 내용을 다 아는 채로 저승 재판소에 간다면, 프로젝트는 그 순간 끝이었다.

역시 예화가 협력을 거부했을 때 최선의 방법은 예화에게 귀신들을 잔뜩 빙의시켜 살지도, 죽지도 않은 상태로 만들어두는 것이었다.

그런데 저 머저리 같은 귀신들이 그거 하나 못하고 빈손으로 돌아왔다.

'웅녀라고?'

기묘사도 혜영이 엄청난 영적 잠재력을 갖고 있다는 건 파악하고 있었다. 그걸 확인하러 혜영을 성모 그룹에 스카우트 시도할 때 자기가 직접 움직였으니까.

그리고 그때 분명히 확인했다. 잠재된 영력은 뛰어나지만, 개화의 시기는 한참 멀어 보였다.

그런데 그사이에 무슨 영약이라도 먹은 건지, 돌연 초월격을 지닌 귀신 웅녀랑 계약을 맺을 정도의 어마어마한 영력으로 꽃피어버렸다.

기묘사가 앞으로 이 모녀를 어떻게 상대해야 할지 혼란에 빠져 있었을 때, 귀신 하나가 다가왔다.

〈기묘사, 그래도 우리랑 계약은 계속 유지할 거지?〉

얼굴에 난 칼자국을 번들거리며, 말을 건 귀신 쪽으로 고개를 돌린 기묘사가, 물음에 담겨 있던 일말의 희망을 짓밟아 뭉갰다.

"아니. 지금 시점부터 너희들 모두 계약 끝이야. 꺼져!"

기묘사의 말이 끝나기가 무섭게 귀신들이 하나, 둘 저승으로 소환되어 가고 있었다.

이 소환에 불응하면 귀신들의 경찰이라고 할 수 있는 저승사자가 잡으러 올 것을 알기에, 대부분은 순순히 받아들였다.

그런데 마지막까지 남은 한 귀신이 기묘사에게 매달렸다.

〈기묘사, 제발 부탁해. 나 저승으로 다시 못 가겠어. 여기 남아 있게 해줘.〉

"왜 못 가는데?"

〈저승이 어떤 곳인지 전에 얘기해줬잖아. 나 절대 거기로 돌아가고 싶지 않아. 도와줘.〉

그래, 맞다. 이 귀신이 저승에 대해 이야기해준 적이 있었다. 저승 귀족과 그 밑의 저승 법관, 저승사자가 머무는 저승 중심부를 제외하면, 저승은 죽은 귀신들이 모여 사는 곳이라는 세간의 상상과는 다르게 지나치게 심심한 곳이다.

저승에서 이승이랑 똑같이 살아갈 수 있다면, 사람들은 죽음을 두려워하지 않아도 될지 모르고, 귀신들도 이렇게 바득바득 이승에 남으려고 하지 않을 것이다.

저승으로 소환된 귀신은 바깥세상과 완전히 단절된 우주로 들어간다. 오로지 그 영혼 하나만을 위한 우주이다.

환생 심사를 받을 때 정도를 제외하면 그 영혼은 그 우주 안에서 홀로 억겁의 시간을 보내게 되고, 그러다 자아를 잊으면 그 우주와 함께 소멸된다.

대부분은 그 소멸에 저항하려 어떻게든 스스로 묻고 대답하며 버티려고 하지만, 오히려 그러다가 더 빨리 지쳐서 자아를 놓고 소멸하게 되는 경우도 있다.

이 귀신이 해준 말에 따르면, 천국과 지옥도 일반의 상상과 달랐다. 한 우주에 한 자아만이 들어가 있으니, 그 자아가 선하다면 그 우주는 선으로 가득해진다. 그곳이 곧 천국이다. 반대로 악한 자아가 가득한 우주는 지옥일 수밖에 없다.

착한 마음 또는 나쁜 마음은 그 대상이 없는 우주에서 오로지 자신에게만 적용된다. 천국은 스스로를 끝없이 착하게 대하는 곳이고, 지옥은 그 반대로 스스로에게 끝없이 악한 마음을 품는 곳이다.

그리고 지금 기묘사에게 빌고 있는 이 귀신이 가게 될 저승은 지옥일 가능성이 크다.

"꺼지라고 했을 텐데? 좋은 말로 할 때 사라져서 내 점집에 저승사자 들어오게 하지 마라."

울며 부탁하던 귀신까지 결국 저승으로 소환되어갔다.

혼자 남은 신당 안에서 기묘사가 수정 구슬 하나를 쓰다듬었다. 저승 대법관에게 바쳐야 할 아홉 개의 봉인된 영혼 중 첫번째 작품이었다. 그 안에는 수지의 영혼이 들어 있었다.

봉인 작업이라는 게, 귀신을 완전히 복종시켜서 특정 물건에 가두는 작업이라, 여러 개의 봉인을 유지하려면 기묘사 혼자만의 영력으로는 쉽지 않았다. 예화가 같이 있었으면 훨씬 쉬웠겠다는 아쉬움은 들었지만, 어쨌든 이제 혼자 해야 했다.

신당 벽에 걸린 시계를 보니, 두번째 봉인 작업할 귀신을 만나러 갈 시간이었다.

기묘사가 앉아 있던 자리를 털고 일어나 신당 밖으로 나갔다.

*

다음날 늦은 오후, 혜영은 퇴원 수속을 밟고 어머니를 집에 모셔다드린 후, 신용카드 복제 증거를 찾았던 구멍가게로 향했다.

특별히 잘못한 건 없는 주인 할아버지가 이 일에 말려든 게 자기 때문인 것 같다는 죄책감에, 언젠가 민혁이 말했던 것처럼 가게 매상이라도 두둑이 올려드리려고 현금도 잔뜩 가지고 왔다.

저번에는 너무 급하게 일을 처리하느라 할아버지한테 꾸중만 잔뜩 들었지만, 오늘은 이것저것 사면서 안면도 트고 민혁의 살인범에 대해서도 물어볼 생각이었다.

그런데 구멍가게 앞에 도착했을 때 혜영의 눈앞에는 전혀 예상하지 못했던 광경이 펼쳐져 있었다.

가게 주위로 노란색 폴리스라인이 길게 쳐져 있었고, 지난번에 혜영의 신고를 받고 출동했던 순경 한 명이 그 앞을 지키고 서 있었다.

혜영이 급히 순경에게 다가가 물었다.

"안녕하세요. 혹시 저 기억하세요?"

"안녕하세요. 그때 불법 카드 복제기 신고해주셨던 변호사님이시죠?"

"네, 맞아요. 그런데 여기서 무슨 일 있었나요?"

폴리스라인 너머로 슬쩍 들여다보니, 가게 안은 거친 몸싸움이라도 있었던 건지 선반 위에 있어야 할 상품들이 바닥에 떨어져서 나뒹굴고 있었다.

눈을 찡그리고 조금 더 자세히 보니 바닥과 기둥에 군데군데 핏자국도 찍혀 있었다.

순경이 곤란하다는 듯 뺨을 몇 번 쓱쓱 만지다가 대답했다.

"여기 주인 할아버지 만나러 오셨어요?"

"네. 그런데 안 계시나봐요?"

"저희도 지금 조사중이긴 한데, 여기 주인 할아버지 간밤에 납치되신 것 같아요."

혜영이 눈을 동그랗게 뜨고 다시 물었다.

"네? 누구한테요?"

"그게, 저희도 사건 인지한 지 얼마 안 돼서 수사 진척이 거의 안 됐는데, 오늘은 그냥 돌아가시는 게 좋을 것 같아요."

순경의 말에 혜영이 돌아서려는데, 가게 안에 틀어져 있던 티브이에서 뉴스 속보가 나왔다.

-긴급 속보 전해드립니다. 어제저녁 학원에서 수업을 마치고 귀가하던 중학생 세 명이 동시에 실종되는 사건이 발생했습니다. 긴급히 수사에 착수한 경찰은 주변 시시티브이 확인 작업 및 탐문 활동을 벌이고 있으며…

티브이를 보던 혜영의 동공이 급격하게 흔들렸다. 기묘사와 강준범 패거리가 미쳐 날뛰고 있었다. 그들이 사건을 은폐할 목적으로 수지를 죽이고 주인 할아버지를 납치한 뒤, 부활의 제물로 삼을 아홉 명을 채우려 비교적 손쉽게 처리할 수 있는 학생들한테까지 마수를 뻗은 거라면?

실종된 주인 할아버지와 중학생들은 어쩌면 이미 저승 대법관에게 바칠 제물이 되기 위해 죽었을지도 모른다.

생각이 깊어진 혜영의 팔에 오소소 소름이 돋아났다. 저들의 다음 타깃은 이 사건에 대해 너무 많은 걸 알고 있으면서도 더 깊이 파 들어갈 의지를 굽히지 않는 혜영 자신일 가능성이 너무나 컸다.

생각이 거기까지 미치자 혜영의 머릿속에서 사고 회로가 그 기능을 정지해버린 것 같았다.

살인. 법을 공부하면서 셀 수도 없이 많은 판례를 읽었고, 변호사가 된 뒤로 혜영이 맡아서 처리한 사건도 몇 건 있었다.

하지만 자신이 직접 살인 사건의 피해자가 될지도 모른다는 예감은 완전히 다른 느낌으로 다가왔다.

어떤 방식으로 죽게 될까? 민혁처럼 질식사? 아니면 수지처럼 과다 출혈에 의한 사망?

그 외에도 판례에서 봤던 수많은 잔인한 살해 방법이 총알처럼 혜영의 머리를 관통해 지나갔다.

계획적 살인을 저지르고 피해자가 갖고 있던 금품을 일부러 가져가서 강도 행위 중 발생한 우발적 살인으로 꾸미려 했던 케이스를 떠올렸을 때는, 구멍가게에서 쓰려고 지갑에 가득히 채워 온 현금까지도 두려움의 이유가 되었다.

한번 공포에 사로잡히자, 몸에도 변화가 나타났다. 할아버지를 만날 수 없게 되었으니 집이나 법률 사무소로 돌아가야 했지만, 바닥에 붙은 발은 한 발짝도 떨어지지 않았다.

설상가상으로 해가 벌써 떨어지면서 하늘마저 어둑어둑해지고 있었다.

본래는 대로변까지 걸어가서 택시를 잡아탈 생각이었으나, 도저히 거기까지 걸어갈 용기도, 기운도 나지 않았다.

그나마 경찰이 한 명이라도 있는 이곳에서 택시를 타야겠다고 생각한 혜영은 앱을 실행해 택시를 불렀다.

얼마 지나지 않아 택시가 배정되자, 혜영이 어머니에게 자기가 탈 택시와 기사의 정보가 담긴 안심 메시지를 전송했다.

도착 예정 시간에 맞춰 저녁밥을 차려놓을 테니 안전히 오라는 어머니의 답장을 받고 난 뒤, 혜영은 잠시나마 자신을 지켜준 것 같았던 순경에게 인사하고 택시에 탑승했다.

혜영을 태운 택시가 수지가 살던 신월동의 구불구불한 골목을 빠져 나와 가로등이 켜진 도로로 접어들었을 때였다.

택시 뒤에서 같은 차 한 대가 계속 따라오고 있었다. 혜영이 탄 택시가 속도를 늦추면 같이 늦췄고, 심지어는 조금 전 좌회전 할 때도 같이 왼쪽으로 돌았다.

혜영이 벌렁거리는 심장을 겨우 진정시키며 기사에게 물었다.

"기사님, 저 뒤에 검은 차 언제부터 따라오고 있었어요?"

도로에서 흔히 있는 일이라는 듯 기사는 심드렁하게 대꾸했다.

"글쎄요. 잘 모르겠는데. 너무 신경쓰지 마세요. 도로가 저희만 쓰는 것도 아니고, 그냥 두면 제 갈 길 가겠죠. 그런데 저놈 운전 매너는 더럽게 없네. 무슨 상향등을 저렇게 켜고 달리나?"

기사의 말을 듣고 혜영이 다시 한번 흘끔 뒤차를 보니 정말 상향등이 번쩍이고 있었다.

사소한 일이라고 생각할 수도 있지만, 도로에서 사고를 유발할 수 있었고 엄연히 도로교통법 위반인 행위였다.

혜영은 자신이 두려움 때문에 너무 예민해져 있는 것이리라 생각했다. 또한 기사 아저씨의 태도를 보니 걱정할 만한 일은 아닐 것이라 스스로를 다독였다.

하지만 신경이 쓰이는 건 어쩔 수 없었기에 자꾸 뒤를 힐긋힐긋 바라보았는데, 뒤차의 모습을 두 눈으로 똑똑히 확인한 순간 기시감이 확 몰려왔다. 처음 보는 차가 아니었다.

혹시 고개를 돌렸을 때 뒤차 운전자가 자신의 얼굴을 보지 않았을까 하는 막연한 생각에 혜영은 고개를 푹 숙인 채 열심히 기억을 더듬어 저 차를 봤던 장면을 찾아보았다.

'검은색 SUV…!'

그리고 똑똑히 기억해냈다. 저 차는 구멍가게 앞에서 민혁과 함께 덩치 큰 살인범을 목격했을 때, 바로 그자가 타고 왔던 차였다.

혜영이 차량 번호를 찍어뒀던 것을 떠올리고는 핸드폰 앨범을 열었다.

447 사 5579.

그러고는 다시 한번 용기를 내어 힘껏 고개를 돌려 따라오는 차의 번호판을 확인해보았다.

447 사 5579.

정확히 일치했다.

초복이 지난 한여름인데도 한기가 느껴지며 팔에 돋아난 소름이 확대되어 눈에 들어왔다.

이제는 더이상 혜영의 공포심이 만들어낸 착각이라고 할 수 없었다. 혜영이 덜덜 떨리는 입술에 바짝 힘을 주며 기사에게 요청했다.

“기사님, 죄송한데, 유턴 한 번만 해주실 수 있을까요?”

“네? 유턴이요? 어디서요? 지금 내비 따라서 찍어주신 곳으로 잘 가고 있는데. 왔던 대로 돌아가시게요? 신월동이요?”

“아뇨. 그게 아니고, 저 뒤에 차가 너무 신경쓰여서요. 정말 저희를 따라오는 게 아닌지 확인하려고요.”

쩝-.

기사는 별 까다로운 손님을 다 태운다는 듯 입맛을 한번 다시고는 핸들을 꽉 잡았다.

“유턴할 수는 있는데, 그럼 당연히 시간은 더 걸리고 택시비도 더 나옵니다. 이따 내리실 때 다른 말 하셔도 못 깎아드려요.”

“네, 괜찮아요. 요금은 미터기에 나오는 대로 현금으로 드릴게요.”

유턴 가능한 지점을 찾아 조금 더 달리던 택시가 유턴 차선에 멈춰섰다.

그러자 뒤에서 따라오던 검은색 차도 어김없이 같은 차선에 정지했다.

그제야 택시 기사도 상황이 뭔가 심상치 않다는 걸 깨달았는지, 아까보다 훨씬 심각해진 목소리로 뒷좌석의 혜영에게 물었다.

“저놈 저거 진짜로 저희 쫓아오는 것 맞나본데요? 설마 나를 쫓아오는 건 아닐 테고, 아가씨, 누군지 짐작 가는 사람 없어요? 스토커라든가?”

저 차의 운전자로 짐작되는 사람이라면 물론 있었다. 십중팔구 민혁에게 수면제를 먹이고, 석원을 습격한 그 덩치 큰 살인범이겠지.

그렇다고 살인범이 자기를 쫓아오고 있다는 말은 하지 못하고, 혜영이 덜덜 떨리는 목소리로 애원했다.

"속도 절대 늦추지 마시고, 가다가 경찰서나 지구대 보이면 그 앞에 세워주세요."

"네, 알겠습니다."

기사가 핸들을 힘차게 꺾었을 때, 유턴하는 택시에 뒤차의 번쩍거리는 상향등이 쏘아져 들어왔다.

덜컹-. 심장이 내려앉는 기분이었다. 이번에는 정말로 뒤차의 운전자가 혜영의 얼굴을 똑똑히 봤으리라.

뒤차의 운전자는 이미 들켰으니 자신이 추격하고 있다는 걸 숨길 필요도 없다는 듯 대놓고 유턴까지 따라 했다.

부우우웅-. 엔진 소리를 내며 택시가 속도를 높이자 뒤의 SUV도 맞춰서 가속 페달을 밟았다.

다른 차가 중간에 끼어들어 자신의 추격을 방해하는 걸 허락하지 않겠다는 듯, 딱 자동차 반만큼의 거리를 두고 상향등의 추격은 집요하게 이어졌다.

너무 무서운 나머지 눈을 질끈 감은 혜영에게 익숙한 목소리가 들려왔다.

〈혜영씨, 괜찮아요? 무슨 일이에요?〉

겨우 눈을 뜨고 목소리가 들려온 방향을 따라 고개를 돌려보니 민혁이 옆자리에 앉아 있었다.

귀신인 민혁이 저 추격자를 막을 수 있는 건 아니겠지만, 옆에 있어주는 것만으로도 큰 안정감이 들었다.

여기에서 소리내어 민혁과 대화하면 택시 기사가 이상하게 여길 게 분명했기에 혜영이 핸드폰을 꺼내 민혁에게 문자메시지를 보냈다.

-제가 불렀어요?

혜영이 핸드폰을 흔드는 모습을 본 민혁이 자기 핸드폰을 꺼내 답장했다.

-네, 되게 다급한 것 같던데요?

아무래도 극한의 공포까지 몰린 혜영의 무의식이 민혁을 불러낸 것 같았다.

혜영은 예전과는 다르게 부르면 바로 달려와주는 민혁에게 새삼 고마움을 느끼며 메시지를 이어갔다.

-저 뒤에 검은색 차요, 아까부터 계속 저 따라오고 있거든요? 그런데 저 차, 예전에 민혁씨한테 커피에 수면제 타서 먹였던 살인범이 타던 차랑 똑같아요.

혜영의 문자를 받은 민혁이 뒤를 돌아보더니 고개를 끄덕였다.

-맞네요. 그 차예요. 저도 똑똑히 기억해요. 혜영씨 지금 살인범한테 쫓기고 있는 거예요?

-그런가봐요. 저 너무 무서워요. 어떡하죠?

수지에 이어 혜영까지 자신 때문에 위험에 몰렸다는 생각에, 민혁의 눈가가 촉촉하게 젖어왔다.

-별일 없을 거예요. 흔들리지 마시고, 마음 단단히 먹어요.

혜영이 민혁에게 와락 안기고 싶은 마음을 꾹 누른 채 정면을 바라보았을 때 앞 좌석에서 택시 기사의 목소리가 들려왔다.

"손님, 저 앞에 파출소 보이는데 저기 세울까요?"

오늘 하루 중 가장 반가운 말을 들은 혜영이 밝은 목소리로 대답했다.

"네!"

택시가 파출소 앞에서 멈춰 서자, 검은색 SUV는 작전에 실패한 걸 인정한다는 듯 속도도 늦추지 않은 채 그대로 차선을 바꿔 택시를 지나쳐 먼 곳으로 사라졌다.

휴우-.

"결제는 현금으로 해주신다고 하셨죠?"

"네, 잠시만요."

혜영이 가방에서 현금을 두둑이 채워놓은 지갑을 꺼낸 뒤 고개를 드는 순간, 뒷좌석을 돌아보는 택시 기사의 옆모습이 눈에 들어왔다.

지갑을 열던 혜영의 손이 굳어버린 듯 멈추고, 숨이 제대로 쉬어지지 않았다.

혜영의 동공은 최대로 커졌지만, 그 눈을 통해 보인 건 택시 기사의 얼굴에 깊게 팬 칼자국뿐이었다.

'기묘사구나. 이중함정. 이렇게 끝나는 걸까.'

생각이 거기까지 미치자, 막혔던 혜영의 목구멍이 탁 트이며 비명이 터져 나왔다.

"꺄아아아아아악!"

〈혜영씨, 왜 그래요?〉

민혁이 급하게 혜영에게 물었지만, 귀를 막고 눈을 감은 채 허리를 숙인 혜영에게는 들리지 않았다.

쾅쾅, 쾅쾅쾅-.

파출소 앞이었기에 혜영의 비명을 들은 경찰들이 급하게 달려 나와 차 문을 두드렸다.

“무슨 일입니까?”

“차 시동 끄시고 안에 계신 기사 분, 여성 분, 일단 다 내리십시오.”

잠시 후, 택시에서 내린 혜영은 경찰관들 앞에서 기사에게 허리를 굽혀 사과했다.

“죄송합니다. 제가 정말 큰 오해를 했네요.”

택시 기사는 기묘사가 아니었다. 혜영을 착각하게 했던 얼굴의 자국은 그저 조금 특이하게 세로로 깊이 팬 주름이었다.

정면에서 보니 기사는 기묘사와는 완전히 다르게 생겼고, 기묘사와는 달리 주름도 왼쪽이 아닌 오른쪽에 있었다.

구멍가게 할아버지의 실종 소식을 듣고 나서 꾹꾹 눌러 쌓인 공포가 기어이 일을 저지른 것이었다.

“괜찮습니다. 아까 아가씨 사정 보니까 그럴 만도 했던 것 같은데, 몸 조심하십쇼.”

다행히 기사는 혜영의 사정을 이해한다는 듯 사과를 받아주었고, 경찰에게도 혜영을 쫓아오는 차가 있었다고 친절하게 설명해주었다.

결국 그날 밤 경찰차를 타고 집에 돌아온 혜영은 난생처음 경험한 죽음의 공포에 질려 어머니가 차려준 저녁밥도 먹지 못하고 자기 방으로 들어갔다.

한 시간쯤 지났을까, 침대 위에 같이 누운 민혁의 품에 안겨서 꺼이꺼이 울던 혜영이 새근새근 숨소리를 내었다.

혜영의 머리를 쓰다듬던 민혁은 혜영이 잠든 걸 확인하자, 스르륵 침대에서 일어났다.

자신 때문에 사랑하는 사람들이 고통받는 이 세상이 정말 지긋지긋했다.

꿈은 반대라더니

다음날 아침 혜영은 꿈을 꾸었다. 살인 사건들은 먼 옛날의 일처럼 잊혔고, 혜영은 민혁과 행복한 데이트를 즐기고 있었다.

혜영은 손에 아이스크림이 가득 담긴 흰 봉투를 들고 있었고, 그 옆을 민혁이 나란히 걷고 있었다. 혜영은 아이스크림을 하나 꺼내서 먹다가 민혁에게 물었다.

"오빠도 먹을래?"

"먹던 거 주지 말고, 새거 꺼내 줘. 손에 많이 있네."

"칫. 먹던 거라고 못 먹으면 키스는 어떻게 하냐?"

"그렇네. 아."

혜영이 벌어진 민혁의 입에 아이스크림을 넣어주었다. 예전과는 다르게, 아이스크림의 끝부분이 민혁의 입안으로 들어갔다.

"우리 오빠 이제 잘 먹네. 예전에는 줘도 못 먹더니."

"그러고 보니까, 그때도 먹던 거 줬지?"

"아, 진짜. 그럼 오빠가 먹고 있는 것도 나 주든가!"

다음 순간, 민혁은 혜영의 입술에 입을 맞추었다. 그 사이 아이스크림은 녹아내리고 있었다.

혜영은 서서히 녹아서 스며드는 아이스크림처럼 부드럽게 잠에서 깨어났다.

*

잠들기 전의 기억을 따라, 손이 민혁이 누워 있던 자리를 더듬었다.

"으음, 오빠, 아니, 민혁씨."

하지만 민혁의 목소리는 들리지 않았다.

눈을 떠서 지난밤 민혁이 누워 있던 자리를 돌아보는데, 민혁의 큰 키로 꽉 차 있던 퀸사이즈 침대가 휑하니 비어 있었다.

그때까지만 해도 또 그 까칠한 성격이 도져서 간밤에 말도 안 하고 갔나보다 여기고, 핸드폰을 꺼내서 확인해보았다.

그런데 혜영의 예상과는 다르게 민혁이 보낸 장문의 메시지가 한 통 와 있었다.

- 변호사님. 얼굴 뵙고 말씀드리기는 너무 죄송해서 이렇게 메시지 남겨요.

어제 저 때문에 무슨 일을 당하실 뻔했는지 제 눈으로 똑똑히 보고 나서 제가 더이상 변호사님 곁에 있으면 안 된다고 생각했어요.

제 옆에 있는 사람들은 항상 불행해지는 것 같더라고요. 제가 의뢰 드린 사건은 모두 잊으시고, 최대한 빨리 거기서 벗어나셔서 부디 무탈하게 지내세요.

변호사님께서 이 메시지 보실 때 저는 아마 이승에 있지 않을 것 같습니다. 민혁 드림.

어제 잠들기 전에 너무 많이 울었기 때문인지, 아니면 민혁이 남긴 메시지가 너무 어이가 없어서인지 가슴에서는 뜨거운 덩어리가 올라오는데도 눈물은 나오지 않았다.

언젠가 민혁이 이 세상이 지긋지긋해서 자기는 곧 저승으로 가려고 한다는 이야기를 한 적이 있었다. 그 이야기를 한 뒤 그전까지는 이승에 남아 혜영이 사건을 해결할 수 있도록 돕는다고 약속하지 않았는가?

그런데 갑자기 저승으로 떠난다고? 자기랑 있었던 일은 다 잊고 살라고?

이게 무슨 전혀 민혁답지 않은 말인가? 게다가 어울리지도 않게 공손한 어조로 남긴 지독한 이별의 말이었다.

혜영이 혹시나 닿을까 싶어 급히 답장을 보내 보았다.

- 제가 어제 힘들다고 투정 부린 건 민혁씨 사건을 해결하기 싫다는 뜻이 아니라, 힘들 때 같이 있어줘서 고맙다고, 앞으로도 그렇게 해주셨으면 좋겠다는 뜻이었어요.

혜영이 출근 준비를 하는 것도 잊은 채 멍하게 핸드폰을 바라보았지만, 민혁에게서 답장은 오지 않았다.

급한 마음에 전화를 걸어보았지만, 황당한 기계음만 들려올 뿐이었다.

- 고객님께서 지금 거신 번호는 없는 번호이오니 확인하신 후 다시 걸어주시기 바랍니다.

전화를 끊은 혜영의 어깨가 들썩거리더니 이내 울음이 터지고 말았다.

지금까지 눈물이 안 나왔던 건 민혁이 자신을 혼자 두고 이승을 떠났다는 걸 받아들이지 못했기 때문이었나보다.

혜영의 눈 아래에 고인 눈물이 볼 위로 방울져 흘러내리기 직전이었다.

민혁은 아니었지만, 귀신 하나가 혜영의 방에 모습을 드러냈다.

〈혜영아.〉

흥신소 소장이 혜영의 얼굴을 보고서 하려던 말을 삼켰다. 소장의 모습을 보고 나서 한참 뒤에야 혜영은 손등으로 눈물을 훔치고 대답했다.

"소장님, 안녕하세요. 찾아오신 분께 죄송한데, 제가 소장님께 정말 꼭 여쭐 말이 있어서요. 제 이야기 먼저 들어주시면 안 될까요?"

〈어? 어. 그래.〉

"민혁씨 이야기인데요, 강민혁이요."

소장이 잠시 고개를 갸웃하다가 혜영이 물으려는 말이 자신이 찾아온 용건과 같다는 걸 알아채고는 되물었다.

〈저번에 너랑 병원에서 밤 같이 보냈던 K 말이지?〉

"네, K님이요. K님이 어젯밤까지 저랑 바로 여기에 같이 있었는데, 이승을 떠날 거라는 이상한 메시지 하나만 남기고 사라졌어요. 소장님이 개통해주신 핸드폰으로도 연락이 안 돼요."

크흠-. 소장이 이제부터 어려운 이야기를 해야 한다는 듯, 헛기침을 한 번 한 뒤에야 대답했다.

〈사실 어제 K가 이승을 떠나기 전에 나를 찾아왔었어.〉

"네? 뭐라고 하던가요? K님 정말 저승으로 가버리신 거예요?"

놀란 혜영의 얼굴을 보며 소장이 곤란한 표정으로 고개를 끄덕였다.

〈응. 내가 하려던 것도 그 얘기인데, 어젯밤에 나한테 와서는 자기한테 남은 이승 체류 기간 52년을 다 줄 테니까, 혜영이 자네가 요청하는 건 다 들어달라고 하더군. 내가 체류 기간을 받자마자 바로 자발적으로 저승 소환에 응해 떠났어.〉

그런 일이 있었으면 자신에게 먼저 상의를 하든가, 일단 민혁을 말리고 볼 일이지, 이승 체류 기간은 다 받고 그렇게 떠나게 놔두었다니.

혜영이 속에서 끓어오르는 분통을 참으며 다시 물었다.

"그럼 K님은 어떻게 해야 다시 돌아오실 수 있는 거예요? 영력 있는 사람이랑 계약하면 이승에 머무를 수 있잖아요. 제가 웅녀님이랑 계약한 것처럼 K님이랑도 계약하면 되나요?"

소장이 고개를 가로저었다.

〈저승에 있는 귀신이랑 계약할 방법은 내가 아는 선에서는 없네. 일정 절차를 거쳐서 환생을 하면 이승으로 돌아올 수는 있겠지만, 자네가 만날 수 있는 곳에서 환생할지도 잘 모르거니와, 혹여 만난다고 쳐도 그때는 기억을 모두 잃어버려서 자네가 알던 K가 아닐 걸세.〉

이걸 다 아는 흥신소 소장이 민혁이 번복할 수 없는 선택을 하는 걸 보고만 있었다니.

혜영이 굳은 결심을 한 얼굴이 되어 마지막으로 물었다.

"그럼 제가 죽어서 저승에 가면 K님을 다시 볼 수 있는 건가요?"

그러자 소장이 기겁하며 혜영을 뜯어말렸다.

〈자네 어머니를 봐서라도 그런 생각은 꿈에도 하지 말게나. 저승에 있는 귀신들은 서로를 만날 수 없어. 그래서 귀신들이 그렇게 기를 쓰고 이승에 머무르려고 하는 걸세.〉

혜영은 당장 죽겠다는 이야기를 한 건 아니었고, 혹시 몇십 년 뒤에라도 죽어서 다시 만날 수 있냐고 물었던 것인데 소장이 살짝 오해한 모양이었다. 아무튼 저승에 가서도 민혁을 다시 만날 수는 없다는 걸 안 혜영이 고개를 떨궜다.

"알겠어요, 제가 너무 두서없이 이것저것 여쭤봤는데 대답해주셔서 감사합니다."

〈이승 체류 기간을 52년이나 받았는데, 이 정도 서비스는 당연히 하는 게 상도 아니겠나? 오늘 나눌 이야기는 다 한 것 같으니 또 필요한 일 있으면 부르게나.〉

흥신소 소장이 방을 떠난 뒤 침대에 앉아서 멍하게 천장과 벽 사이의 어느 부분을 바라보고 있던 혜영이 결심을 굳혔다.

지금까지 민혁이 해달라는 걸 거절했던 기억은 없다. 하지만 이번만큼은 민혁의 말을 듣지 않을 생각이었다.

혜영은 기묘사와 강준범이 벌이고 있는 강의정 회장 부활 프로젝트를 저지하고, 민혁이 의뢰한 사건을 해결할 것이다.

자신 때문에 주변에 있는 사람들이 힘들어진다는 민혁의 생각은 틀렸다.

어제 혜영이 큰일을 당할 뻔한 것도, 어머니가 그 고초를 치른 것도, 그렇게 건강하던 석원이 지금 병원에 누워 있는 것도, 모두 수명을 다한 사람을 억지로 살려내겠다고 연쇄살인을 일삼는 저들 때문이었다.

저들을 처리하고 부활 프로젝트를 단념하게 해야 혜영의 안위는 물론, 다른 사람들의 행복과 앞으로 저들이 살해하려는 사람들의 목숨을 지킬 수 있었다.

*

성모 그룹 사옥 꼭대기 층의 내실에서 준범이 무서운 눈빛을 내뿜으며 기묘사를 노려 보고 있었다.

"그러니까, 그 신예화라는 무당이 우리 부활 프로젝트가 어떻게 진행되는지 다 아는 상태로 깨어나버렸고, 우리 뒤를 캐던 그 변호사 딸한테 다 이야기했을 거라고? 그 변호사는 우리한테 협력할 생각이 단 요만큼도 없고?"

기묘사가 준범에게 고개를 조아렸다.

"죄송합니다. 회장님. 그 변호사는 회장님이 제시해주신 조건이면 당연히 저희 쪽에 붙을 줄 알았고, 신 무당도 딸이 성모 그룹에서 일할 거라고 생각했는지, 제 일에 협력하는 척하길래 프로젝트 내용을 조금 알려줬는데, 일이 이렇게 돼버렸습니다. 뭐라고 드릴 말씀이 없습니다."

준범의 매서운 안광은 기묘사와 나란히 앉아 있던 경욱에게로 향했다. 경욱이 준범의 눈총을 피하려는 듯 그 큰 덩치를 움츠렸다.

"그리고, 채경욱 너는 그 변호사 똘마니 처리도 실패하더니, 어제는 그 변호사 미행까지 했다가 실패하고 그냥 돌아왔다고?"

"죄송합니다, 회장님."

준범이 화를 누르지 못하고 앉아 있던 소파 손잡이를 쾅쾅 내리쳤다.

"회장, 회장! 그래, 내가 지금 회장 대행에서 '대행' 딱지 떼버리고, 진짜 성모 그룹 회장이 되려면 아버지가 다시 살아나셔야 한다고! 이대로 아버지 없이 주주총회에서 강양범이랑 붙으면 절대 못 이긴단 말이야. 알아?"

준범의 이 분노는 강의정 회장 부활 프로젝트가 엎어질 기미가 보여서이기도 했지만, 동시에 동생 양범에 대한 열등감의 표출이기도 했다.

준범과 1년 터울을 두고 태어난 동생 양범은 그 차이가 무색하게 모든 면에서 준범을 앞섰다.

어렸을 때는 공부도, 운동도 준범보다 잘했고, 머리가 굵어져 회사에 들어온 뒤로는 엄청난 성과를 올리며 직원들과 주주들의 마음을 사로잡았다.

다만, 한 가지 준범이 더 나았던 점이라면, 아버지 강의정 회장의 비위를 맞추는 일이었다.

양범은 자기가 아니라고 믿는 일에는 겉으로라도 동의하지 못하는 성격이었고, 그 때문에 아버지와 부딪히는 일이 잦았다.

그런 와중에 성모 그룹 총수직 승계 절차를 마무리하지 못한 채 강의정 회장의 병세가 급격히 악화되어 사망에 이르고 말았다.

아버지의 후광 없이는 동생 양범을 도저히 이길 수 없다는 걸 그 누구보다 잘 아는 준범이었기에 강의정 회장 부활 프로젝트에 목을 맬 수밖에 없었다.

강의정 회장의 병세가 급격히 악화되어 모든 게 절망적으로만 보이던 준범에게 기묘사가 찾아왔을 땐 한 줄기 희망이 보이는 듯했다.

기묘사는 강의정 회장이 이승에 이루어놓은 것들을 도저히 놓고 갈 수 없어서, 용한 무당인 자신을 불러 부활을 준비해왔다고 설명했다.

믿지 못하는 준범에게 기묘사는 강의정 회장의 유서를 내밀었다. 기묘사가 들려준 이야기가 아버지의 자필로 쓰여 있었다.

준범은 이 프로젝트만 성공한다면 동생 양범을 제치고 자신이 성모 그룹의 차기 총괄 회장이 될 수 있을 거라고 믿어 의심치 않았다.

그런데 그 좋은 기회가 지금 눈앞에 있는 이 두 놈이 일을 엉망으로 처리하는 바람에 사라지려고 하고 있었다.

기묘사가 여전히 분을 삭이지 못한 채 씩씩거리는 준범에게 조심스럽게 물었다.

“일단 신 무당이랑 그 딸년 변호사는 무시하고, 일을 속전속결로 진행하는 건 어떠시겠습니까? 강의정 회장님께서 부활만 하시면 그걸로 저희의 승리입니다. 육신 안에 있는 영혼은 저승에서 함부로 건들 수가 없습니다.”

씨익-. 그제야 준범의 얼굴에 웃음이 지어졌다.

“그래? 저승 대법관한테 바치기로 한 아홉 명의 목숨 중에서 이제 몇 명 남았지?”

“귀신 다섯 위는 봉인해두었고, 이제 네 명 남았습니다.”

준범의 시선이 저승의 일을 담당하는 기묘사에서 이승의 일을 처리하는 경욱으로 옮겨갔다.

“좋아. 채경욱이, 네 명 처리하는 데 얼마나 걸리겠어?”

경욱이 자신의 실수를 만회하겠다는 듯 굳은 표정으로 대답했다.

“급하다고 하시니 빨리 준비하겠습니다. 한 명 당 하루, 다 합쳐서 나흘만 주십시오.”

“그래. 그렇게 해서 강양범이 몰아내고 내가 총괄 회장실 차지하면 너희들도 다 같이 부귀영화 누리는 거야. 알겠어?”

"네. 회장님."

*

결심을 굳힌 혜영은 남은 눈물을 말끔히 털어내고 침대에서 일어나 출근할 준비를 했다.

부은 눈을 냉수로 적당히 진정시키고, 어젯밤에 못한 샤워를 한 뒤, 세탁소에서 찾아온 지 얼마 안 된 정장으로 갈아입었다.

사무소로 향하는 지하철 안에서 혜영은 변호사로서 굳게 지켜온 믿음 하나를 되새겼다.

'아무리 사실관계가 복잡하고 법리가 어려운 사건이어도, 법은 반드시 정의(正義)를 향하게 되어 있다. 이 점은 저승의 법이라고 할지라도 다르지 않으리라.'

사무소에 도착한 혜영은 생각이 막힐 때면 하던 습관대로 보드마카를 들고 화이트보드 앞에 섰다.

지금 이 하얀 공간은 혜영이 어젯밤부터 오늘 아침까지 울면서 비워낸 머릿속과 같았다.

이제 여기에 사건에 관련된 정보를 하나하나 채워넣으며 해결 방법을 찾아낼 것이다.

먼저 화이트보드의 중앙에 자신의 이름 '유혜영'을 적어넣었다. 지금부터 할 일은 돈이 목적도 아니고, 누군가의 의뢰를 받았기 때문에 하는 것도 아니다. 법조인으로서 응당 지킬 책임이 있다고 믿는 정의를 위한 일이었다.

그다음, 자신의 이름 주변에 이 일을 해나가는 데에 도움을 줄 수 있는 사람들을 적었다.

항상 혜영의 편인 어머니 '신예화', 자신과 계약돼 있는 초월격을 지닌 귀신 '웅녀', 민혁이 유산처럼 남기고 간 이승 체류 기간 52년의 값어치는 할 귀신 '흥신소 소장'.

그 왼쪽에는 지금까지 혜영이 지키지 못했던, 저들에게 살해당한 사람들을 적었다.

회장 대신 저승에 가야 하는 '강민혁', 회장을 부활시키기 위한 제물로 바쳐질 '허수지', '구멍가게 주인 할아버지', 확실하진 않지만, 학원 끝나고 집에 가던 중학생 세 명.

그리고 저승 대법관에게 아홉 위의 영혼을 바치기 위해 앞으로 살해될지도 모르는 사람 네 명, 혹은 그 이상.

이제 상대해야 할 적들의 이름을 적을 차례였다. 이 모든 일의 시작인 '고(故) 강의정 회장'과 그의 아들 '강준범', 그들의 하수인으로 활동하고 있는 '기묘사'와 아직 이름을 알지 못하는 '덩치 큰 남자'.

연쇄살인과 폭행을 일삼는 이들이 지금처럼 날뛸 수 있는 건, 법의 사각지대를 이용하기 때문이다.

안타깝게도 법망에 걸리지 않으면 처벌은커녕 아무런 제재도 받지 않는다.

혜영은 이들에게 보다 촘촘한 법망을 씌울 방법을 고민하다가 핸드폰을 꺼내 들었다.

“안녕하세요. 오 경위님. 요즘 많이 바쁘시죠? 관할 맡으신 지역에서 사건이 많이 터지더라고요.”

- 휴우.

오 경위가 드디어 자신의 마음을 알아주는 사람을 만났다는 듯 한숨까지 쉬며 하소연했다.

- 물론 사건이 안 일어나서 저희 경찰들이 하는 일 없이 월급 받는다고 머쓱해져야 정말 좋은 세상이긴 한데, 그래도 꼭 터져야 되면 다른 관할에서 터질 일이지, 어떻게 구치소 살인, 슈퍼 주인 실종, 중학생들 실종 다 저희 관할 일이랍니까?

이게 바로 혜영이 동부경찰서 오 경위에게 전화를 건 이유였다.

“제가 그 이유를 알 것 같은데요”

혜영의 말에 오중혁 경위가 반색했다.

그 이유가, 뭔가요?

“확실한 근거를 말씀드리긴 어려우니 내사에만 활용해주세요. 방금 말씀하신 사건들 모두 성모 그룹이랑 관련돼 있을 가능성이 커요. 성모 본사가 동부경찰서 관할이죠?”

- 네? 조금만 더 자세히 말씀해주실 수 있을까요, 성모 그룹이라뇨?

“더이상 구체적으로는 저도 말씀 못 드리고요, 대신에 차량 번호 하나 드릴게요. 이 차 잘 따라다녀보시면 뭔가 나올 것 같아요.”

- 불러주시면 받아적겠습니다.

혜영이 어제 자신을 뒤쫓아 오던 검은색 SUV의 차량 번호를 불러줬다.

"447 사 5579요."

만약 혜영이 검사여서 영장을 청구할 수 있다면, 압수수색영장을 받아다가 성모 그룹 본사고, 기묘사의 점집이고 탈탈 털겠지만, 이 이상은 변호사인 혜영이 할 수 있는 일이 아니었다.

방금 바짝 당겨놓은 법의 그물이 저들의 악행을 뿌리 뽑지는 못하더라도, 약간의 방해와 더불어 시간을 끌어주기를 바라며, 혜영은 다음 작업에 착수했다.

이 사안이 복잡한 이유는 이승의 일과 저승의 일이 뒤엉켜 있기 때문이었다.

이승의 일은 오 경위를 비롯한 경찰 그리고 조금 더 기대를 해본다면 검찰에서 잘 수사해주기를 바라는 수밖에 없다.

이제 혜영이 해야 할 일은 이 사건이 시작된 곳, 저승에서 꼬인 매듭을 푸는 것이었다.

혜영이 여전히 손에 들고 있던 핸드폰으로 다시 한번 전화를 걸었다.

"응. 엄마. 점집 오늘까지 쉰다고 했나?"

- 그때 기묘사한테 당하고 나서 아직도 회복이 덜 됐는지, 오늘도 영영력이 신통치가 않아서 더 쉬어야 할지도 모르겠네. 왜? 우리 딸, 엄마가 뭐 도와줄까?

"엄마, 체력이 문제가 아니고 영력이 문제면, 그건 내가 감당할 테니까 우리 엄마네 점집에서 잠깐 볼까?"

- 거기서는 왜?

"엄마랑 같이 웅녀님 뵐까 하고. 그렇게 대단하신 분 모시는데, 그래도 귀신들 왔다갔다하기 제일 편한 점집에서 뵙는 게 좋지 않을까 해서. 혹시 엄마가 더 좋은 데 알면 거기 모셔도 되고."

핸드폰 너머로 들리는 어머니의 목소리가 살짝 흥분한 듯 한 톤 올라갔다.

- 아이고, 맞다. 우리 딸이 웅녀님이랑 계약했다고 했지. 모든 무당의 어머니 같은 분이신데, 딸 덕분에 뵐 수 있으면 당연히 나가야지. 웅녀님이시면 신단수 아래에서 뵙는 게 제일 좋을 것 같은데, 거기가 어딘지도 지금은 실전(失傳)돼서 알 길이 없으니까, 네 말대로 점집에라도 모시자.

"그런데 엄마, 웅녀님 뵙고 그냥 담소나 나누려는 건 아니고, 기묘사가 하는 그 부활 프로젝트, 웅녀님한테 말씀드리고 싶어."

- 나도 며칠 누워 있으면서 딱 그 생각 했다. 이게 다 따지고 보면 저승 대법관 중의 한 놈이 어디에 쓰려는지 자기 권세 이용해서 미등록 영혼들 가로채려고 해서 시작된 일인데, 저승에서 시작된 일이면 저승에서 풀어야지.

혜영은 역시 엄마랑은 마음이 잘 통한다고 생각하며, 환하게 웃었다.

"그럼 언제 볼까? 나는 바로 갈 수 있는데."

-그래도 웅녀님 뵈려면 내가 최소한의 단장은 해야 할 것 같아서, 두 시간만 있다가 점집에서 볼까? 저번에 와봤으니까 위치는 알지?

"응, 찾아갈 수 있을 거야. 가다가 못 찾으면 전화할게."

- 그래. 곧 봐. 우리 딸.

한 시간 반쯤 뒤, 어머니의 점집을 찾아 마당으로 들어간 혜영은 처음 와봤을 때랑은 사뭇 다른 느낌을 받았다. 영력을 얻고 나니, 조금은 귀신들의 관점에서 보였달까?

일단 위치 선정부터 좋아 보였다. 주변에 민가나 큰 건물이 적어서 귀신들이 요령껏 피하기만 하면 산 사람들이랑 마주치지 않고 산 넘고 물 건너 찾아오기에 적당했다.

거기다 죽은 지 오래된 귀신들이 편안함을 느낄 수 있는 전통 한옥식 인테리어까지 하나하나가 산 사람이 아닌 귀신을 배려하고 있다는 걸 알 수 있었다.

마당으로 들어와 있던 혜영이 어머니와의 약속 시간이 된 걸 확인하고 선 점집 대문을 바라보았다.

하지만 문은 열리지 않았다. 단장하는 데에 오래 걸리시나보다 하고, 혜영은 먼저 웅녀를 불렀다.

얼마 지나지 않아 나타난 웅녀가 혜영에게 반갑게 말을 걸었다.

〈어머, 혜영님. 그동안 잘 있었어요? 계약하던 날은 주변에 산 사람도 많고 정신도 없어서 이야기도 제대로 못 나눴는데, 여기는 뭐랄까, 기운이 되게 편하네요.〉

혜영이 느꼈던 걸 웅녀도 그대로 느끼고 있었나보다.

"안녕하세요. 웅녀님. 여기 저희 어머니가 운영하시는 점집 연화당이에요."

〈아, 어머니라고 하시면 저번에 병원 침대에 누워 계셨던 그분이요? 제가 그 뒤로는 뵙지를 못해서, 잘 깨어나셨나요?〉

"네, 웅녀님 덕분에 무사히 퇴원하셨어요. 곧 여기로 오기로 하셨는데 괜찮으시죠?"

혜영의 물음에 웅녀가 농담까지 섞어 대답했다.

〈그럼요. 저번에 보니 혜영님은 저희 가족사 속속들이 알고 계신 것 같았는데, 저는 혜영님 어머니 누워 계신 모습만 봐서 조금 손해 본 느낌이었거든요.〉

“웅녀님 남편 분이랑 아드님은 우리나라에서 모르는 사람이 없을걸요? 저희 학교에서 우리나라를 세우신 분이라고 열심히 웅녀님 가족 분들 이야기 배워요.”

〈호호, 그렇게 유명한가요?〉

혜영은 웅녀와 편안하게 이야기를 나누면서도, 약속 시간이 지나서도 오지 않는 어머니를 의식하며 점집 대문 쪽을 흘깃흘깃 바라보았다.

그런데 어머니가 모습을 드러낸 곳은 대문이 아니라 점집 안쪽 신당이었다.

“아이고, 웅녀님. 제가 생전에 웅녀님을 다 뵙습니다.”

푸흡-. 혜영은 태어나서 처음 보는 어머니의 당황한 모습에 자신도 모르게 웃음을 짓고 말았다.

웅녀님을 뵙기 위해 단장한다는 게 저거였는지, 어머니는 색동저고리와 치마에 갓까지 쓰고서 넙죽 엎드려 절을 하고 있었다.

영력으로 치면 전국에서도 손에 꼽을 정도라던 어머니가 저런 모습을 보이는 걸 보면 웅녀가 정말 대단한 귀신이 맞긴 맞나보았다.

일주일 Vs. 나흘

웅녀가 황급히 어머니에게 다가가 말했다.

〈저랑 계약하신 혜영님 어머니신데 이렇게 너무 깍듯이 대해주시면 제가 부담스러워요.〉

그제야 어머니는 자기가 오버했다는 걸 알았는지 일어서서 웅녀를 바라보았다.

"웅녀님을 뵙는 게 너무 영광이라 제가 그만, 실례했습니다."

웅녀가 입을 가리고 작게 웃으며 가벼운 농담을 얹어 대답했다.

〈호호, 괜찮아요. 저는 착한 사람한테는 착한 귀신이라, 너무 그렇게 긴장 안 하셔도 돼요.〉

"누추하지만 안으로 모셔도 괜찮을까요? 저희 딸아이가 저랑 같이 꼭 웅녀님께 드릴 말씀이 있다고 하더라고요. 웅녀님 계시는 동안 다른 귀신들은 못 들어오게 결계 쳐두었습니다."

〈네. 은밀한 이야기를 듣게 될 것 같은데 여기 마당은 너무 열려 있네요.〉

잠시 후, 신당 안으로 들어간 혜영과 어머니, 웅녀는 둘러앉아 기묘사가 진행하고 있는 부활 프로젝트에 관한 이야기를 나누었다.

부활 프로젝트에 대한 어머니의 개괄적인 설명이 끝나자, 혜영이 입을 뗐다.

“이것 때문에 이승에서도, 저승에서도 결코 용납될 수 없는 일이 벌어지고 있어요. 웅녀님께서 도와주실 방법이 없을까요?”

혜영과 어머니의 말을 다 들은 웅녀의 표정이 심각하게 변해 있었다.

〈부활은 이승에서 죽지 않았어야 할 사람이 저승 법원이나 저승사자들이 실수해서 죽게 된 경우를 대비해서 만들어놓은 특별 제도이지, 그렇게 개인의 이익을 위해서 쓰일 수 있는 게 아니에요.〉

혜영의 어머니 역시 굳은 얼굴로 말을 얹었다.

“저도 그렇게 알고 있어요. 이 일이 자칫 저승과 이승의 경계에 악영향을 미치지는 않을까 그게 두렵네요.”

웅녀가 고개를 크게 한 번 끄덕였다.

〈맞아요. 이승과 저승의 경계가 무너지는 그 일, 저승 귀족의 한 사람으로서 절대로 두고 볼 수가 없네요. 이렇게 알려주셔서 감사해요. 혜영 씨랑 어머니 두 분 다요.〉

웅녀의 입에서 나온 단어 하나에 어머니의 얼굴이 다시 경악으로 물들었다.

웅녀가 영험한 귀신인 건 알고 있었지만, 심지어 저승 귀족이라니.

저승 귀족은 태초에 인간의 영혼이 죽음과 동시에 소멸되는 것을 막고자 자신들의 영력을 끌어모아 저승이라는 시스템과 그 안에서 지켜야 할 규칙을 만든 자들이었다.

그 밑에 저승 규칙을 해석하고 적용하는 저승 법원이 있고, 그들을 보조하기 위해 저승사자들이 죽은 자를 저승으로 인도한다는가, 실종된 영혼을 수색한다든가 하는 활동을 한다.

말하자면, 웅녀는 부활 프로젝트의 흑막인 저승 대법관보다 그 지위가 한참 높은 귀신인 것이다.

혜영이 어머니의 표정을 한번 살피고는 다시 웅녀에게 물었다.

“막을 방법이 있겠죠?”

〈네. 오랜만에 잠깐 저승에 들러야겠네요. 귀족원 회의를 소집해서 방금 말씀해주신 그 대법관 업무를 정지시키고, 추후에 파면 절차 진행하겠습니다.〉

혜영이 조심스러운 목소리가 되었다.

“그렇게 해주시면 정말 감사한데, 혹시 시간이 얼마나 걸릴까요? 강준범 일당이 그 저승 대법관이 요구한 조건을 맞추려고 너무 많은 무고한 사람들을 죽이고 있어요.”

웅녀가 잠시 생각하는 듯 고개를 살짝 숙이고서 대답했다.

〈혜영님 말씀도 있고, 사안 자체도 굉장히 심각해 보여서, 저도 최대한 빨리 진행되도록 노력은 할 텐데요, 저승 귀족원에서는 안건 하나가 통과되려면 보통 일주일은 걸려요.〉

“아, 절차가 복잡한가요?”

〈이번 사건은 토론이나 투표 같은 복잡한 절차를 거칠 필요 없이 만장일치로 결정될 것 같은데, 저승 귀족들이 저처럼 죽은 지 워낙 오래된 귀신이라 소집일 맞추는 게 쉽지 않거든요.〉

웅녀의 대답을 들은 혜영이 고개를 끄덕였다.

“알겠습니다, 저승에서 대법관 파면 처리되는 동안 저는 이승에서 무고한 사람들이 죽지 않게 할 방법이 있는지 더 알아볼게요.”

〈혜영님은 이승에서, 저는 저승에서 최선을 다해 이 일을 막아보지요.〉

*

한편, 강준범에게 나흘 내로 필요한 네 명을 더 살해하겠다고 호언장담해놓았던 경욱은 여러모로 곤란한 지경에 빠져 있었다.

오늘 아침 불심검문을 받은 것을 시작으로, 경찰들이 경욱의 주위를 떠나지 않고 있었다.

도로를 달려도 경찰차가 보이고, 조금 후미진 곳으로 들어가면 사복 경찰 냄새가 풀풀 나는 사람들이 경욱의 주변을 어슬렁거렸다.

이래서야 나흘 안에 네 건의 살인을 더 저지른다는 건 불가능해 보였다.

설상가상으로, 예전에 같이 살인청부업자로 일하다가 지금은 구치소에 있는 도연에게 한 건 정도 더 처리해줄 수 있는지 물어보았지만, 수지를 살해한 이후로 삼엄한 경계가 붙은 독방에 갇힌 데다, 작업도 운동도 나가지 못하고 있어 살인은 엄두도 못 낸다고 했다.

나흘 중 하루를 날릴 위기에 처한 경욱에게 기묘사의 전화가 걸려왔다.

"네, 기묘사님. 무슨 일이십니까?"

- 곤란한 일이 생겼습니다. 그쪽에서 수고를 더 해주셔야 할 것 같습니다.

지금 맡은 일도 벅찬데, 수고를 더 하라니. 경욱이 인상을 찌푸리며 되물었다.

"무슨 일인데 그러십니까?"

기묘사는 저승 대법관에게 바칠 영혼을 봉인해놓은 수정 구슬 앞에 서 있었다.

지금 기묘사의 앞에는 네 개의 수정 구슬이 놓여 있었다. 그런데 그중 마지막 수정 구슬이, 그 안에 봉인된 영혼의 특질에 따라 나타나야 할 색이 전혀 없이, 그저 투명한 유리구슬이 되어 있었다.

그 중학생들 중 여자애가 영력이 심상치 않아 보이더라니, 기어이 기묘사의 봉인을 풀고 탈출하고 만 것이었다. 이래서 신 무당을 이용하려고 했던 것인데 일이 난처하게 되었다.

한참 뒤에야 한숨 섞인 기묘사의 대답이 들려왔다.

- 봉인된 영혼 중 하나가 탈출했습니다. 새로 사냥해야 할 사람이 네 명이 아니라 다섯 명입니다. 더 늘어날지도 모르겠고요.

기어이 채경욱이 분통을 터뜨리고 말았다.

"사냥은 제가, 관리는 기묘사님이 하시기로 한 거 아니었습니까? 그쪽에서 실수해서 제 업무가 가중되는 거 달갑지 않습니다."

- 미안합니다. 봉인된 영혼 관리하는 데 영력이 이만저만 드는 일이 아니라 저 혼자서는 조금 벅차네요. 그래서 신 무당을 포섭하려고 했던 건데, 아시는 것처럼 일이 잘 안 됐습니다.

"지금 저희 시간이 매우 촉박한 건 아시죠?"

- 네. 어제 회장님까지 모신 자리에서 제가 직접 한 말이니 똑똑히 기억합니다. 경욱 씨가 최대한 빨리 움직여주셨으면 합니다.

"저도 지금 상황이… 아무튼 알겠습니다."

그러는 사이 경욱이 타고 다니는 검은색 SUV 옆으로 또 경찰차 한 대가 지나갔다.

끄응-. 아침부터 경찰을 너무 많이 봐서 찝찝한 기분이 든 경욱이 외진 곳으로 차를 몰고 가 의심되는 바를 확인해보았다.

턱턱-. 차 바퀴 위의 공간 안쪽을 더듬던 경욱의 손에 예상했던 물건이 잡혔다.

위치 추적기. 경찰 놈들이 경욱의 차에 이걸 달아놓고 하루종일 졸졸 따라다니고 있었던 거였다.

짧은 안테나가 달린 검은색 위치 추적기를 바닥에 내동댕이쳐 박살 낸 경욱이 잠시 씩씩거리며 숨을 골랐다.

그러다 바닥에 나뒹굴고 있는 위치 추적기 부품을 보더니 좋은 생각이 났다는 듯 한 번 씨익 웃고서 핸드폰을 꺼내 준범에게 전화를 걸었다.

"회장님, 안녕하십니까?"

- 나야, 너랑 기묘사가 잘해야 안녕하지. 하루에 한 명씩 작업한다면서, 오늘 목표치는 채웠어?

"그게, 죄송합니다. 회장님. 경찰이 제 차에 위치 추적기를 달고 쫓아다니는 바람에 오늘은 아직 진척이 없었습니다."

핸드폰 너머로 들려오는 준범의 목소리가 확 까칠해졌다.

- 뭐?

경욱이 은밀한 이야기를 하려는 듯 목소리를 낮추고 한번 더 준범을 불렀다.

"저, 회장님."

- 뭐? 왜?"

"그래서 말인데, 혹시 다른 차 한 대랑, 차량 부착용 위치 추적기 하나만 구해주실 수 있을까요?"

왜? 누굴 잡으려고?

"회장님 성의를 차버린 그 변호사 년을 직접 처리하겠습니다."

- 그래? 어떻게?

"해보겠습니다, 아니, 반드시 되게 하겠습니다."

지금까지 경욱이 살펴본 바에 따르면 혜영은 출퇴근할 때는 지하철을 이용하고, 혼자 이동할 때는 주로 택시를 탄다.

그리고 지난번에 경욱이 수지의 구치소 수감 자료를 빼앗았던 직원과 함께 이동할 때는 그의 차를 이용한다.

사람이 가장 적은 시간에도 목격자를 피하기 어려운 지하철에서의 살인은 무리고, 택시를 쫓는 건 이미 실패했지만, 자신과 싸움에서 졌던 그 직원이랑 단둘이 같이 있을 때라면, 충분히 사냥할 수 있으리라.

잘만 풀린다면, 그 변호사와 남자 직원까지 일타 쌍피의 쾌거를 거둘 수 있을지도 몰랐다.

*

혜영이 법률 사무소로 출근했는데, 모처럼 보는 반가운 얼굴이 있었다. 병원에서 퇴하자마자 일하러 나온 형석원 실장이었다.

"어머! 석원씨, 오늘부터 다시 출근하시는 거예요? 병가 더 쓰셔도 되는데. 몸은 괜찮으세요?"

석원이 밝은 웃음으로 들어오는 혜영을 맞았다.

"안녕하세요. 변호사님. 좋은 아침입니다. 아직 봉합한 자리가 조금 쓰리긴 한데, 그래도 이렇게 엄중한 시기에 나와서 일해야죠. 어떻게 누워만 있나요?"

"고마워요. 석원씨, 그럼 이리 오셔서 제가 써놓은 거 한번 같이 보실래요? 이제 석원씨도 이번 사건이 어떻게 돼가고 있는지 자세히 아셔야 할 것 같아서요."

혜영의 사무실에 들어온 두 사람은 나란히 화이트보드 앞에 섰다.

혜영이 사건 개요를 정리해놓은 화이트보드에 적힌 이름 중 자신이 모르는 이름이 꽤 됐기에 석원은 하나하나 질문했고, 혜영은 자신이 만났던 귀신들의 이야기부터 이 사건에서 이승과 저승이 어떻게 얽혀 있는지까지 대략적으로 설명해주었다.

귀신 이야기는 입원해 있을 때도 들은 적이 있었지만, 저승까지 나오는 이야기의 스케일에 석원은 적잖이 당황한 모습이었다.

그러다가 석원도 혜영의 설명대로가 아니면 도저히 사건의 앞뒤가 맞지 않는다는 걸 깨닫고는 고개를 끄덕였다.

"그러니까 이렇게 많은 사람이 죽어 나가고 있는 게 죽은 강의정 회장을 살리려고 벌어지는 일이라는 거죠?"

"네."

다시 한번 화이트보드를 유심히 보던 석원의 눈이 예리하게 빛났다.

"여기 왼쪽에 적어놓은 사람들이 이번 사건 관련돼서 사망했거나 실종된 사람들이고요, 맞죠?"

"맞아요."

"그런데 이 사람들 중 한 명이라도 시신 소재 파악된 케이스가 있나요?"

살인 사건 수사의 핵심은 항상 시신이다. 시신을 찾아야 왜 죽었는지, 어떤 방법으로 죽었는지를 알 수 있고 그 외에도 부검 등을 통해 범인이 어쩔 수 없이 남긴 흔적을 찾을 수 있기 때문이다.

변호사인 혜영이 보지 못했던 걸 경찰 출신인 석원이 날카롭게 짚어내고 있었다.

혜영이 무겁게 고개를 끄덕이며 대답했다.

"그렇네요. 저번에 석원씨랑 같이 만났던 허수지님 말고는 제가 시신 찾아볼 생각을 못했어요."

그러자 석원이 한번 더 날카롭게 질문했다.

"허수지님 시신도 사망 직후 누구한테 인계됐는지는 확인 안 됐죠?"

"네, 일단 허수지님 사망 직전까지 수감돼 있던 동부구치소랑 수사 맡은 동부경찰서 측에 확인 한번 해주실래요?"

잠시 후, 혜영의 사무실로 다시 들어온 석원이 고개를 가로저으며 말했다.

"일단 구치소에서는 경찰 쪽에 인계했다고 하고, 경찰에서는 허수지님 어머니가 다시 인계해 갔다고 하는데, 서류상 모녀지간인 게 확인은 돼서 넘겨드리긴 했지만, 연락처도 안 받아놨대요."

수지 어머니의 연락처를 알 수 없는 지금, 그렇다면 수지의 시신은 어디에 있는 걸까?

수지가 죽은 지 3일은 이미 지났기에, 정상적인 저승 절차를 밟았다면 이승 체류 기간을 부여받고 귀신이 되어 이승에 있을 가능성도 있었다.

하지만 혜영의 기대와는 다르게 수지는 무슨 사정이라도 있는 건지 지금껏 혜영을 찾아오지 않았다.

‘보석 허가를 빨리 받아내지 못해 섭섭했던 걸까?’

하지만 귀신이 된 수지를 직접 만나보지 않는 이상 혜영이 확인할 수 있는 건 없었다.

수지 어머니의 연락처를 알 만한 사람으로 민혁이 떠올랐지만, 그 남자는 자기 발로 죽어서도 다시는 연락이 닿을 수 없는 저승으로 가버렸다.

골똘히 생각이 잠겨 있는 혜영에게 석원이 물었다.

“허수지님 어머니랑 같이 살지는 않으셨죠?”

혜영이 손에 턱을 괸 채 고개를 가로저었다.

“네, 독립해서 혼자 살았던 걸로 알고 있어요.”

석원도 잠시 고민하는 얼굴이 되었다가 다시 물었다.

“허수지님 시신의 행방이나 어머니의 연락처를 비공식적인 루트를 통해서라도 조사해볼까요?”

“어떻게요?”

“주변을 좀 조사해볼게요. 생전에 허수지씨가 가깝게 지냈던 지인들을 찾아서 물어보고, 근처 장례식장이나 화장터에도 확인을 해보겠습니다.”

석원이 시원하게 대답한 뒤 자리로 돌아가기 직전이었다. 혜영이 불현듯 뭔가 생각났다는 듯이 석원을 다시 불렀다.

“저기 석원씨, 잠시만요. 물어볼 사람이 생각났어요.”

수지의 시신은 찾기 어려워진 듯했지만, 시신의 행방을 추적해 볼 만한 또 다른 희생자가 있었다. 바로 민혁이었다. 혜영이 봤던 사건 관련 기사에는 민혁의 시신을 가족인 인계해 갔다고 나와 있을 뿐이었다.

그런데 민혁의 가족이라면 성모 그룹 사람들 아닌가? 민혁의 죽음을 목격한 할아버지 귀신은 어쩌면 그 뒤로 민혁의 시체가 어디로 갔는지까지 알고 있는지도 모른다.

핸드폰에서 달력 앱을 열어 확인해보니, 오늘은 자일(子日), 그러니까 이틀 뒤가 할아버지 귀신이 민혁의 살해 현장에 나타날 수 있는 인일(寅日)이었다.

"석원씨, 모레 새벽에 아, 그러니까 내일 밤 지나고 오는 새벽이요. 시간 비워주실 수 있으세요? 저번에 갔던 자동차 살인 사건 현장 다시 가봐야 할 것 같아요."

"아, 그 목격자 귀신 분 뵈러요?"

혜영은 민혁이 저승으로 가버렸지만, 시신이라도 찾을 수 있지 않을까 하는 희망이 들었다.

"네, 그분이라면 그때 죽은 남자의 시신에 대해서 아는 게 있을지도 모를 것 같아서요."

"네! 시간 비워놓고 안전하게 모시겠습니다. 이번에는 변호사님이 귀신 만날 동안 안 잘게요."

혜영이 그런 석원을 향해 방긋 웃어 보였다.

이틀 후 새벽, 언젠가 그랬던 것처럼 석원은 차 안에서 만일의 사태에 대비해 뛰쳐나갈 준비를 하고 있었고, 혜영은 차 밖에서 할아버지를 기다리고 있었다.

혜영의 핸드폰 시계가 2시 59분에서 3시로 넘어가자, 예상대로 할아버지 귀신이 도로변에 모습을 드러냈다.

〈처자가 여기는 또 무슨 일인가?〉

반가운 얼굴에 혜영이 허리를 꾸벅 굽혀 인사했다.

"할아버지 안녕하셨어요? 별일은 없으셨고요?"

〈나야 무슨 잘못을 한 것도 아닌데 독방에 갇힌 죄인마냥 저승에 있다가 열이틀에 한 번씩 여기 나와보는 게 낙이지 뭐. 처자는 잘 지냈고?〉

"저는 그동안 좋은 일도 있었고, 나쁜 일도 있었네요. 그보다 할아버지."

할아버지 귀신이 뒷짐을 진 채 고개를 끄덕이며 대답했다.

〈응. 그랴. 무슨 일인가?〉

"저번에 저랑 같이 여기서 이야기하던 K님 있잖아요."

〈응, 민혁이 말이구먼. 오늘은 왜 안 보이는가? 곧 오려나?〉

혜영이 슬픈 표정으로 고개를 가로저었다.

"아뇨. 민혁씨는 이제 못 올 거예요. 저승으로 떠났거든요."

할아버지 귀신 역시 그 사실을 처음 알았을 때의 혜영만큼이나 놀란 얼굴이었다.

〈뭣이여? 거기가 얼마나 외로운 곳인디 함부로 가나? 한번 그렇게 가버리면 못 돌아오는 곳인데.〉

혜영이 깊은 한숨을 내쉬었다.

"휴. 그러니까 말이에요. 그래서 제가 민혁씨 시신이라도 찾으려고 지금 수소문중인데요."

〈그 녀석 시체를?〉

"네, 할아버지께서 혹시 아시는 게 있으실까 해서 여쭈러 왔어요."

〈글쎄. 전에 처자 봤을 때도 말했지만, 나는 얼굴에 칼자국 있는 어떤 놈이 자동차 안에 불을 피워서 민혁이 그 녀석 죽이는 건 봤어도, 그다음에 어디로 데려갔는지는 잘 모르겠네만.〉

이승 체류 기간이 얼마 남지 않아 자신이 죽은 이 자리를 떠나지 못하는 할아버지이니, 민혁의 시신을 태운 차를 추적하지는 못했으리라.

그걸 알면서도 혜영은 한줄기 희망을 놓지 않고서 물었다.

"혹시 그때 상황을 조금만 더 구체적으로 말씀해주실 수 있으세요? 차 안에 번개탄을 피운 다음에 무슨 일을 했는지나, 그다음에 어느 방향으로 갔는지. 할아버지께서 보신 거 뭐든지요."

할아버지 귀신은 당시 상황을 기억해내려는 듯 미간에 주름을 잡고 잠시 생각하다가 대답했다.

〈어디 보자, 그러니까 그때 그놈이 자동차 안에 불을 피우고 나와서는 민혁이가 죽는 걸 기다리더니, 다시 들어가서 한참을 뭔가 하더라고. 입술을 달싹거리는 것 같기도 하고, 손을 들었다 내렸다 하기도 하고.〉

구회장 부활 프로젝트의 전말을 알게 된 혜영은 기묘사가 무슨 일을 했던 건지 추측할 수 있었다.

필시 죽은 민혁에게 먼저 죽은 강의정 회장의 이름을 덧씌워 저승 명부에 올리는 작업이었으리라.

"그러고 나서 어디로 갔나요?"

혜영의 물음에 할아버지가 고개를 갸웃했다.

〈여기서 차 타고 갈 데가 저 아래밖에 더 있는가?〉

주위를 둘러본 혜영이 할아버지의 말이 맞는다는 걸 깨달았다.

민혁이 살해당한 장소는 위로 올라온 도로가 다시 아래로 꺾이는 언덕 꼭대기 부근이었고, 여기에서 일이 일어났다면 그 아래로밖에 갈 수가 없었다.

차를 타고 굳이 도로가 아닌 포장되지 않은 땅을 달릴 이유는 없었다.

혜영은 여기에서도 별 소득이 없겠구나 싶어 침울한 표정으로 고개를 끄덕였다.

"그렇네요."

〈그런데 처자. 내가 이런 거 묻기는 낯간지럽긴 하면서도 워낙 궁금해서 말일세.〉

"뭐든 편하게 물어보셔도 괜찮아요."

크흠-. 할아버지 귀신은 크게 헛기침을 한 번 한 뒤에 하려던 말을 꺼냈다.

〈그 민혁이가, 생전에 만나던 색시 죽은 뒤로 처자를 연모했던 것 같던데, 둘이 어떻게 됐길래 민혁이가 저승으로 가버렸는가? 내 그것이 궁금허이. 처자한테 퇴짜 맞고 마음이 썩어서 그랬는가 생각해봐도, 처자가 여기까지 그 녀석 시체 찾겠다고 또 온 거 보면 그건 아닌 것 같으니 말일세.〉

혜영은 자기 혼자 민혁을 좋아한 게 아니었음을 알고는 안심이 되면서도, 한편으로는 사랑하면서도 떠나버린 민혁에 대한 섭섭함이 가슴 한구석에서 슬그머니 머리를 들었다.

"그러게 말이에요. 민혁씨가 저승으로 떠나면서 그런 말을 하더라고요. 이제까지 자기 옆에 있는 사람들은 항상 불행해졌기 때문에 더이상 제 옆에 안 있겠다고요."

할아버지가 답답하다는 듯 한껏 목소리를 높였다.

〈뭣이여? 내 살아생전에도 그런 법은 없었으이. 자기가 사랑하는 사람이면 불행해지지 않게 옆에서 지켜줘야지 떠나긴 어딜 떠난단 말인고?〉

민혁이 떠난 뒤로 누구에게도 털어놓지 못했던 마음을 할아버지가 알아주자, 혜영의 눈시울이 붉어졌다.

이곳이 민혁을 처음 만났던 곳이라는 사실까지 혜영의 감상을 한껏 자극했다.

"할아버지 생각도 그렇죠? 이 사람 어떡하면 좋죠?"

〈이미 저승으로 가버렸다니께 어떻게 할 수는 없겠지만. 뭐 그런 사내자식이 다 있나.〉

"그죠?"

그런데 그때, 눈물이 한 방울 맺힌 혜영의 눈에 지금 보여서는 안 될 무언가가 포착되었다. 저 아래에서 상향등을 켠 자동차가 올라오고 있었다.

혜영은 언젠가 택시 기사를 기묘사라고 오해했던 것처럼 이번에도 자신의 착각이길 바랐다. 하지만 낯선 흰색의 소형차는 점점 속도를 늦추며 혜영과 가까워지고 있었다.

마침내 흰색 차량은 석원이 대기중이던 차 바로 뒤에 멈춰 섰다. 운전석에서 내린 사람은 바로 채경욱이었다. 그는 혜영에게로 뚜벅뚜벅 걸어왔다.

돌아온 남자

혜영의 시선을 따라 뒤를 돌아본 할아버지가 짧은 탄성을 뱉었다.

〈아이고, 사람들 잘 다니지도 않는 여기에 저 흉흉한 놈은 또 뭣이여?〉

귀신인 할아버지가 보일 리 없는 경욱이 희열에 찬 얼굴로 땅을 박차며 혜영을 향해 뛰어오기 시작했다.

'차에 위치 추적기를 붙여놓긴 했지만, 기회가 이렇게 빨리 찾아올 줄이야.'

이전에는 실패했지만, 여기서 저 변호사와 똘마니를 잡아갈 수 있다면, 제물로 바칠 영혼을 확보하여 생전에 모시던 강의정 회장님의 부활에 한 발 더 다가서게 된다. 게다가 잃어버린 준범의 신뢰까지도 되찾을 수 있다.

"으아아아!"

고함을 지르는 경욱이 혜영과 지근거리까지 가까워지고, 놀란 할아버지 귀신이 반사적으로 몸을 피했다. 그 순간, 다행히 이런 상황에 대비하고 있던 석원이 차에서 튀어나왔다.

경욱이 열리는 차문을 피해 뒤로 펄쩍 뛰어올랐고, 그 틈을 놓치지 않은 석원이 주먹과 발차기를 몇 차례 내질렀다.

살인 청부를 업으로 삼는 데다가 언젠가 석원과 싸워서 이긴 적이 있을 정도로 실력자였던 경욱은 목과 허리를 이리저리 비틀며 석원의 공격을 여유롭게 피해 넘겼다.

얼마 남지 않은 시간 동안 머릿수를 채워야 하는 마당에 이 자리에서 죽일 사람이 한 명 더 늘었다는 게 오히려 반갑다는 듯 경욱이 석원을 향해 역공을 퍼부었다.

석원은 경욱이 날린 주먹을 팔다리를 써서 막아내고는 있었지만, 그 한 방, 한 방이 고스란히 충격이 되어 표정이 일그러졌다.

잠시 후, 두 사람은 간격을 벌리면서 대치를 이어나갔다. 석원은 혜영을 향해 소리쳤다.

"변호사님, 일단 차에 들어가 계세요!"

할아버지도 한마디를 덧붙였다.

〈그려. 처자는 들어가 있는 게 좋겠네. 저 흉흉한 놈이 처자를 노리는 것 같으니, 여차하면 내빼고.〉

혜영이 그 말대로 차에 들어가서 싸움을 지켜보는 동안 석원과 경욱은 몇 합을 더 겨루면서 자동차 앞으로 위치를 옮겼다.

안타깝게도, 둘의 격투는 석원이 불리한 쪽으로 흘러가고 있었다.

경욱이 도로변에 모습을 드러냈을 때 거침없이 선공을 퍼부었던 석원의 기세는 어느새 죽어 있었다. 예전에 경욱에게 당해 수술까지 받았던 기억이 되살아났기 때문일까, 그때 당한 상처가 아직 완전히 회복되지 않았기 때문일까, 석원은 경욱에게 밀려 자꾸만 뒤로 물러서고 있었다.

엄청난 덩치의 경욱은 팔 길이도 그만큼 길었기에, 석원은 좀처럼 반격의 기회를 잡지 못하고 있었다.

쉭, 쉭-. 경욱의 손끝에서 이는 바람이 몇 차례 공기를 갈랐을 때였다.

차 안에서 핸드폰을 들고 있던 혜영이 경욱과 눈을 딱 마주치고 말았다.

혜영이 경찰을 부른 것을 눈치챈 경욱이 경찰이 나타날 때까지 기다리지 않겠다는 듯 주머니에서 칼을 빼들었다.

어둠 속에서 창백한 달빛을 받아 빛나는 칼날을 본 석원이 겁을 집어먹었다. 얼마 전 자신이 호되게 당했던 바로 그 칼이었다.

차 안에서 역시 그 칼을 보고 있던 혜영도 순간적으로 별별 생각이 다 들었다.

'흉기 또는 둔기 등의 위험한 물건을 이용하여 타인의 신체를 훼손하는 경우 단순 폭행이 아닌 특수 상해로 처벌되어 형량이 가중… 아니, 이건 지금 아무런 도움이 안 되는 생각이고.'

차 밖으로 나가서 석원과 함께 경욱에게 맞서 싸울까도 생각해봤지만, 이것 역시 좋은 생각은 아닌 듯했다.

오히려 석원이 혜영을 보호하려다가 경욱이 든 칼에 상처를 입을 가능성이 컸다.

그러다 문득 혜영은 경욱이 여전히 자신을, 그러니까 자동차 전면부를 보고 있다는 걸 알아챘다.

복잡한 과정 끝에 든 생각이었지만, 행동으로 옮기는 데에는 찰나면 충분했다.

혜영이 자동차의 상향등을 켜자 빛에 적응하지 못한 경욱이 미간을 찡그린 채 손을 들어 자신의 눈을 가렸다.

마음이 통했던 걸까, 현장에서 범죄자를 잡던 전직 경찰의 감각이되살아난 걸까, 석원이 그 틈을 놓치지 않고 경욱이 칼을 들고 있는 왼손에 발차기를 꽂아 넣었다.

팅, 탱그렁-.

경욱의 손에서 튕겨 나간 칼이 도로에 나뒹굴었다.

석원이 그 틈을 놓치지 않고 연거푸 경욱의 턱과 가슴, 그리고 명치에 주먹과 발을 날렸다.

명치에 강타를 당하고 허리를 숙인 경욱의 뒤통수에 석원의 발뒤꿈치가 내려꽂혔다.

급소를 제대로 가격당한 경욱이 바닥에 쓰러졌고, 그 틈을 노린 석원이 범죄자를 제압하던 노련한 솜씨를 발휘하여 경욱의 팔을 뒤로 꺾고 등을 무릎으로 눌러 제압했다.

"으아악, 이 새끼!"

경욱은 그러고도 아직 반항할 기운이 남았는지, 괴성을 내지르며 자신의 눈앞에 보이는 칼을 향해 팔을 뻗었다.

석원이 온몸으로 경욱을 제압하느라 뒤로 꺾이지 않은 반대쪽 팔까지는 신경쓰지 못하는 사이, 혜영이 용감하게 차에서 나와 경욱의 손끝에 닿은 칼을 걷어찼다.

칼은 다시 한번 요란한 소리를 내며 저 멀리 바닥에 나뒹굴었고, 잠시 후 경찰이 사이렌을 울리며 도착했다.

경욱을 체포한 경찰은 흉기로 쓰인 칼을 회수해서 돌아가고, 혜영은 할아버지에게 허리 굽혀 인사했다.

"할아버지, 죄송해요. 또 이런 모습 보시게 해서."

혜영의 사과에 할아버지가 손사래 쳤다.

〈뭘, 죄송씩이나. 처자 피곤하겠네. 들어가보게나. 나도 돌아갈 시간이 얼마 안 남은 듯허이.〉

"네. 사건 끝나면 한번 더 인사드리러 올게요."

〈글쎄. 그때까지 내 이승 체류 기간이 남아 있을는지는 모르겠네만, 조심히 들어가게나.〉

다음날 혜영과 석원은 경찰서로 출두해서 경욱의 범죄 사실과 자동차 살인 사건, 성모 그룹과의 연관성 등을 진술했다.

"어제 석원씨 정말 대단했어요!"

"변호사님 아니었으면 저 또 칼 맞고 병원에 실려 갈 뻔했는걸요. 저 자식 앞으로 몇 년은 밖에 못 나오겠죠?"

"저희가 진술한 범죄 사실이 다 인정되면 최소 무기징역 최대 사형이에요. 방금 제출한 석원씨 차 블랙박스 영상만 해도 실형 못 피할 거고요. 석원씨 덕분에 한시름 놨어요."

석원이 혜영을 위해 조수석 문을 열어주며 답했다.

"저랑 변호사님이랑 같이한 거죠. 그나저나 정말 이상한 일인 게, 사건과 관련된 시신은 정말 한 구도 발견이 안 되네요."

"그러게 말이에요. 더 찾아봐야죠. 지금으로서는 그게 저쪽 유죄 입증할 유일한 단서니까요."

법률 사무소로 돌아온 혜영은 오 경위에게 전화해 실종자 수색은 어떻게 되어가고 있느냐고 물었지만, 역시 별다른 소득이 없다는 대답만 돌아왔다.

그래도 수사에 진척이 있으면 꼭 뭐든 알려달라고 말하고 전화를 끊었다.

며칠 뒤, 혜영은 사무실에서 어떻게 하면 이 사건을 해결할 수 있을까 고민하고 있었다.

채경욱이 경찰에 체포됐기 때문인지 더이상의 살인이나 실종 사건은 일어나지 않았지만, 그렇다고 부활 프로젝트가 없어졌다는 소식도 들리지 않았다.

혜영과 석원이 난투 끝에 경찰에 넘긴 채경욱도, 강준범이 불러줬을 게 분명한 변호사만 옆에 앉혀두고 폭행 사건 외에는 아무것도 모른다고 잡아떼는 중이라고 들었다.

그때 기다리던 동부서 오 경위로부터 전화가 걸려왔다.

"네, 경위님. 안녕하세요. 혹시 실종자 발견됐나요?"

기대감이 가득 담긴 혜영의 목소리에 오 경위가 미안하다는 듯한 목소리로 대답했다.

- 아뇨. 그쪽 수사는 이러다가 미제로 남는 거 아닌가 싶을 정도로 별로 진전이 없는데요, 누가 변호사님을 자꾸 찾아서요.

"네? 저를요? 누가요?"

- 방금 지구대에서 저희 서로 넘어온 폭행 사건 피의자인데요, 아, 너무 걱정은 마세요. 단순 폭행 사건입니다. 그런데 변호사 부르면 수임료 때문에 배보다 배꼽이 더 클 거라고 제가 아무리 말을 해도 무조건 다른 변호사는 절대 안 되고, 유혜영 변호사님 불러달라고, 아니면 자기는 조사에 절대 협조 안 하겠다고 하네요.

혜영이 누굴지 생각해봤지만, 그냥 아무 변호사나 불러달라는 것도 아니고, 콕 집어서 자기를 부를 사람이 누군지는 생각나지 않았다.

"피의자 이름이 어떻게 되는데요?"

- 그게, 유혜영 변호사님 안 불러주면 자기는 이름도 말하지 않을 거라고 해서 저희가 참 난감합니다. 그래도 수임료는 내겠다고 하니, 마침 제가 변호사님 번호도 알고 해서, 크게 실례는 안 될 것 같아 이렇게 전화 드려봤습니다.

혜영한테 사건 수임료 잘 내는 의뢰인이라면 짚이는 바가 없는 건 아니었지만, 그는 이미 돌아올 수 없는 곳으로 가지 않았는가?

새 사건을 수임해야겠다는 생각도 물론 있었지만, 그보다는 자신을 찾는 사람이 누구인지 궁금함이 앞선 혜영이 오 경위에게 대답했다.

"오 경위님, 제가 지금 동부경찰서로 갈게요."

- 네! 감사합니다. 기다리고 있겠습니다.

그러다가 핸드폰 너머로 오 경위가 누군가와 대화하는 소리가 들려왔다.

- 유혜영 변호사님이랑 통화중이세요? 저 바꿔주세요.

- 글쎄, 곧 오신다니까, 가만히 좀 있어. 사람 두드려 패고 잡혀 온 주제에 되게 시끄럽네.

- 아니, 형제간에 주먹다짐 좀 한 거 갖고 경찰에서 이러는 거 진짜 오버…

혜영이 전화를 바꿔줘도 괜찮다고 말하려는 순간 전화가 끊어졌다. 아쉽지만, 가보면 누군지 금방 알게 될 터였다.

자신의 사무실에서 나온 혜영에게 석원이 물었다.

"변호사님 어디 가세요?"

"경찰서 출장이요. 새 사건 수임할지도 모르겠어요."

"아, 그럼 제가 모셔다드릴까요?"

석원의 물음에 혜영이 잠시 답을 골랐다.

"아뇨. 저 혼자 갔다 와도 될 것 같아요. 석원씨는 하던 일 계속해주세요."

"네, 다녀오세요."

잠시 뒤, 택시를 타고 동부경찰서에 도착한 혜영은 오 경위의 안내를 받아 자신을 부른 피의자의 얼굴을 확인했다.

그 순간, 혜영은 자신의 눈을 의심했다.

'저 남자가 어떻게 여기에?'

의뢰인 K, 민혁이었다. 혜영을 알아본 남자가 조사실 맞은편에 앉아서 손을 흔들어 보였다.

"변호사님 오셨네요. 매일같이 만나다가 일주일 만에 보니까 되게 오랜만인 것 같네요. 잘 지냈죠?"

잘 지내긴! 자기 때문에 얼마나 속을 끓였는지도 모르면서 저렇게 태평한 인사라니. 혜영은 기가 찼다.

조사실 문을 열고 서 있던 오 경위가 물었다.

"변호사님 아는 분이세요?"

혜영이 오 경위 대신 민혁을 노려보며 대답했다.

"네, 제 의뢰인이랑 잠깐 둘이서 이야기할 수 있을까요?"

"그럼요. 편하게 말씀 나누세요. 저희 마시는 인스턴트 커피라도 갖다 드릴까요?"

"아니에요. 괜찮습니다."

오 경위는 혜영의 어깨너머로 민혁을 슬쩍 바라보더니 조사실 문을 닫고 자리를 피해주었다.

조사실 의자를 끌어다가 민혁의 옆에 앉은 혜영이 아주 오래전부터 소망해오던 바를 실행했다.

따악-.

혜영의 손바닥이 찰지게 민혁의 머리에 떨어졌다.

난데없는 일격에 민혁이 머리를 감싸쥐고 물었다.

"아악, 저 변호하러 와서는 왜 때려요?"

혜영은 마음 같아서는 더 두들겨 패주고 싶었지만, 장소가 장소이니만큼 노려보는 걸로 대신했다.

"맞을 짓 했어요, 안 했어요? 부디 무탈하세요? 그런 문자 하나 딱 남기고 그렇게 사라지는 게 어딨어요? 다시는 못 돌아오는 저승으로 갈 거라더니, 어떻게 된 거예요? 저승 안 갔어요? 때려지기도 하고, 오 경위님한테도 보이는 거 보니까 이제 귀신도 아니고 사람인 것 같은데."

"그게, 말하자면 긴데요."

"네. 들을 테니까 제가 납득할 수 있기 얘기해봐요."

민혁도 혜영한테 미안한지, 잠시 눈치를 보며 머뭇거리다가 대답을 이었다.

"그날 새벽에 변호사님한테 문자메시지 남기고 저승으로 간 건 맞아요. 그런데…"

민혁이 저승에서 홀로 시간을 보내기 시작한 지 며칠 되지 않았을 때, 저승 법원에서 긴급히 민혁을 호출했다.

부활 프로젝트에 대해 전혀 모르고, 자신에게 이승 체류 기간이 왜 그렇게 많이 주어졌는지만 궁금해하며 그마저도 모두 흥신소 소장에게 줘버리고 저승으로 간 민혁이 어리둥절해 있을 때, 한 저승 법관이 민혁에게 와서 사죄하며 사정을 설명했다.

저승의 한 대법관이 이승에 있는 기묘사라는 무당과 결탁하여 민혁의 아버지인 강의정 회장의 부활을 꾀했다고 했다.

그 과정에서 부활을 용이하게 하기 위해 강의정 회장의 영혼을 아예 저승으로 부르지 않으려 강의정이라는 이름을 민혁의 죽은 영혼에 덧씌웠다.

이게 이승에서 고작 삼십 년을 조금 넘게 산 민혁이 오십오 년이라는 긴 이승 체류 기간을 허가받을 수 있었던 이유였다.

이 일이 저승 귀족 중 한 명인 웅녀에 의해 밝혀져 해당 저승 대법관은 즉시 직무 정지되었다.

그리고 귀족원 회의 및 저승 대법관 전원합의체에서 민혁은 본디 죽지 않았어야 할 사람이며, 저승 명부에 그 이름조차 올라와 있지 않으니, 이승으로 부활하는 게 맞는다고 결론지었다.

민혁이 자기가 환생하게 되는 거냐고 물었을 때, 민혁이 할 부활은 환생과는 달리 갖고 있던 기억을 유지한 채 본래의 몸으로 돌아가 이승에서의 생명을 이어나가는 것이라는 설명 또한 덧붙었다.

사필귀정(事必歸正). 혜영이 보다 좋아하는 말로는 비로소 정의가 실현된 것이었다.

본래 죽었어야 할 강의정 회장을 살리려 죽지 않았어야 할 민혁이 죽었으니, 강의정 회장의 영혼은 저승으로 소환하고 민혁을 이승으로 환생시킨다는 결정이었다.

에이취-. 민혁이 재채기를 끝으로 긴 이야기를 마무리하자 혜영이 물었다.

“그럼 진짜 강민혁으로 다시 살아난 거네요?”

"그렇다고 하네요. 저도 아직 얼떨떨해요. 사람이었다가 귀신 됐다가 금세 다시 사람으로 살려니까 적응도 잘 안 되고."

혜영이 민혁을 와락 껴안았다.

"이제 저 혼자 두고 저승으로 안 갈 거죠?"

민혁이 혜영의 등을 토닥였다.

"네, 이제 오래오래 이승에서 같이 살아요. 에이취."

혜영이 민혁에게서 살짝 떨어져 어린아이처럼 콧물을 훌쩍이고 있는 민혁에게 물었다.

"코는 왜 그래요? 부활하자마자 감기 들었어요?"

"부활해보니까 제 몸이 냉동실에 들어 있더라고요. 거기 무지하게 추웠어요."

"병원은 갔다 오신 거죠?"

"냉동실에서 나왔다가 바로 여기로 끌려오느라 병원 갈 시간이 없었어요."

혜영이 민혁의 코 밑으로 점점 늘어지는 콧물을 보고서 조사실의 티슈 몇 장을 뽑아서 건넸다.

"고마워요. 이제 좀 살겠네."

"저승 법원에서 부활 허가받고 부활한 건 알겠는데, 왜 하필이면 깨어난 곳이 냉동실이었어요?"

"나는 잘 모르죠. 예전에 주로 아버지가 쓰시던 성모 그룹 꼭대기 층에 엄청 큰 냉동실을 하나 만들어놨던데, 거기 저 말고도 시체 몇 구가 더 있었어요."

혜영은 그제야 이해되는 바가 있었다. 지금까지 아무리 노력해도 시체를 찾을 수 없는 이유가 바로 이거였다. 이번 사건과 관련된 시체들은 다 성모 그룹 본사에 넣어뒀나보다.

그때 혜영의 핸드폰이 울리며 한 통의 문자메시지가 도착했다. 석원이었다.

- 변호사님, 허수지님 어머니 연락처 찾아서 따님 시신에 관해 확인해봤는데요. 처음 보는 덩치 큰 사람이 와서는 돈을 주면서 장례도 자기가 치러준다고 하고 시신을 가져갔대요. 나중에 유골함만 줬고요. 아무래도 이상하죠?

확실히 이상했다. 장례 대행 서비스야 여러 군데가 있지만, 돈을 주고 시체를 받아와서 임의로 화장한 뒤에 유골함만 넘기는 식이라니.

아무래도 수지의 시신 역시 방금 민혁이 말한 냉동실에 있을 가능성이 큰 듯했다.

그때는 경욱이 경찰에 잡히기 전이었으니 직접 수지의 시체를 성모 그룹 본사로 옮겼을 것이다. 또한 수지 어머니가 받았다는 유골함에는 수지의 뼛가루가 담겨 있지 않았을 것이다.

- 진짜 이상하네요. 저 이번 사건과 관련된 시체들이 어디에 있는지 알 것 같은데 이따 사무소 들어가서 얘기해요.

석원에게 답장을 보낸 혜영이 민혁에게 조심스럽게 물었다.

"그 냉동고 안에 있는 다른 시신들 신원 확인은 못했죠?"

민혁이 고개를 끄덕였다.

"네. 딱 깨어났을 때는 무조건 나가야겠다는 생각밖에 안 들었고, 나와

보니까 강준범이 혼자 앉아서 술이나 홀짝이고 있길래, 대판 싸웠다가 바로 여기로 잡혀 왔어요. 조금 천천히 움직였으면 확인해볼 시간이 있었을 텐데, 지금 생각해보니까 안타깝네요."

"혹시 시체가 총 몇 구였는지는 기억나요?"

"저 빼고 다섯 구였어요. 그중에 세 구는 좀 작더라고요."

아니길 바랐던 예상이 맞았을 때만큼 슬플 때도 없다. 결국 수지와 구멍가게 할아버지와 실종된 중학생 세 명 모두 죽임을 당해 영혼은 기묘사에게 뺏기고 육신은 냉동창고 안에 갇히게 되었나보다.

"저 그 시체들 찾는다고 며칠 동안 빨빨거리면서 돌아다녔는데 찾을 수 없는 곳에 있었군요."

"찾아서 뭐 하시게요?"

"살인 사건 유죄 입증하려면 시체가 꼭 있어야 하니까요."

이번에는 민혁이 혜영을 노려보았다.

"제가 손떼라고 한 사건 계속 파고 있었어요? 그러다 큰일나면 어쩌려고."

"제가 계속 팠으니까 저승에서도 알고 민혁씨 이렇게 살려준 거잖아요. 웅녀님한테 기묘사랑 강준범이 하던 짓거리 이른 게 저예요."

"저승 귀족이랑도 연결돼 있으세요? 이분 진짜 변호사 관두시고 무당하셔야겠네."

"흥-."

혜영이 콧방귀를 뀌며 대답했다.

"저는 변호사 계속할 거거든요? 아직 해야 할 일이 얼마나 많은데. 일단 여기서 제일 먼저 해야 하는 일! 폭행 사건 어떻게 된 거예요? 냉동실에서 나와보니까 강준범이 술을 마시고 있었다, 그다음부터요.”

그때의 상황에 화가 많이 났었는지 민혁의 목소리가 한 톤 올라갔다.

“제가 냉동실 문을 열고 앞에 나타나니까 귀신을 본 줄 알더라고요.”

“확실히 죽었을 거라고 생각했을 테니까. 강의정 회장이 아니라 민혁씨가 부활하리라는 건 상상도 못했을 테고. 그래서요?”

“그다음부터 손가락으로 제 머리며 관자놀이며 얼굴이며 가슴이며 쿡쿡 찌르면서, 술 취해서 혀 꼬이는 말로 너는 서자다, 서자 주제에 아버지를 위해서 목숨 바칠 기회를 줬으면 감사히 여겨라, 나는 장자고, 너는 서자다, 뭐 이런 말도 안 되는 소리를 계속 지껄이길래요.”

혜영이 꽉 쥐어진 민혁의 주먹을 감쌌다.

“그래서 때렸어요?”

“네.”

“얼마나요?”

민혁이 슬쩍 혜영의 눈치를 봤다가 대답했다.

“많이는 아니고요, 주먹으로 턱 한 대 갈기니까 쓰러지길래, 배 한번 더 걷어찼어요.”

“그러고 나서 민혁씨가 맞은 건요?”

“일어서서 또 장자 서자 소리하면서 제 멱살 잡고 흔드는 바람에 옷이 뜯어졌어요. 저승에서 겨우 나왔는데 저 이제 감옥 가나요?”

혜영이 살짝 웃으면서 고개를 가로저었다.

“아뇨. 강준범이 일어서서 바로 멱살 잡았다면서요? 옷도 이렇게 찢어놓고.”

“그렇죠.”

“그럼 단순 쌍방 폭행으로 들어가서 검찰에서 합의하고 무혐의 처분될 거예요.”

민혁이 그래도 걱정된다는 듯 다시 물었다.

“강준범이 합의 안 해준다고 하면요?”

“제 생각에는 저쪽에서 먼저 합의하자고 나올 것 같긴 하거든요? 강준범이 그룹 총수 자리 노리는 재벌 2세인데 사건 조기 종결 안 돼서 언론이라도 타봐요. 창피도 그런 창피가 없죠. 만약에 합의 안 돼도 이 정도 사건은 약식 명령으로 벌금형 정도 나올 거예요. 너무 걱정하지 마세요. 동종 전과 없으시죠?”

혜영의 말에 민혁의 얼굴이 밝아졌다.

“네. 없어요. 다행이네요.”

“그래도 앞으로는 사람 때리고 그러지 말아요. 알겠죠?”

“네! 변호사님.”

귀신일 때보다 확실히 생기가 도는 민혁의 목소리를 들으면서 혜영의 얼굴에 살며시 미소가 떠올랐다.

“그리고 또 좋은 소식 하나 더요. 민혁씨한테 수면제 든 커피 줬던 덩치 큰 남자 있잖아요, 채경욱이요, 그 사람도 지금 구치소에 있고, 곧 구속영장 발부될 거예요.”

“어? 어떻게 잡으셨어요?”

혜영이 대답 대신 다른 질문을 던졌다.

“수임료는 준다고 하고 저 부른 거 맞죠?”

“경찰한테 그렇게 말하긴 했는데…”

“그럼 빨리 끝내고 그 돈으로 밥 먹으러 가요. 비싼 걸로! 저 귀신일 때 민혁씨 만나면서 못 먹는 게 너무 불쌍해 보이더라고요. 채경욱 어떻게 잡았는지는 밥 먹으면서 얘기해 드릴게요.”

부활한 후 첫번째 식사를 혜영과 함께할 수 있어서였을까, 민혁의 얼굴에 웃음이 가득 피어났다.

“네! 그래요. 그런데 채경욱이 잡혔으면 앞으로 강준범이랑 그 기묘사라는 무당은 어떻게 돼요?”

“그것도 이따 얘기 좀 해봐요. 저도 궁금하네요.”

결정적 한 방 (1)

두어 시간 뒤, 경찰서를 나온 민혁은 혜영과 함께 죽기 전에 자주 찾던 고급 양식 레스토랑으로 들어갔다.

단골이었던 민혁을 알아본 점원이 메뉴판을 전달하고는, 민혁과 혜영의 앞에 놓인 유리잔에 물을 따라주며 친근하게 물었다.

"어머 손님, 오랜만에 뵙네요. 그동안 안 오시길래 더 맛있는 집 찾으셨나 하고 있었는데, 다시 와주셔서 감사해요."

"그게, 제가 그동안 먼 데 가 있었어요."

"아, 외국 갔다오셨나보다."

직원의 친근한 웃음에 민혁이 어깨를 으쓱해 보였다.

"뭐, 비슷해요."

점원은 손님과의 적당한 거리를 유지할 줄 아는 듯, 더 캐묻지 않고 돌아섰다.

그런데 혜영이 동그란 눈을 가늘게 뜨고서 민혁을 노려보고 있었다.

"둘이 되게 친해 보이네요? 오래 알고 지냈어요?"

혜영은 그렇지 않아도 통통한 볼까지 부풀리며, 사랑의 가장 솔직한 형태라는 질투심을 드러내고 있었다. 민혁은 들었던 물잔을 도로 내려놓으며 대답했다.

"혜영씨보다 친하진 않죠. 저분은 저 어디 갔다 왔는지도 모르잖아요.

아마 앞으로도 영원히 모를걸요?"

듣고 보니 맞는 말이었기에 부풀었던 볼이 들어가고, 눈이 다시 동그래지며 혜영의 표정이 풀어졌다.

그 뒤로 다 먹고 아이스크림 먹으러 가자느니, 방금 냉동실에 갇혀 있다가 나와서 아이스크림은 안 되고 모텔은 어떻냐느니, 일단 병원부터 가야겠다느니 하는 등의 연인 간에 오갈 법한 대화가 소소한 웃음과 함께 이어졌다.

곧 민혁이 주문한 와인을 곁들인 커플 세트 스테이크가 나왔다. 혜영은 스테이크를 썰어서 입속에 넣는 민혁을 바라보았다.

"이제 잘 먹네요."

"저 원래 음식 안 가리고 뭐든지 잘 먹어요."

"아니, 그 얘기가 아니고요."

민혁이 잠깐 포크와 나이프를 잡은 손을 멈추더니 혜영이 무슨 말을 하려는 건지 알아챘다.

"아, 저 혜영씨 앞에서는 먹는 모습을 처음 보여주는군요."

"네, 먹는 거 보니까 좋네요."

"혜영씨도 먹어요. 이거 맛있어요."

그제야 혜영이 접시 양옆으로 나란히 놓인 포크와 나이프를 집어 들고 스테이크를 썰었다.

접시에 놓인 고기가 줄어들고 와인이 몇 잔 비워지면서 혜영과 민혁 사이에 오가던 대화도 깊어졌다.

혜영이 민혁이 저승에 가 있는 동안 있었던 웅녀와의 계약, 채경욱 체포 등의 이야기를 들려주었고, 민혁은 후계자 자리를 두고 성모 그룹 내에서 벌어지고 있는 강준범, 강양범 형제의 대립 등을 이야기해주었다.

민혁의 이야기가 끝나자 혜영이 고개를 끄덕였다.

"그래서 강준범이 강의정 회장님 부활에 그렇게 목숨을 걸었던 거군요. 아버지의 후광이 없이는 자기가 뒤를 이을 수가 없으니까."

"그렇죠. 아마 지금쯤 부활 프로젝트 빠그러져서 엄청 속 썩고 있을걸요?"

"반성하는 게 아니라요?"

민혁이 고개를 가로저었다.

"둘째 형 강양범이면 모를까, 강준범은 반성 같은 거 할 사람이 아니에요. 자기가 성모 그룹 차기 회장 되는 건 이제 아예 글렀으니까, 혜영씨한테 어떻게 복수할지 고민하고 있을지도 몰라요. 제가 몇 대 패준 걸로는 성에 안 차고, 확실히 감옥에 집어넣었으면 좋겠는데 어떻게 안 될까요?"

"법대로 하면 당연히 살인 교사죄로 감옥에서 푹 썩어야죠. 민혁 씨 빼고도 다섯 명이나 죽였는데요. 그런데 그게 쉬워 보이지가 않아요. 강준범한테 결정적 한 방을 날릴 증거가 없어서요."

"결정적 한 방이요? 예를 들면 어떤 거요?"

혜영이 잠시 고민하다가 대답을 이었다.

"민혁씨가 봤다는 성모 그룹 본사의 냉동실에 있는 시체라든가, 강준범이 채경욱한테 지시한 내용이 담긴 문서라든가 이런 것들이요. 지금 경찰에 잡혀 있는 채경욱이 강준범의 지시를 받고 살인을 저질렀다고 자백하는 것도 결정타를 먹일 수 있겠네요."

혜영의 답을 들은 민혁도 이내 난감한 표정이 되었다.

"뭐 하나도 확실히 쉽지가 않네요. 채경욱은 아버지 대에서부터 바치던 충성심 때문에 당연히 강준범이 시켰다고 안 할 테고, 지금 경찰한테 성모 그룹 본사에 시체들이 있다고 뒤져보라고 하면 씨알도 안 먹히겠죠?"

"그렇죠. 압수수색은 경찰 단독으로 할 수는 없고 검사가 영장 받아서 해야 되는데, 그 영장이 쉽게 나올 리가 없어요. 당장 검사는 어떻게든 설득한다고 해도 이 정도 빈약한 근거로는 검찰 윗선에서 잘릴 거예요. 압수수색영장 신청 들어갔다는 소식 들리면 영장 집행되기 전에 강준범이 시체 빼돌릴 시간도 충분하고요."

"정말 어렵네요. 강준범이 감옥에 들어가야 혜영씨도 안전해지고 그래야 제가 안심이 될 것 같은데."

민혁과 함께 혜영의 표정도 굳어졌다.

"저도 그런 살인마가 재벌 회장만 못 될 뿐, 앞으로 계속 호의호식할 거 생각하면 치가 떨려요. 어떻게든 법정에 세워서 죄상을 낱낱이 밝혀내고 싶은데."

*

한편 성모 그룹 본사 사옥에 있던 강준범은 민혁한테 맞아서 퉁퉁 부은 턱을 어루만지며, 독주 한 잔을 사이에 놓은 채 기묘사와 마주앉아 있었다.

술을 한 모금 입에 넣고 혀로 굴리던 준범이 부활 프로젝트에 사용된 시체들이 보관된 냉동고를 콕콕 찔러 가리켜 보였다.

"그러니까 아버지 부활이 영영 물건너갔다 그 말이네, 지금? 그 증거로 죽은 강민혁 그 서자 새끼가 저기 냉동실에서 살아 나와서 내 턱을 후려갈겼다는 거고?"

기묘사가 준범 앞에 머리를 조아렸다.

"네, 송구스럽습니다만, 회장님께서 지금 말씀하신 바가 다 맞습니다."

준범의 입가에 입안의 술만큼이나 쓴웃음이 감돌았다.

"이제 회장님이라고 부르지도 마. 다음주에 주주총회만 열리면 양범이가 이 자리 차지할 테니까."

기묘사의 시선이 위로 슬쩍 올라가며 준범과 눈을 맞추었다.

"꼭 그렇게 부정적으로 보실 것만은 아닐 수도 있습니다. 제가 강의정 회장님을 다시 살려드리겠다고 한 약속을 못 지키게 된 건 한 없이 죄송하게 생각합니다. 하지만 부활을 무산시킨 그 변호사한테 복수하고 회장님이 그 자리 쭉 지키실 방법이 없는 건 아닙니다."

"어떻게? 아버지도 다시 못 살아나시고, 채경욱도 잡혀가버린 마당에, 이제 와서 뭘, 어떻게 해야 내가 회장이 될 수 있는데?"

"돈이면 안 되는 게 없는 세상이지 않습니까?"

준범이 콧방귀를 뀌며 대답했다.

"돈은 양범이도 나만큼 있어. 앞으로 훨씬 더 많아지겠지."

기묘사가 준범의 조소와 희번덕거리는 눈빛, 그리고 독주를 마신 뒤 뿜어내는 숨결을 그대로 받으며 옅게 미소 지었다.

"그리고 강준범 회장님께는 돈 말고도, 제가 있잖습니까?"

그때야 자신의 말에 호기심을 보이는 준범에게 기묘사가 제안한 계책은 이랬다.

귀신들에게도 돈이 필요할 때가 있다. 귀신들이 이승의 돈을 직접 쓸 수는 없지만, 주로 그 후손들이 경제적 곤경에 처해 있는 경우이다.

즉, 귀신들을 매수하는 게 가능하다는 뜻이었다.

준범의 재력이라면 엄청난 수의 귀신들을 끌어모아 그들을 일종의 병력으로 활용하는 것도 가능했다.

언젠가 기묘사가 혜영의 어머니에게 했던 것처럼 귀신들을 인간의 몸에 강제로 빙의시켜 그 정신과 육신을 지배할 수 있었다.

이 방법으로 혜영과 강양범을 제압한 뒤, 준범이 다음주 주주총회에서 회장 자리에 오르는 게 어떻겠냐고 이야기를 마무리한 기묘사의 얼굴 앞에서 준범이 취기가 담긴 광소(狂笑)를 터뜨렸다.

"푸하하핫. 그렇네. 그렇게 하면 되네. 굳이 복잡하게 아버지가 부활하실 필요도 없었네. 채경욱도 필요 없었고, 나한테는 기묘사 너만 있으면 되겠다."

"다만 걱정되는 건 몇 가지가 있습니다."

"뭔데? 말해봐. 내가 해결해줄게."

기묘사가 잠시 뜸을 들였다가 대답을 이었다.

"먼저 시간이 그렇게 많지 않습니다. 유혜영이라는 변호사랑 계약한 웅녀가 지금 저승의 일을 처리하느라 이승에 없는 동안 일을 완수해야 합니다. 웅녀가 움직이면 제가 매수할 수 있는 귀신들로는 감당이 안 됩니다.

주주총회가 다음주이니, 강양범 회장님도 그 안에 처리해야 하고요."

끄응-. 준범이 곤란한 듯한 신음을 흘렸다. 주주총회 전까지면 남은 시간은 기껏해야 일주일.

"그래서 돈이 얼마나 필요한데?"

"그게 제가 말씀드리려던 두번째 걱정입니다. 30억 정도 준비해주시면 추진해보겠습니다."

"뭐?"

생각보다 큰 액수에 의기양양해 있던 준범이 눈썹을 꿈틀거렸다.

물론 재벌 2세인 준범의 재산을 다 합치면 30억은 가뿐히 넘는다. 문제는 그 금액을 일주일이라는 짧은 시간 내에 마련해야 한다는 것이었다.

큰돈일수록 여기저기 물려 있는 곳이 많기 마련이고, 여러 가지 이유로 자신의 재산인데도 당장 사용할 수 없는 경우가 많다.

예컨대 준범의 재산 중 대부분을 차지하는 성모 그룹과 계열사들의 주식이 있었다. 이 지분은 다음주 주주총회에서 준범이 차기 총괄 회장이 되기 위해 필요했기에 지금으로서는 절대로 팔 수 없었다.

그 주식을 담보로 은행에서 30억을 대출받는 건 가능할까 하는 고민까지 들었다가 그 정도 금액은 주주총회 전에 승인이 나기 어렵다는 데까지 준범의 생각이 미쳤을 때였다.

기묘사가 준범과 마주친 시선을 거두지 않으며 물었다.

"어려우시겠습니까?"

준범이 미간을 잔뜩 좁히자, 양쪽 눈썹이 한번 더 요동쳤다.

"아니. 가능해."

30억원. 준범의 개인 재산으로는 주주총회 전까지 단기간에 마련할 수는 없는 돈이었지만, 성모 그룹 총괄 회장 대행직에 앉아 있는 준범에게는 마음만 먹는다면 끌어다 쓸 수 있는 돈이 있었다.

'이번에 중국에 디스플레이 공장 짓기로 한 거 1년만 미루면 되잖아?'

아무리 기업의 소유주일지라도 회사의 돈은 개인적인 목적으로 유용할 수 없게 되어 있다. 그 돈은 소유주 개인의 재산이 아니라 회사라는 법인의 재산이기 때문이다.

만약 회사의 자금을 정상적인 절차를 거치지 않은 채 회사의 이익에 배치되는 방법으로 사용한다면, 엄연한 위법으로 배임, 횡령 등으로 처벌받는다. 지금 준범이 생각하고 있는 것처럼 횡령 액수가 수십억에 달하는 경우는 걸렸을 때 얄짤없이 감옥행이다.

하지만 눈앞에서 잡힐 듯 말 듯 아른거리는 성모 그룹 총괄 회장이라는 직함과 동생 양범에게 질 수 없다는 열등감으로 준범은 위험한 선택을 하려 하고 있었다.

결정적 한 방 (2)

며칠 뒤 혜영이 어느새 일상이 된, 퇴근 후 민혁과의 데이트를 즐기고 있을 때였다.

"혜영씨, 강준범 날려버릴 수 있는 결정적 한 방이요, 저희 회사에서 찾은 것도 같은데 한번 들어볼래요?"

민혁의 회사라면 보안 회사인 K 시큐리티를 말하는 것이었다. 듣던 중 반가운 말에 혜영이 반색했다.

"그래요? 뭔데요?"

"저희가 보안 업체다 보니까 이런저런 정보가 많이 들어오는데, 성모 그룹 관련된 정보는 저한테 따로 알려달라고 사장한테 말해뒀거든요."

"네. 그래서 무슨 정보가 들어왔는데요?"

민혁이 여기부터가 진짜 재밌는 얘기라는 듯 혜영과 눈을 맞췄다.

"성모 디스플레이가 올해 중국에 공장을 짓기로 돼 있었거든요. 부지 매입까지 다 끝났고, 첫 삽 뜰 일만 남은 사업이었는데 그게 무기한 연기됐대요. 그리고 그 공장 착공 비용 중에서 꽤 큰 금액이 사라졌대요."

"네? 얼마나요?"

"30억 정도로 보인다고 하더라고요."

혜영이 포크에 말아두었던 파스타를 입으로 가져가다 말고 놀란 눈으로 되물었다.

"그렇게 많이요? 어디로 갔는지는 모르고요?"

"네. 저희 회사 정보통만 갖고선 거기까지는 파악이 안 되는 모양이에요. 그런데 디스플레이 쪽은 강준범이 확실히 지분을 쥐고 있는 계열사라, 궁지에 몰린 강준범이 뭔가 하려고 빼가지 않았나 하는 생각이 드는 거죠."

혜영이 파스타를 입안에 넣으며 고개를 끄덕였다.

"말이 되네요. 정보가 조금만 더 분명하면 횡령으로 고발해볼 수도 있겠는데, 이것도 지금으로서는 채경욱의 자백이나 시체 냉동고처럼 확실한 한 방으로서는 부족하네요."

민혁이 그럴 줄 알았다는 듯, 연이어 다음 이야기를 꺼냈다.

"그래서 말인데요, 이걸 확실한 한 방으로 만들 방법이 있을 것 같아요."

"네? 어떻게요?"

"제가 귀신일 때 저희 같이 만났던 흥신소 소장님 있잖아요."

혜영이 포크를 내려놓고 무릎을 탁 쳤다.

"아! 그분이라면 자금 흐름을 추적해주실 수 있겠네요. 저희 어머니가 그러시는데 소장님은 없는 정보 아닌 이상 다 찾을 수 있다고 하셨어요."

혜영과 마음에서 마음으로 이야기가 통하자 민혁이 환하게 웃음 지었다.

"제가 그분한테 맡겨놓은 이승 체류 기간이 52년이나 되잖아요. 받은 만큼은 확실히 해주시는 분이니까 그쪽 통하면 확실한 정보를 구할 수 있을지도 몰라요. 혜영씨 아직 귀신이랑 소통 가능하죠?"

"그럼요. 이거 다 먹고 사무실로 돌아가서 오랜만에 소장님 한번 모셔볼까요? 민혁씨도 같이 가실 거죠?"

민혁이 연신 고개를 끄덕였다.

"그럼요. 저는 이제 그분을 못 보겠지만, 그분은 저를 보실 수 있을 테니 그렇게 인사드리는 것도 괜찮을 것 같네요."

잠시 후 혜영과 민혁은 석원이 퇴근해 아무도 없는 법률 사무소로 들어왔다.

혜영이 흥신소 소장을 부르자 얼마 곧 허공에 그 모습을 드러내었다.

〈불렀나? 음. 요즘 귀신들 사이에서 제일 말 많은 산 사람 둘이 여기에 다 있네.〉

"안녕하셨어요? 소장님. 오랜만에 뵙네요. 요즘 귀신들끼리 저희 얘기 많이 하나봐요?"

〈어디 많이 한다뿐인가? 여자는 웅녀님이랑 계약한 데다가, 저승 대법관 한 명 파면시키기 직전이지, 남자는 한 세기에 한 번 있을까 말까 한 부활 승인을 받았지. 그런데 그 여자랑 남자랑 정분까지 났으니 귀신 호사가들 입이 요즘 아주 대풍년일세. 내가 자네 둘이 처음 입 맞출 때 옆에 있었다는 건 어찌들 알고 그렇게들 물어보는지 원.〉

푸훗-. 혜영이 정분이 났다는 예스러운 소장의 단어 선택에 웃음을 흘렸다.

귀신들 사이에서 다행히 없는 말이나 나쁜 말이 돌고 있는 건 아닌 듯했다.

"그런데 소장님, 오늘 왜 모셨냐면요."

〈그래. 부른 이유가 있겠지. 대충 뭔지 짐작은 가네만, 들어나보지.〉

"성모 디스플레이라는 회사 자금 추적을 해주실 수 있을까 해서요. 30

억이라는 거금을 지금 성모 그룹 총괄 회장 대행을 맡고 있는 강준범이라는 사람이 빼돌린 것 같아서요."

혜영의 말을 들은 소장이 일의 아귀가 맞아들어간다는 듯 고개를 끄덕였다.

〈30억. 그걸 위한 돈이었구만.〉

"네? 무슨 일이 있나요?"

〈혜영이 너도 그 강준범이라는 자랑, 그자 아버지 부활시키려고 했던 기묘사 알지?〉

모를 리가. 지금은 강준범에 집중해야 할 때였지만, 기묘사도 반드시 처단해야 할 사람이었다. 무엇보다 민혁을 죽인 장본인 아닌가?

"당연히 알죠."

〈그 기묘사가 최근에 희한한 짓을 하고 있어. 얼마 전에는 자기랑 계약하고 있던 상급 귀신들을 죄다 계약 해지해서 저승으로 보내 버리더니, 아들이나 손자가 돈 때문에 곤궁에 처한 귀신들을 불러다가 자기가 그 돈 문제를 해결해주겠다고 하면서 마구잡이로 계약을 맺고 있어. 몇 건은 벌써 해결도 해준 모양일세. 나도 정확한 건 아직 파악중이네만, 모은 귀신 숫자가 백 위는 족히 된다더군.〉

"네? 그렇게 많은 귀신들이랑요? 왜요?"

소장이 혜영과 동시에 고개를 갸웃했다.

〈글쎄. 이건 혜영이 자네 어머니 신 무당한테 물어보면 더 잘 알겠지. 일단 우리 귀신들이 어딘가 쓸모가 있으니까 그렇게 돈까지 써 가면서 끌어모으고 있겠구나 하는 짐작만 하고 있네. 그자가 귀신들이 저승으로 가

는 게 가여워서 이승에 머물게 해주려고 계약 맺을 작자는 아니란 말이지.〉

소장의 마지막 말에 혜영이 격한 동의를 표하며 고개를 끄덕였다.

"그렇네요. 그럼 성모 디스플레이에서 빠져나간 30억을 이용해서 기묘사가 귀신들이랑 계약을 하고 있다고 봐야겠네요."

〈그렇지. 방금 자네가 요청한 30억의 흐름을 캐는 건 꽤 까다로운 일이네만, 저번에 저기 멀뚱멀뚱 서 있는 친구한테서 받은 이승 체류 기간 52년 다 까는 조건이면 되겠나?〉

민혁은 대화의 한쪽밖에 들을 수 없어서 나머지 한쪽을 추리하느라 열심히 머리를 굴리고 있는 중이었다. 혜영은 민혁에게 방금 알게 된 내용을 요약해서 말해주고, 민혁이 맡긴 이승 체류 기간을 전부 사용하는 데에 동의를 구했다.

물론 완전한 인간의 몸을 갖고 부활한 민혁에게는 이제 이승 체류 기간 따위는 필요가 없었기에 흔쾌히 고개를 끄덕였다.

"네, 그렇게 해주세요."

〈그래. 찾는 대로 내가 다시 연락하지.〉

그 말을 끝으로 소장은 혜영의 사무실에서 모습을 감추었다.

*

다음날 아침, 소장은 혜영의 집에 나타나, 잠에서 깬 혜영에게 조사 결과라며 몇 가지 정보를 말해주었다.

출근하기 전, 혜영은 소장이 불러주는 대로 받아 적은 쪽지를 보며 고민에 빠지고 말았다.

쪽지에는 외부 인터넷으로 성모 그룹 내부 인트라넷에 접속할 수 있는 코드, 성모 디스플레이 재무 이사의 인트라넷 아이디, 그리고 패스워드가 적혀 있었다.

소장이 일을 빨리 처리해준 건 정말 다행스러운 일이었지만, 혜영이 이 정보를 입력하고 성모 디스플레이 재무 정보를 열람하는 건 불법이었다.

그리고 그렇게 취득한 정보는 검찰에서 내사 용도로 쓰일 수는 있어도, 불법적으로 수집되었기 때문에 그대로 법정까지 가져가게 된다면 증거 능력이 없었다.

출근해서 퇴근할 때까지 쪽지를 만지작거리기만 하던 혜영은 좀처럼 결정을 내리지 못했다. 그러다 저녁에 만난 민혁에게 속마음을 털어놓았다.

"그래서 말인데, 제가 이 아이디로 로그인해서 성모 디스플레이 정보를 보는 게 좋은 생각일까요?"

민혁은 뭘 그런 걸 고민하냐는 듯 손을 척 내밀었다.

"주세요. 혜영씨는 변호사니까, 불법의 소지가 있는 일은 제가 하죠, 뭐."

"제가 이걸 민혁씨한테 드리는 것도 되게 합법은 아니거든요?"

잔뜩 소심해져 있는 혜영에게 민혁이 또 한번 명쾌한 해답을 내놓았다.

"제가 알아서 얻은 걸로 할게요. 어차피 흥신소 소장한테 제가 맡긴 이승 체류 기간 주고 얻은 정보잖아요. 정 찝찝하면 그 쪽지 잠깐 땅에 떨어뜨려요. 제가 주울게요. 그럼 되죠?"

푸흡-. 민혁의 시원시원한 대답에 웃음을 터뜨린 혜영이 쪽지를 내밀었다.

"알았어요. 여기요. 궂은일 맡아서 해줘서 고마워요."

"고맙다는 인사는 제가 드려야죠. 원래 제가 해야 할 일인데 혜영씨가 저 도와주는 거잖아요."

그날 밤, 혜영과의 데이트를 마치고 집으로 돌아온 민혁은 쪽지에 적힌 아이디로 성모 그룹 인트라넷에 로그인하여 밤새 자료를 뒤졌다.

으라차차-. 동이 틀 무렵이 되었을 때, 민혁은 강준범이 성모 디스플레이의 회사 자금 31억 2500만원을 빼돌렸다는 증거를 담은 서류를 프린트해서 기지개를 켜며 자리에서 일어났다.

그러고는 핸드폰을 들어 어디론가 전화를 걸었다.

"양범이 형."

- …누구세요?

핸드폰 너머로 잠에서 덜 깼음에도 당황함이 역력하게 느껴지는 목소리가 들려왔다. 이에 민혁이 차분하게 대답했다.

"민혁이. 강민혁."

- 너 진짜 안 죽은 거야? 너 전 여자친구한테 살해당했다고 뉴스에도 나왔었는데. 그러다가 며칠 전에는 네가 준범이 형을 때렸다는 얘기도 회사에서 돌더라고. 뭐가 뭔지 하나도 모르겠더라.

"말하자면 긴데, 일단은 살아 있어. 그렇게만 알고 있어도 될 것 같아. 그보다 이번 주에 성모 그룹 차기 총괄 회장 뽑는 주주총회 있지?"

- 응. 너도 올 거야?

"개미 소액 주주인 내가 낄 자리는 아닌 것 같고, 준비는 잘돼 가? 나는 준범이 형보다는 형이 꼭 아버지 뒤를 이었으면 하는데.”

- 준비랄 게 뭐 있나? 주주들한테 신망받는 사람이 차기 회장이 되겠지.

민혁이 잠시 망설이다가 하려던 말을 꺼냈다.

“사실은 말이야, 지금 내 손에 준범이 형이 성모 디스플레이 회사 돈 30억을 횡령했다는 증거 자료가 있는데, 주주들이 이걸 알면 준범이 형한테 신망을 보내기는 정말 어렵지 않을까?”

죽은 줄 알았던 동생의 생존 소식에 이어, 형의 범죄 소식까지 들은 양범의 목소리가 경악으로 갈라졌다.

- 뭐?

놀란 양범의 되물음에 민혁이 침착하게 대답했다.

“준범이 형이 30억 횡령했다고.”

- 우리, 오랜만에 잠깐 볼까? 목소리만 들으니까 실감이 안 나서 직접 얼굴 보고 살아 있는지 확인도 하고 싶고.

“그래. 어디서 볼까? 형네 회사는 내가 너무 불편하고, 형도 준범이 형 사람들 눈치 보일 것 같은데.”

- 글쎄. 어디가 편해?

“문자로 주소 찍어줄 테니까 거기로 올래? 내 고문 변호사님 법률 사무소인데, 법적인 문제니까 변호사님 같이 뵙는 게 좋을 것 같아서. 얘기 끝나고 우리 둘이 맥주 한잔하러 가도 괜찮고.”

- 그래. 알았어. 너 어떻게 죽었다가 살아난 건지도 얘기 좀 듣자.

“못 믿을 텐데, 얘기는 해줄게. 이따 봐.”

몇 시간 뒤, 민혁은 밤새 찾은 자료를 사이에 두고 양범과 마주앉아 있었다. 그사이 성모 그룹 본사 사옥의 총괄 회장 집무실 분위기는 준범의 분노로 뒤집어져 있었다.

준범의 불타오르는 눈빛이 성모 디스플레이 재무 이사에게 쏘아졌다.

"그러니까 내가 잠깐 30억 빌려 쓴 자료를 밤사이에 누가 네 아이디로 인트라넷에 로그인해서 다 털어갔다고? 말이 돼? 도대체 누군데?"

재무 이사가 급히 고개를 숙였다.

"죄송합니다. 저도 보안팀에서 긴급 보고 올라온 거 받고 바로 여기로 달려오는 길이라 자세한 상황은 아직 파악을 못했습니다. 범인이 IP를 우회해서 접속한 것으로 보이는데 찾는 데 시간이 조금 걸릴 거라고 합니다."

그러고도 화를 참지 못한 준범이 재무 이사의 멱살을 잡을 기세로 달려들었다.

"그 자료 네가 빼돌린 건 아니고? 네 아이디로 빼 갔다며."

"그, 그럴 리가요. 회장님. 저는 정말 아닙니다. 믿어주십시오."

그러자 그 옆에 긴급히 불려 나와 있던 성모 그룹 법무 이사가 안경을 고쳐 쓰며 조심스럽게 말을 꺼냈다.

"회장님, 일단 화를 가라앉히세요. 이미 횡령 증거가 될 만한 자료가 유출됐다면 법적 리스크를 최소화하시는 게 좋을 것 같습니다."

어떻게든 분위기를 가라앉혀보려는 임원들의 노력에도 준범의 분노는 천장을 찍은 뒤 좀처럼 내려오지 않고 있었다.

"횡령? 그래. 내가 횡령을 했다는 거지. 법적 리스크, 어떻게 줄일지 읊어봐."

"일단 그 돈은 절대 사용하시면 안 됩니다. 그다음 가장 좋은 건, 성모디스플레이 직원의 실수로 회사 자금 일부가 잘못 이체된 것으로 덮으시는 게 최선으로 보입니다."

"하아. 그 돈을 쓰면 안 된다고? 쓸 데가 있으니까 빌려간 거 아냐!"

법무 이사가 연신 안경을 만지작거리다가 겨우 말을 이었다.

"어디에 필요하신지는 제가 잘 모르겠지만, 일단 그 돈을 쓰시면 그다음부터는 법적으로 횡령 혐의를 피하기가 굉장히 어려워지십니다."

준범이 책상을 몇 번 내리치더니 고함을 내질렀다.

"알았어. 알았으니까, 둘 다 나가. 당장 나가서 누가 털어갔는지 꼭 잡아 와."

"네, 알겠습니다."

집무실에 혼자 남은 준범이 핸드폰을 꺼내 전화를 걸었다.

"응. 기묘사."

- 네, 회장님. 무슨 일이십니까?

"하던 일 당장 중단해. 너한테 준 돈 30억 못 쓰게 됐어."

- 네? 갑자기 무슨 상황이 생긴 겁니까?

"나도 이게 무슨 상황인지 모르겠네. 일단 그 귀신들한테 돈 못 주니까, 나중에 다시 모으든가 하고, 지금은 다 해산시켜. 그리고 30억 도로 가져와. 알았어?"

*

준범은 자신의 할말만 마치고는 전화를 끊어버렸다. 기묘사에게는 생각을 정리할 시간이 필요했다.

일단 준범이 횡령한 돈 30억은 지금 기묘사의 개인 계좌 안에 들어 있다. 그리고 귀신들에게 그걸 보여주며 강준범 회장님의 지시를 따르면 후손들의 경제적 문제를 해결해주겠다고 홍보했다.

그렇게 해서 모인 귀신이 150여 위. 그중에서 격이 높은 귀신은 그렇게 많지 않았지만, 웅녀가 보호하고 있지 않을 때의 혜영이나 일반인 강양범 정도에 강제 빙의하기에는 충분한 숫자였다.

그런데 이 용병들에게 약속한 걸 줄 수 없으니 당장 해산시키라고?

동서를 막론하고 어느 고전에서나 쉽게 찾아볼 수 있는 클리셰가 있다. 돈을 받지 못한 용병의 칼은 고용주를 향하게 되어 있다.

그리고 혹시 이런 상황이 발생할 걸 대비해 기묘사는 귀신 용병단의 고용주가 자신이 아니라 강준범이라는 걸 명확히 밝혀왔다.

기묘사는 강준범이 말한 것처럼 해산 명령을 전달하기만 하면 되고, 그들의 칼을 굳이 자기가 받아낼 이유는 없었다.

기묘사가 신당을 나서 자신의 점집 마당에 모여 있는 귀신들에게 말했다.

"강준범 회장님께서 여러분의 후손들에게 돈을 줄 수가 없다고 하십니다. 그리고 이만 여기에서 해산하라고 하셨습니다."

너무나 황당한 해고 통지에 여기저기에서 불만이 폭발했다.

〈뭐야? 우리를 갖고 논 거야?〉

〈강준범이 쌍판대기 함 보러 가야겠네.〉

〈우리한테 시킬 일이 지 동생한테 빙의하라는 거 아니었나? 우리가 지한테 빙의할 수도 있다는 건 생각을 못했는가봐?〉

기묘사가 그 모습을 바라보며 고개를 끄덕였다. 아주 바라던 장면이었다.

"강준범 회장님의 말씀을 전해 드렸으니, 저는 이만 물러나겠습니다. 이승 체류 문제로 다른 계약자를 찾으실 분들은 제가 잠깐의 시간을 드리겠습니다. 아닌 분들은 자유롭게 떠나셔도 괜찮습니다."

귀신들이 마당에서 일으키는 소란을 뒤로하고 신당으로 돌아온 기묘사는 준범과 통화하던 핸드폰을 부숴버렸다.

이렇게 된 이상 성모 그룹 회장도 못 될 준범과 더 얽혀서는 남는 게 없다. 오히려 지금 딱 이 관계를 끊어야 계좌에 있는 30억원이라도 오롯이 자신의 것으로 챙길 수 있었다.

애초에 강의정 회장 부활 프로젝트를 맡았을 때 기묘사가 받기로 돼 있는 돈이 30억원이었다.

중간에 길이 조금 틀어지긴 했지만, 기묘사로서는 원하던 목적지에 잘 도착한 셈이었다.

기묘사는 몸에 지닐 몇 가지 물건만을 챙기고서 뒷문을 통해 다시는 돌아오지 않을 길을 떠났다.

*

준범의 배신에 분노한 용병 귀신들이 각자 갈 길을 정했다.

일부는 이승에 남아 있으니 또 이런 험한 꼴을 봤다고 자책하며 저승으로 돌아갈 준비를 했고, 몇몇은 세상사가 원래 그런 거라며 하던 대로 이승을 떠돌다가 때가 되면 저승으로 돌아가기로 했다.

그런데 그들 중 유독 분노를 쉽게 삭이지 못하는 이들이 있었다. 직계 후손들이 돈 때문에 인생의 위기에 처해 있는 귀신들이었다.

그런 귀신들 여남은 위가 모여 회의를 하더니, 그들의 분노를 강준범에게 보여주기로 결론을 냈다.

그들은 곧장 준범이 있는 성모 그룹 본사 사옥으로 날아가 혜영과 양범에게 하라고 지시받았던 일을 준범에게 행했다.

막아줄 귀신은커녕 영력조차 없는 준범은 빙의해 들어오는 귀신들에게 속수무책으로 자신의 정신을 내어주었다.

그리고 얼마 지나지 않아 자신의 집무실에서 의식을 잃고 쓰러졌다.

*

한편 혜영의 사무실에서 준범이 횡령죄로 처벌될 요건이 충족된다는 자문을 받고 나온 민혁과 양범은 약속한 대로 근처 작은 맥줏집에서 오랜만에 형제끼리 술잔을 부딪쳤다.

잔에 맥주가 채워졌다가 비워지기를 반복하는 동안 주로 말하는 쪽은 민혁이었고, 양범은 열심히 들었다.

민혁은 자신이 정말로 살해당했었고, 그 뒤에는 아버지를 부활시키려는 거대한 음모가 있었다는 이야기를 모두 풀어놓았는데, 양범의 반응이 조금 이상했다.

"그 이야기 되게 재밌다. 어디서 읽은 거야?"

"이럴 줄 알았어. 믿을 리가 없지. 어디서 읽은 게 아니라 내가 직접 경험한 거라니까?"

그런데 그때 양범이 송곳 같은 질문을 하나 던졌다.

"그래, 그래. 다 사실이라고 치고, 그럼 너 죽어서 귀신일 때 아버지 귀신도 만났겠네? 어떠셔?"

띵-. 민혁의 귀에 잠깐 그런 소리가 들리는 것 같았다. 그러고 보니 어떤 식으로든 한 번은 마주쳤을 법한 강의정 회장의 귀신을 본 적이 없었다.

"그러게? 왜 아버지는 한 번도 못 봤지? 지금은 저승에 계실 테니까 앞으로도 영영 못 뵐 텐데 귀신일 때 수소문이라도 해볼 걸 그랬나?"

그런데 그때, 양범의 핸드폰이 울렸다.

"잠깐만."

"응. 전화 받아. 형 바쁜 사람이잖아."

"네, 형수님."

핸드폰 너머로 다급한 한 여성의 목소리가 들려왔다.

- 도련님, 지금 저희 그이가 쓰러져서 의식이 없어요.

"네? 준범이 형이요? 병원에는 데려가셨고요?"

- 네. 지금 병원이에요. 그런데 의사들도 이유를 모른다고, 극심한 스트레스가 원인일지도 모른다는 얘기만 하는데, 혹시 회사에서 무슨 일 있었나 하고요.

지금까지 들은 민혁의 이야기가 모두 사실이라면 회사 일 때문이 아니라 다른 이유로 쓰러졌을 가능성이 커 보였다.

"이번 주에 있는 주주총회 말고는 회사에 별다른 일은 없는데요, 어느 병원이세요? 저도 가볼게요."

민혁이 급히 일어서려는 양범의 팔을 잡았다.

"준범이 형이 어떻게 됐다고?"

"쓰러져서 지금 병원이래. 너도 같이 가볼래?"

서자인 자신을 반기지 않는 가족들이 잔뜩 있는 곳에 가는 게 영 내키지는 않으면서도 민혁은 고개를 끄덕였다. 가서 직접 확인해보고 싶은 게 있었다.

"응. 같이 가자."

*

병원에서 준범의 상태를 확인하고 나온 민혁과 양범이 나란히 서서 걸었다.

"저거, 병이 아니라 귀신들한테 빙의당한 것 같은데? 아주 질 나쁜 무당이랑 놀더니."

민혁의 말에 양범이 놀라 되물었다.

"그럼 어떻게 해야 돼? 무당 불러서 귀신 쫓는 굿 같은 거 해야 되나?"

"그러면 저렇게 병원에 누워 있는 것보다는 효과가 있을지도 모르지. 그런데 형. 그전에 보여 줄 게 있어."

"뭔데?"

민혁이 이건 농담도, 장난도 아니라는 걸 강조하는 듯 굳은 표정으로 대답했다.

"형 총괄 회장실 열쇠 가지고 있지?"

"응. 나도 하나 있어."

"거기 먼저 가자. 가서 준범이 형이 무슨 짓을 했는지 똑똑히 보여줄게."

양범이 조금 전 장난처럼 들었던 말을 떠올리며 되물었다.

"설마 네가 죽은 다음에 갇혀 있었다는 냉동고가 진짜 거기 있는 거야?"

"응. 형이 그걸 봐야 믿을 것 같아서."

양범이 한숨을 내쉬며 대답했다.

"휴, 그래. 속는 셈 치고 한번 가서 보기나 하자."

"보고 나면 속은 게 아니라는 걸 알게 될 거야."

잠시 후, 양범이 가진 카드키로 회장실의 내실까지 들어온 민혁이 기억을 더듬어 한쪽 벽에 달린 손잡이를 잡고 옆으로 쭉 밀었다.

그러자, 냉동고가 개방되면서 내실 안으로 한기가 뿜어져 나왔다.

양범은 여전히 반신반의하는 표정으로 핸드폰으로 플래시를 켜서 냉동고 안을 살펴보았다. 그다음 순간.

"우읍우에엑."

손으로 입을 틀어막은 양범이 헛구역질을 참으며 냉동고 밖으로 뛰쳐나왔다.

그 안에는 민혁이 말한 대로 시체 다섯 구가 선반에 층층이 쌓인 채 얼어 있었고, 그중 세 구는 아직 스물도 안 되어 보이는 어린아이들이었다.

그중에서도 냉동고를 뛰쳐 나오기 직전 보았던, 눈을 뜬 채로 얼어 붙어 있던 한 소녀의 얼굴이 잊혀지지 않았다.

이승의 재판 결과 (1)

턱, 턱, 턱, 턱-.

민혁이 바닥에 주저앉아 어쩔 줄 몰라하는 양범의 등을 두드려주며 말했다.

"저게 준범이 형이 저지른 짓이야. 나도 저들 중의 하나였어."

헛구역질을 멈추고 안색을 되찾은 양범이 허공에 대고 말했다.

"준범이 형, 안 되겠다. 아까 횡령 자료 보고도 돈 때문에 형제끼리 법정에서 얼굴 붉히지는 말아야겠다고 생각했는데, 이건 도가 너무 지나쳤네. 민혁아."

"응, 형."

"아까 그 변호사님하고 경찰 여기로 불러줄래?"

*

민혁의 전화를 받고 성모 그룹 본사 사옥 앞에 도착한 혜영과 오중혁 경위를 포함한 경찰들은 꽤 난감한 상황에 놓여 있었다.

위에서는 올라오라고 전화해놓고, 정작 아래에서는 경비원들과 일부 덩치 큰 직원들까지 총동원되어 입구를 봉쇄하고 있었던 것이다.

그중 대표격으로 보이는 한 사람은 영장 없이 한 발자국이라도 들어왔다가는 무단 침입으로 고소하겠다고 엄포까지 놓고 있었다.

오라고 하는 전화를 받고 왔는데 영장이 있을 리가 있나? 하는 수 없어진 혜영이 민혁에게 전화를 걸었다.

"민혁씨, 성모 그룹 본사 사옥 앞까지는 왔는데요, 지금 여기 경비 분들이 막고 있어서 들어갈 수가 없어요."

- 혜영씨, 잠깐만요. 형, 우리가 직접 내려가봐야 할 것 같은데? 지금 밑에서 경비원 분들이 일을 너무 열심히 하시나봐.

- 그래? 우리가 모셔놓고 문전박대할 수는 없잖아. 가자.

- 혜영씨, 조금만 기다려요. 저희 지금 내려가요.

"알겠어요. 기다릴게요."

잠시 뒤, 민혁과 양범이 내려오자 입구를 막고 있던 성모 그룹 직원들이 홍해처럼 좌우로 갈라졌다.

그 사이로 걸어 나온 양범이 혜영에게 고개를 숙였다.

"죄송합니다. 저희 내부에서 의사소통이 잠시 원활하지 않아서 변호사님 모셔놓고 이렇게 실례를 범했습니다. 올라가시겠습니까?"

고소 드립을 날리던 직원의 머쓱한 얼굴을 뒤로한 채 혜영과 경찰들이 양범을 따라 꼭대기 층의 총괄 회장실 내실로 향했다.

양범은 결심을 굳힌 듯 조금 전 자신이 보았던 냉동고를 거침없이 혜영과 경찰들에게 공개했다.

오 경위가 플래쉬를 비추는 곳마다 보이는 시체의 모습에 혜영이 입을 틀어막았다.

냉동고 안의 상황 파악을 마친 혜영과 경찰들이 민혁, 양범과 함께 소파에 둘러앉았다.

양범이 침울한 표정으로 입을 열었다.

“저희 회사에서 이런 일이 벌어졌다는 데에 치안을 책임지시는 경찰관 분들께 죄송하다는 말씀 먼저 드립니다.”

오 경위 역시 무거운 표정으로 한참을 망설이다가 겨우 입술을 뗐다.

“감추고 싶은 마음도 크셨을 텐데, 이렇게 불러주셔서 감사드립니다. 조금 더 면밀히 조사를 해봐야겠지만, 일단 저희가 찾고 있던 연쇄살인 사건의 희생자들이 맞는 것으로 보입니다. 강양범 부회장님께서 이렇게 직접 신고해주셨으니, 저희도 압수수색 없이 시신들만 임의 제출 형식으로 넘겨받았으면 합니다.”

“가급적 직원들 보는 눈 피해서 새벽 시간에 인계해드렸으면 하는데 괜찮으실까요?”

“네, 그러면 임의 제출 시점은 부회장님께서 원하시는 때로 잡겠습니다. 제출물 특성상 저희도 준비해야 될 게 많아서 당장은 어려울 것 같고요.”

양범이 고개를 한 번 끄덕인 뒤 혜영 쪽으로 시선을 돌렸다.

“여러모로 배려해주셔서 감사합니다. 그리고 유혜영 변호사님.”

경찰만 부르면 됐을 것을, 양범이 굳이 자신까지 부른 이유를 궁금해하던 차였던 혜영이 얼른 대답했다.

“네?”

“오늘 아침에 나눈 말씀으로 봐도 그렇고, 여기 민혁이한테 따로 들은 얘기를 생각해봐도 그렇고, 이 사건에 대해 가장 잘 알고 계신 법률 전문

가는 유혜영 변호사님이신 것 같습니다."

민혁의 의뢰를 받고 자동차 살인 사건부터 지금까지 쭉 도맡아왔으니 당연한 이야기였다.

양범이 한 박자 쉬었다가 본론을 꺼냈다.

"그래서 말인데, 저희 회사 담당 변호사로 유혜영 변호사님을 선임하고 싶습니다. 저희 회사 사람들이 저지른 끔찍한 일을 덮어달라고 하지는 않겠습니다. 다만, 이 일로 아버지 대부터 소중히 일구어온 회사 전체가 존폐의 기로에 놓이는 건 제가 볼 수가 없습니다. 책임자는 엄정히 처벌받되, 회사에 오는 피해는 최소화할 수 있게 도와주십시오."

"…"

전과는 결이 많이 다른 성모 그룹의 제안에 혜영이 잠시 대답을 망설였다.

즉답을 피하는 혜영의 모습에 자신이 뭔가를 놓쳤나 고민하던 양범이 얼른 한마디를 덧붙였다.

"수임료는, 제가 법률 업계 시세를 잘 모릅니다만, 저희 법무팀과 상의해서 사건 규모에 부족하지 않게 책정해드리겠습니다."

변호사에게는 물론 보수도 중요하지만, 혜영의 고민은 보수가 아니라 자격에 머물러 있었다.

민혁이 자동차 살인 사건을 처음 의뢰했을 때 했던 바로 그 걱정이었다.

"제가 변호사로서의 경력이 그렇게 길지 않아서요, 말씀하신 것처럼 사건 규모가 굉장히 큰데, 제가 맡는 게 적절할지 잘 모르겠습니다."

"물론 법리적 검토는 변호사님이 요청하시면 바로 저희 그룹 법무 인력이 최대한 지원할 겁니다. 그 외에도 필요하신 인적, 물적 지원이 있으시면 언제든 말씀하시고요. 아, 저한테 바로 말씀하시기 껄끄러우시면 민혁이 통해서 말씀해주셔도 괜찮습니다."

혜영이 조금 더 생각하다가 고개를 끄덕였다. 양범의 요청 이전에 이 사건을 해결하는 건, 민혁이 부탁한 일이었고, 자신이 변호사로서 꼭 완수해야겠다고 다짐한 일이었다.

"그렇게 지원해주신다면 제가 맡아서 해보겠습니다."

"감사합니다. 변호사님."

이야기를 마친 혜영은 먼저 자리에서 일어났다. 긴장감과 피로를 동시에 느끼며 터덜터덜 성모 그룹 본사 사옥을 나서는데, 뒤에서 익숙하면서도 다급한 목소리가 들려왔다.

"혜영씨! 기다려요!"

돌아보니 남아서 양범과 더 이야기를 나눈다던 민혁이 달려오고 있었다.

"저희 형이 혜영씨한테 할 이야기가 더 있다고 해요."

"아, 방금 맡겨주신 사건 관련된 건가요?"

민혁이 어떻게 대답해야 할지 모르겠다는 듯 머리를 긁적였다.

"이게, 그럴 수도 있고, 아닐 수도 있는데, 일단 저랑 같이 가요."

피곤했지만, 민혁의 부탁이라면 못 들어줄 건 없었다.

민혁이 혜영을 데리고 간 곳은 준범이 입원해 있는 병실이었다. 환영받지 못할 걸 알기에, 간병하던 준범의 가족들이 식사하러 간 틈을 타 두 사람은 몰래 준범의 앞에 섰다.

"이 사람이 강준범이에요. 큰형이요. 의사들도 의식을 못 찾는 이유를 모른대요. 제 짧은 귀신 생활 경험으로 봤을 땐, 귀신들한테 빙의당한 것 같은데, 혜영씨가 보기엔 어떠세요?"

혜영이 고개를 끄덕였다.

"맞아요. 지금 제 눈에 보이는 귀신만 해도 열 위가 넘네요."

"역시."

"그런데 강양범 부회장님이 저를 보자고 했다면서요?"

"네. 이제 보러 가요."

민혁이 혜영의 손을 잡고 병실을 나섰다. 민혁을 따라 도착한 곳은 병원 지하 주차장이었다. 민혁과 미리 약속한 대로 그곳에서 기다리고 있던 양범이 혜영에게 허리를 굽혀 인사했다.

"변호사님, 오늘 참 여러 번 도움 받습니다."

"아뇨. 아직 제가 한 일은 없는데요. 앞으로 잘해야죠. 그런데 저 다시 보자고 하신 게, 강준범님 일 때문이신가요?"

양범이 무거운 표정으로 고개를 끄덕였다.

"네. 저희 형이 끔찍한 짓을 저지르긴 했습니다만, 그래도 법정에 세워서 제대로 처벌받게 해야지 저렇게 눕혀놓는 건 아닌 것 같아서요. 민혁이 말로는 형이 귀신들한테 빙의당한 것 같다고 하던데, 변호사님께서 신기가 대단하다고 들었습니다."

"네. 둘 다 맞아요."

"죄송한 부탁입니다만, 저희 형한테 붙은 귀신들을 쫓아내주실 수 있으실까요?"

혜영이 난감한 표정이 되었다. 지금 자신이 할 수 있는 일이라면 저 귀신들의 사정을 들어보고 잘 설득해서 준범의 몸에서 나가라고 부탁하는 것 정도가 다였다.

어머니가 기묘사에게 당해 누워 계실 때처럼 웅녀한테 부탁해보려고 해도, 웅녀는 지금 귀족원 회의를 위해 저승에 가 있어서 부를 수도 없었다.

"그게, 제가 귀신들이랑 이야기도 할 수 있고, 친하게 지내는 귀신들도 몇 명 있긴 한데… 그쪽 지식이 얕아서 빙의당한 사람을 어떻게 일으킬 수 있는지는 잘 몰라요."

양범이 혜영의 말을 오해한 듯, 주차장 바닥에 무릎을 털썩 꿇었다.

"저희 형이 민혁이한테도 변호사님한테도, 또 정말 많은 사람들한테 씻을 수 없는 죄를 지은 건 알지만, 제발 부탁드립니다."

혜영의 얼굴에 난색이 더욱 짙어지며, 민혁에게 눈짓해서 함께 양범을 일으켜 세웠다.

"아, 강양범 부회장님, 그게 아니고요, 아무리 악인이라도 법적으로 정당한 절차에 따라 처벌받아야 한다고 하신 말씀은 저도 변호사로서 정말 깊이 동의해요. 그런데 제가 정말 귀신들을 어떻게 쫓는지 몰라요. 다만."

"혹시 제가 할 수 있는 일이 있으면 알려주십시오. 뭐든 하겠습니다."

"저 말고 저희 어머니를 한번 뵙는 게 어떠세요? 저희 어머니가 진짜 용한 무당이시거든요. 제 신기도 아마 어머니한테서 물려받았을 거예요."

자신이 혜영의 속마음을 오해했다는 걸 깨달은 양범이 민망해하며 몸을 일으켰다.

“아, 변호사님 어머니께서는 방법을 아실까요?”

“네, 제가 변호사인 것처럼 그게 직업이신 분이니까 해결하실 수 있을 거예요. 근래에 며칠 쉬시느라 요즘 예약이 꽉 차 있다고는 들었는데, 제가 시간 잠깐 빼달라고 따로 말씀드려놓을게요.”

“거듭 정말 감사드립니다.”

*

며칠 뒤 새벽, 혜영은 어머니와 함께 준범이 누워 있는 병실을 다시 찾았다.

언질을 받고 미리 와 있던 양범이 허리를 숙여 인사했다.

“변호사님 오셨습니까? 같이 오신 분이 전에 말씀해주셨던 어머니이신가봐요.”

“네. 안녕하세요.”

혜영과 나란히 서 있던 어머니가 한 걸음 나서서 양범에게 손을 내밀었다.

“혜영이 엄마고요, 많이들 아랑선녀라고 불러요.”

양범이 어머니의 악수를 받으며 한번 더 고개를 숙였다.

“네. 선녀님. 저희 기업하는 사람들이 힘든 일 있을 때 종종 찾아뵙는 분이라고 이야기 들었습니다. 저희 형이 보시는 것처럼 안 좋은 상황에 있어서 도움을 받을 수 있을까 해서 모셨습니다.”

어머니가 병상에 누워 있는 준범의 위쪽에 떠 있는 귀신들을 바라보았다.

"산 사람이 저렇게 여러 귀신한테 동시에 원한 사기도 쉽지가 않은데, 저희 딸한테 들어보니까 형님 되시는 분이 잘못을 크게 하셨다고요?"

"네. 정말 염치없지만 깨어나게만 해주시면 꼭 속죄하도록 제가 힘쓰겠습니다."

"알겠어요. 잠깐 나가주실 수 있을까요?"

"네. 그렇게 하겠습니다."

양범이 병실에서 나간 뒤, 혜영의 어머니가 자신과 계약돼 있는 상급 귀신 한 위를 불러냈다.

곧 머리를 길게 기르고 손에는 주장자(拄杖子)라고도 불리는 큼지막한 막대기까지 든 산신령의 모습을 한 귀신이 병실에 나타났다.

〈신 무당, 저번에 악귀들한테 당할 뻔했다면서. 이제 괜찮나?〉

"네. 다 회복됐어요. 그보다 지금은 저 위에 떠 있는 원귀(冤鬼)들 몰아내주실 수 있을까요?"

〈풋내기들이군. 일단 일부터 처리하고 이야기는 나중에 하자고.〉

말을 마친 귀신이 준범을 향해 날아가자 십여 위의 원귀들이 움찔하며 자기들끼리 소란스럽게 말을 주고받았다.

〈뭐야? 저런 귀신이 여긴 왜 왔어?〉

〈우리가 하는 거 못하게 하려나본데? 어쩌지?〉

〈왜 방해하는 건데?〉

그때 소환된 산신령 귀신이 그들의 대화에 끼어들었다.

〈제가 따로 힘쓰고 싶지는 않은데 산 사람 괴롭히는 짓 그만합시다.〉

산신령 귀신의 타이름에 몇몇 원귀들이 물러났고, 그러고도 준범에게 계속 빙의를 시도하는 원귀가 있자, 산신령이 들고 있던 주장자를 치켜들었다.

저 주장자에서 뿜어져 나오는 힘에 맞았다가는 소멸을 각오해야 했기에, 눈치를 보던 남은 원귀들도 재빨리 달아났다.

산신령 귀신이 돌아가고 얼마 지나지 않아 준범이 눈을 떴다.

자신의 상황을 파악하려는 듯 눈을 깜박이고 있는 준범에게 혜영이 다가섰다.

"강준범씨, 정신이 드셨나요?"

"여기는 병원인 것 같고, 넌 뭐야? 간호사야?"

"변호사 유혜영입니다. 조금 전까지 귀신들한테 빙의당할 뻔하셨는데 저기 계신 저희 어머니께서 구해드렸습니다."

혜영의 소개를 들은 준범이 눈썹을 꿈틀거렸다. 그러더니 자신을 구해준 사람이 같은 방에 있다는 말은 귓등에서 튕겨 나갔는지, 고함을 빽 내질렀다.

"뭐? 유혜영? 이년이, 누구 앞이라고 낯짝을 들이밀어? 내가 너 때문에…!"

찰그락-. 혜영에게 손찌검이라도 할 기세로 팔을 들었던 준범이 손목에서 느껴지는 고통에 신음을 흘렸다.

"으아악! 이건 또 뭐야?"

혜영이 준범의 손목과 침대에 채워져 있는 수갑을 내려보며 말을 이었다.

“강준범씨께 묻고 싶은 게 있습니다.”

“나한테 뭐 물어볼 거면 공손하게, 그리고 이거부터 당장 안 풀어?”

“그 수갑은 경찰 분들이 채워놓고 가신 거라 저한테는 열쇠가 없습니다. 끔찍한 연쇄살인 교사 반성하시나요?”

혜영의 물음에 준범이 도리어 콧방귀를 뀌었다.

“뭐? 반성? 네년만 아니었어도 그 프로젝트 벌써 성공해서 우리 아버지 부활하시고 나는 성모 그룹 먹었어. 어디서 건방지게!”

자신의 욕망을 위해 다른 사람의 목숨을 해치다가, 죽다 살아나서는 여전히 그 욕망에 빠져서 허우적거리는 준범을 보며 혜영이 씁쓸하게 고개를 가로저었다.

“반성, 없으신 걸로 알겠습니다. 저는 변호사로서 강준범씨가 법정에서 엄정하게 처벌받도록 끝까지 노력할 겁니다.”

*

혜영이 준범을 만나고 나온 뒤 희생자의 시신이 경찰로 인계되자 수사도 급물살을 탔다. 동시에 성모 그룹의 법률 대리인인 혜영도 무척이나 바쁜 나날을 보내게 되었다.

몇 주가 흐른 뒤, 재판의 대략적인 결과가 나왔다.

이승의 재판 결과 (2)

강준범은 퇴원과 동시에 살인 교사 및 배임, 횡령 등의 혐의로 구속 영장이 발부되어 구속 수감된 채 수사를 받는 중이었다.

강준범이 쓰던 집무실에서 시체가 발견된 게 워낙 결정적이었던 데다가, 그의 지시를 받고 살인을 실행에 옮긴 채경욱에게 꼬박꼬박 회삿돈을 입금한 내역도 발견되어 기소 및 중형을 피할 길은 없어 보였다.

채경욱은 처음 체포됐을 때는 묵비권을 행사하더니 자신이 살해한 시체들이 나온 뒤에는 단독으로 저지른 범행이라고 우겨댔다. 그러나 강준범이 구속 수감됐다는 소식을 들은 뒤로는 태도가 바뀌어 지시받아 저지른 짓임을 자백했다.

살인 교사를 받았다는 걸 이용해 막판 뒤집기로 감형을 노려보는 듯했으나, 살해한 사람의 숫자가 워낙 많았기에 이쪽도 마찬가지로 바깥세상 구경은 사실상 불가능할 터였다.

채경욱에게 돈을 받고 자신의 학원에 다니던 학생들이 집으로 돌아가는 시간과 동선을 알려준 학원 원장도 경찰에서 조사를 받고 있었다.

채경욱이 아이들을 살해할 의도라는 걸 몰랐다면 법적 처벌 수위는 그다지 높지 않겠지만, 자기가 가르치는 아이들을 돈 몇 푼에 수상한 사람한테 팔아넘긴 이 원장이 제일 나쁜 사람인 것 같기도 했다.

형사뿐만 아니라 민사 소송도 착실히 진행되고 있었다. 교사범 강준범과 실행범 채경욱의 재산으로 피해자들의 유족이 배상을 받을 수 있도록 하는 법률 절차를 혜영과 성모 그룹 법무팀이 맡았다.

성모 그룹이 나락으로 떨어지는 걸 막아달라는 양범의 의뢰에 따라 혜영이 제안한 것이었다. 덕분에 여론은 어느 정도 연쇄살인 사건과 성모 그룹을 분리해서 보는 쪽으로 흘러가게 되었다.

강준범이 횡령한 30억 및 그동안 채경욱에게 지급해왔던 회삿돈 역시 환수 절차에 들어갔다.

이 소송들이 마무리되면 강준범과 채경욱은 평생을 감옥 안에서 살게 될 것이었다.

반면 좀처럼 해결될 기미가 보이지 않는 문제도 있었다. 강준범이 횡령한 30억을 가지고 튄 기묘사의 행방을 찾을 길이 묘연했다.

강준범과 달리 기묘사는 돈이 없어도 비상한 머리와 탁월한 영적 능력으로 무슨 작당이든 꾸밀 사람이었다. 그런 기묘사가 30억이라는 거금을 들고 잠적했으니, 답답할 따름이었다.

그나마 한 가지 안심할 수 있는 점은 있었다. 얼마 전 저승 귀족원에서 일을 마치고 이승으로 돌아온 웅녀가 알려주길, 기묘사와 결탁했던 저승 대법관은 파면 처분을 받고 이제 아무런 권한도 행사할 수 없다고 했다.

또한 저승 귀족원이 모든 귀신들에게 기묘사에게 접근하지 말라는 명령을 내렸기에, 그가 영적 능력을 발휘하는 데에도 어느 정도 제약이 있을 것이란 이야기도 덧붙였다.

혜영에게도 그사이 큰 변화가 일어났다. 그중 하나는 더이상 사건 수임에 목마르지 않게 되었다는 것이다.

혜영과 민혁의 연애 소식과 함께, 혜영이 귀신의 의뢰도 받아주는 변호사라는 소문이 귀신들 사이에 쫙 퍼졌고, 하루 걸러 한 번꼴로 귀신들이 찾아와 이승에 남아 있는 법적 문제를 해결해달라고 요청하곤 했다.

그렇다고 꼭 귀신들의 의뢰만 들어오는 건 아니었다. 사내에 기라성 같은 원로 변호사 및 전관들이 즐비한 성모 그룹에서 혜영을 따로 법률 대리인으로 선임했다는 사실이 커리어에 큰 도움이 되어, 살아 있는 사람들의 사건도 계속해서 들어오고 있었다.

*

무더운 여름이 지나가고 고추잠자리 날아다니는 가을이 찾아왔을 때, 사업뿐만 아니라 혜영과 민혁의 애정 전선에도 큰 발전이 있었다. 혜영의 어머니에게 두 사람이 진지하게 만나고 있음을 알리게 된 것이다.

두 사람은 어머니를 모시고 점집 근처의 한 한식집에 저녁 식사 자리를 마련했다.

그런데, 민혁이 첫인사라고 한다는 소리가 이랬다.

"안녕하세요. 저번에 뵀을 때 저는 몸이 없었고, 어머님은 정신이 없으셨는데, 오늘은 둘 다 몸도 정신도 있으니까 좋네요."

혜영의 어머니가 기묘사가 부리는 귀신들에게 공격을 당해 의식을 잃고 병실에 누워 있던 날, 혜영은 귀신이었던 민혁과 처음 입을 맞췄었다.

그게 사실이지만, 세상에 여자친구 어머니를 뵙는 자리에서, 인사랍시고 이게 할말인가? 거기다 남자친구인 자기는 몸이 없었단다. 이건 또 무슨 혜영이 규방에서 대바늘로 허벅지 찌르는 소리란 말인가?

쿠국-.

혜영이 손가락으로 옆자리에 앉은 민혁의 옆구리를 찌르자, 그제야 민혁이 자기가 뭘 잘못 말했는지 깨닫고 두 손을 내저었다.

다행히 혜영의 어머니는 무당이었고, 혜영에게 이미 자신이 병원에 누워 있는 동안 민혁과 귀접했다는 이야기를 들어서 알고 있었기에 그저 웃음을 터뜨렸다.

“푸하핫, 민혁씨라고 했나요? 무슨 말을 하고 싶은 건진 알겠는데, 누가 표현을 그렇게 해요? 보통 ‘건강하신 모습 봬서 좋습니다’ 이런 식으로 말하지 않나? 민혁씨 이제는 내가 소중하게 키운 딸 맡겨도 될 정도로 사지육신 다 있고 멀쩡한 거 맞죠?”

속으로 안도의 한숨을 내쉰 민혁이 당차게 대답했다.

“네! 이제 완전히 부활했습니다.”

“나도 무당 생활 짧게 한 건 아닌데, 환생도 아니고 말로만 듣던 부활한 사람을 다 보고, 참 신기하네요. 민혁씨는 이승에만 머물다가 부활한 것도 아니고, 저승까지 갔다 오셨다니까 더 재밌기도 하고요. 이승에 있는 귀신들 중에서도 저승까지 완전히 갔다가 돌아온 경우는 별로 없거든요.”

어머니의 말이 이어지는 동안 민혁이 이제 자신은 귀신이 아니라는 걸 확실히 보여주려는 듯, 혜영의 손등에 손을 올렸다.

혜영은 또 옆구리를 찔리고 싶냐는 듯, 어머니 앞에서 이러면 안 된다는 메시지를 눈에 잔뜩 담아 민혁을 한번 노려보였다. 그러곤 민혁의 손을 슬그머니 밀어내더니 둘 사이의 대화에 끼어들었다.

"엄마, 민혁씨한테 말 편하게 해. 나랑 똑같이 민혁씨라 부르니까 되게 이상해."

"그럴까? 아직 사위는 불편할 거고, 그냥 민혁이?"

복잡한 가정사 탓에 자신의 이름인데도 '민혁이'라고 불릴 일이 부쩍 적었던 민혁이 방긋 웃었다.

"네, 민혁이. 좋네요."

혜영이 듣기에도 참 좋은 이름이었다. 예전에 K님이라고 부를 때 되게 어색했었는데, 지금 민혁이라 부를 수 있는 이 순간이 다행스러웠다.

호칭이 바뀌면서, 민혁은 본격적으로 여자친구 어머니와의 면접 절차에 들어서게 되었다.

"민혁이는 뭐 공부했고, 무슨 일 하고 있나?"

그런데 민혁이 또 사고를 치고 말았다.

"대학이랑 대학원에서는 컴퓨터공학을 전공했고, 지금 일은 따로 안 하고 있습니다."

덕분에 혜영은 민혁이 K 시큐리티라는 회사의 대주주라는 걸 어머니에게 설명하느라 또 진땀을 빼야 했다.

식사를 마치고 어머니가 먼저 돌아간 뒤, 혜영은 아까 민혁의 손을 밀어냈던 게 못내 미안해서 나란히 걷던 민혁의 손을 살며시 잡았다. 민혁의 손은 땀으로 흥건히 젖어 있었다.

도무지 긴장이라고는 안 하는 성격인 줄 알았더니, 민혁도 여자친구 어머니 앞이라고 많이 쫄았었나보다.

이래서 어머니 앞에서 그렇게 엉뚱한 말을 했구나 싶어진 혜영이 촉촉한 민혁의 손에 깍지를 꼈다.

“오늘 우리 엄마 만나줘서 고마워요.”

“에이, 뭘요. 이대로 들어가기 아쉬운데 좀더 걸을까요?”

민혁의 말에 혜영이 손을 들어 길 건너편의 아이스크림 가게를 가리켰다.

“저기 갈래요?”

민혁이 아리송한 표정으로 혜영을 바라보았다.

“예전부터 아이스크림 왜 그렇게 먹고 싶어해요? 원래 좋아해요?”

민혁이 저승으로 훌쩍 떠나버리고 나서 꾸었던 꿈 이야기를 하려던 혜영이 부끄러워져 괜히 팔로 민혁의 어깨를 밀쳤다.

“예전부터 먹자고 했는데 한 번도 같이 안 먹어줬잖아요.”

민혁이 여전히 뭔지 모르겠다는 표정으로 혜영이 가리킨 아이스크림 가게를 바라보았다.

“지금 가서 많이 사 먹어요. 뭘로 먹을까요? 이렇게 큰 파인트 사이즈? 아니면 아이스크림 케이크?”

“아뇨. 콘으로 사서 나와서 걸으면서 먹어요.”

잠시 후, 가게에서 콘을 들고 나와 걷던 혜영이 가로등 불빛 밑에서 아이스크림을 한 입 크게 베어 물었다. 그러곤 까치발을 들어 민혁의 어깨에 손을 올리고서 입을 맞추었다.

아이스크림이 혜영의 입에서 자신의 입으로 넘어올 때, 혜영이 그동안 뭘 하고 싶어서 아이스크림을 먹자고 했던 건지 알아챈 민혁이 아이스크림 조각을 다시 혜영의 입안으로 넘겨주었다.

그렇게 아이스크림이 오가는 동안 서로의 체온에 녹으며 입술과 혀끝에 달콤하게 배어 들어갔다.

별거 아닌 소원이었지만, 꼭 이렇게 해야만 민혁이 다시 어디론가 훌쩍 떠나버리지 않을 거라고 생각하던 혜영이 감았던 눈을 뜨고 민혁을 마주 보며 그 어느 때보다 환하게 웃음 지었다.

그리고 그 웃음을 본 민혁은 다시는 혜영을 떠나지 않을 거라고 말로 알려주는 대신, 자신의 손에 들려 있던 아이스크림을 한 입 베어물었다. 혜영이 그랬듯, 민혁은 그녀에게 다시 한번 입을 맞추어 그 안으로 깊숙이 넣어주었다.

귀신 보는 변호사 부제: K's Case

1판1쇄 2022년 7월 12일

저자 김주영(탄막)
발행인 이경화

발행처 디자인21
주소 04560 서울특별시 중구 퇴계로 293-1 3층
전화 02-2269-6561(대)
팩스 02-2269-6568
이메일 21publish@naver.com
블로그 https://blog.naver.com/publish21
인스타 https://www.instagram.com/21publish.co.kr
홈페이지 https://21publish.co.kr

등록번호 제1-1128호
등록일자 1991.2.12

ISBN 978-89-6131-091-8 03810

정가 15,000원